沙乡年鉴

A
Sand County
Almanac

〔美〕
奥尔多·利奥波德 著

曹明伦 译

人民文学出版社

Aldo Leopold
A SAND COUNTY ALMANAC
根据Oxford University Press, Inc.,1966年版本译出。

图书在版编目(CIP)数据

沙乡年鉴/(美)奥尔多·利奥波德著;曹明伦译. —北京:人民文学出版社,2022(2024.4重印
ISBN 978-7-02-017434-8

Ⅰ.①沙… Ⅱ.①奥…②曹… Ⅲ.①散文集—美国—现代 Ⅳ.①I712.65

中国版本图书馆CIP数据核字(2022)第161517号

责任编辑	张海香
装帧设计	刘　远
责任印制	王重艺

出版发行	人民文学出版社
社　　址	北京市朝内大街166号
邮政编码	100705

| 印　　刷 | 三河市中晟雅豪印务有限公司 |
| 经　　销 | 全国新华书店等 |

字　　数	185千字
开　　本	880毫米×1230毫米　1/32
印　　张	10　插页1
印　　数	6001—9000
版　　次	2022年10月北京第1版
印　　次	2024年 4 月第2次印刷

| 书　　号 | 978-7-02-017434-8 |
| 定　　价 | 58.00元 |

如有印装质量问题,请与本社图书销售中心调换。电话:010-65233595

奥尔多·利奥波德
1887 — 1948

▪ 美国生态学家、环境保护主义先驱,被誉为"生态伦理之父""美国新环境理论的创始者"。曾前往亚利桑那和新墨西哥等地为联邦林务局工作,后任威斯康星大学教授。1935年,在威斯康星河畔的沙乡购买一座荒废农场,尝试重新恢复生态平衡,并以此为素材撰写大量随笔,这些作品与其他文章汇编成著名的《沙乡年鉴》。

◾ 本书分四辑，第一辑按一年十二月，分十二章，总称"沙乡年鉴"，细致感受威斯康星的自然之美与轮回；第二辑"四方素描"以北美大陆等地为书写对象，阐述自然的运转之道；第三辑"乡野遐思"，表现乡野之趣与危机；第四辑"结论"理性探讨自然资源保护存在的误区以及如何纠偏。全书是作者一生观察、经历和思考的结晶，不仅表达了对威斯康星沙乡农场和谐生活的追忆，也记录了为追求科学的生态观而经历的教训和痛苦，论述了人与自然、人与土地之间的关系，试图重新唤起人们对自然应保有的热爱与尊重。

◾ 中译本以1966年牛津大学出版社修订版为蓝本，以"最接近、最自然"为翻译原则，力求既传达利奥波德那种物我两忘、人土合一的生态美学思想，又再现他视角独特、笔触空灵、文字优美、语言风趣之艺术特征。

曹明伦
1953 —

▪ 四川自贡人,著名翻译家;北京大学博士,四川大学教授、博士生导师;中国作家协会会员、中国翻译协会理事;国务院政府特殊津贴专家、四川省有突出贡献的优秀专家;《中国翻译》《英语世界》《翻译论坛》等刊物编委;主要从事高校英语语言文学专业的教学工作。著有《英汉翻译二十讲》《翻译之道:理论与实践》和《英汉翻译实践与评析》,译有《爱伦·坡集》《弗罗斯特集》《威拉·凯瑟集》《培根随笔集》《莎士比亚十四行诗集》《司各特诗选》和《伊丽莎白时代三大十四行诗集》等多种英美文学经典,论文一百余篇见于《中国翻译》《外语教学》《外语研究》《外国文学》等学术期刊。

沙乡年鉴

A
Sand
County
Almanac

目录

译者序言 ·················· 001

初版序言 ·················· 001

第一辑 | 沙乡年鉴

一月 ·················· **003**

一月雪融 ·················· 003

二月 ·················· **007**

真正的橡树 ·················· 007

三月 ·················· **022**

雁归来 ·················· 022

四月 ·················· **028**

小河涨水 ·················· 028

葶苈 ·················· 030

大果橡树 ·················· 031

空中舞蹈 ·················· 035

五月 ·················· **039**

从阿根廷归来 ·················· 039

六月 ·················· **042**

桤木汊——钓鱼记趣 ·················· 042

七月 ·················· **047**

辽阔领地 ·················· 047

大草原的生日 ·················· 050

八月 ·················· **058**

青青草地 ·················· 058

九月 ·················· **061**

丛林合唱队 ·················· 061

十月 ·················· **063**

淡金色 ·················· 063

起个大大早 ·················· 067

红灯笼 ·················· 070

十一月 ·················· **075**

假若我是风 ·················· 075

手中的斧子 ·················· 076

一座巨大的堡垒 ·················· 082

十二月 ·················· **087**

动物的活动范围 ·················· 087

雪地青松 ·················· 090

编号 65290 ·················· 097

第二辑 ｜ 四方素描

威斯康星州 ···················· **105**
沼泽挽歌 ························ 105
沙乡诸县 ························ 113
原子的奇幻之旅 ················ 116
旅鸽纪念碑 ····················· 122
弗兰博河 ························ 127
死去 ····························· 132
伊利诺伊州和艾奥瓦州 ······ **133**
伊利诺伊大巴之旅 ·············· 133
那双蹬踢的红腿 ················ 137
亚利桑那州和新墨西哥州 ···· **140**
山顶上 ··························· 140
像山那样思考 ··················· 146
埃斯库迪拉山 ··················· 149
奇瓦瓦州和索诺拉州 ········ **155**
厚喙鹦鹉 ························ 155
碧水泱泱的潟湖 ················ 158
加维兰河之歌 ··················· 167
俄勒冈州和犹他州 ··········· **174**
雀麦草雀占鸠巢 ················ 174
马尼托巴省 ···················· **179**
克兰德博伊 ····················· 179

沙乡年鉴
A
Sand
County
Almanac

第三辑 | 乡野遐思

乡野 …………………………………………………… 187

当人闲暇时 ………………………………………… 190

环流河 ………………………………………………… 196

博物学 ………………………………………………… 211

美国文化中的野生动物 ………………………… 219

观鹿 …………………………………………………… 233

大雁的音乐 ………………………………………… 236

第四辑 | 结论

土地伦理 ·· **245**
伦理规范的演化 ································· 246
共同体概念 ······································· 248
生态良知 ·· 252
土地伦理规范的替补责任人 ················ 255
土地金字塔 ······································· 259
土地健康和两派之争 ·························· 267
展望 ·· 270

荒野 ·· **274**
残存的荒野 ······································· 275
户外休闲的荒野 ································· 279
用于科研的荒野 ································· 281
野生动物的荒野 ································· 286
荒野保护者 ······································· 288

生态保护美学观 ································ **291**

译者序言

  清静有种类之分,程度之别。湖中孤岛有种僻静,但湖上总会有船,有船就会有客人登岛造访。云间山峰有种幽静,可山间多有小路,有路就会有游人登峰观景。我不知世间有哪种清静能比春日洪水守护的宁静更无被打扰之忧,连大雁也不知道,虽然比之于我,大雁经历过更多不同种类和程度的孤寂。

——利奥波德(《小河涨水》)

*   *   *

  对喜欢清静而不爱凑热闹的我来说,翻译《沙乡年鉴》(*A Sand County Almanac*)在很大程度上是出于偶然,因当我知道世上有这么一本书时,坊间已有数种中译本刊行,其中包括侯文蕙教授的首译本《沙乡的沉思》(经济科学出版社,1992)。多年前读这本书,是因为听朋友说此书堪与《瓦尔登湖》媲美,但当时读后略感失望,觉得媲美之说有点言过其实,所以我压根儿没想过自己会翻译此书。

2016年，第七届"英语世界杯"翻译大赛的英译汉原文碰巧选的是《沙乡年鉴》第一辑中的"Great Possessions"(《辽阔领地》)，鉴于从首届到第六届，《英语世界》编辑部都委托我为大赛提供参考译文，所以这次我也习惯性地提前准备，也因此有了这本书的英文原著。拙译《辽阔领地》后来配上翻译导读一并发表于《中国翻译》2017年第1期，再后来又收入了拙著《英汉翻译二十讲》增订版。《二十讲》的责任编辑在编校拙稿过程中读到《辽阔领地》，随即建议我翻译《沙乡年鉴》全书，但考虑到此书已有多种中译本，我便婉言拒绝了。后来该编辑又从《中国翻译》2019年第6期读到我从《沙乡年鉴》选译的《青青草地》(The Green Pasture)，于是旧事重提，这次我被说服了，开始准备翻译。无巧不成书，恰好这时人民文学出版社来电话邀请我翻译此书，并很快寄来了出版合同。于是，就有了读者眼前的这个新译本。

* * *

　　中文版《沙乡年鉴》(又译《沙郡年记》)当初大多是贴着"绿色经典""自然哲学""生态文学"或"土地伦理倡导书"等标签进入中国读者视野的，而译者在翻译过程中，也更多地注重传达生态学家利奥波德的生态理念。所以，若从生态学角度或土地伦理角度来看，坊间已刊行的诸多译本都堪称优秀，都读之有益；但若从文学和美学的角度视之，这些译本似乎都与原著隔了一层。换言之，这些译本在传达原著的思想理念方面都近乎完美，但在表现其文字风格方面却稍有欠缺。但既然我们说《沙乡年鉴》堪与《瓦尔登湖》媲美，那么译本就不仅要传达利奥波德那种物我两忘、人土合一的生态美学思想，而且还应该再现他视角独特、笔触空灵、文字优美、语言风趣之艺术特征。故此，我们似乎还需要一种新的译本，一种既能传达原作之生态美学思想和土地伦理观念，又能保持原作之文学性和艺术性的译本。基于这个前提，我在翻译过程中遵循了自己提倡的"最接近、最自然"翻译原则，既追求在思想内容、文体风格和情感语气等诸方面都尽可能地接近原文，同时也注重追求译文语言尽可能地文从字顺、明快自然。不过，正如利奥波德所说，"追求这些高尚的目标，重要的不在于最终实现，而在于追求者之力求"（《博物学》），所以，我也只能希望自己力求的结果与追求的目标不至于天悬地隔。

* * *

《沙乡年鉴》原著有两个版本，一个是经利奥波德亲手编排、从1941年开始就寻求出版、最终于作者去世后的1949年问世的初版，另一个是由他家人增补调整、于1966年出版的增订版。1949年初版分为三辑，即第一辑"沙乡年鉴"、第二辑"四方素描"和第三辑"结论"。1966年增订版增补了从利奥波德另一本著作《环流河》(1953)中选出的八篇随笔的内容。这八篇随笔中最短的一篇《死去》(译文143字)被加入初版第二辑,作为以"威斯康星州"为名的一组随笔之最末一篇;其余七篇中有两篇被合为一篇,加上从初版第三辑移出的《美国文化中的野生动物》,一并以"乡野遐思"为辑名作为增订版的第三辑。初版的第三辑"结论"则顺延为增订版的第四辑。增订版将第二辑的辑名改成了"地貌景观特征"(The Quality of Landscape),但我认为利奥波德本人当初拟定的辑名"四方素描"(Sketches Here and There)更为妥帖,更能概括该辑的内容,也与利奥波德在初版序言中介绍第二辑内容的说法更为吻合,所以本书虽根据增订版译出,但保留了初版第二辑的辑名。

另外,增订版序言所说的"对正文的几个地方稍稍做了细微的修正",指的是对第四辑中《荒野》一文的四处改动:一是删除了第二节《残存的荒野》第四段共162个字符;二是删除了此节倒数第二段末句中的后半句共89个字符,另用137个字符替换之;三是在第五节《荒野保护者》第二段末添加了一句话共46个字符;四是把此节第三段第一句由简单句改为并列句,增加了第二个分句共73个字符。增订版序言所说的"书中文章的编排顺序稍有变动"实际上只针对初版第三辑(即增订版第四辑)而言。变动有二:一是抽出一篇文章编入增订版新增的第三辑,二是颠倒了剩余三篇文章的编排顺序。

所以,对绝大多数读者来说,读初版或增订版的感受都几乎一样,都能读出作者向世人发出的警示和呼吁:我们正在失去赖以生存的生态家园,我们必须重建这个家园;都能感受到作者"人土合一"的生态美学思想和土地伦理观念——土地是锻造文明的原料,土地会产出文化硕果,人与土地是一个共同体,土地应该被人热爱并尊重。

* * *

利奥波德曾担忧"我们的子孙后代将见不到一条原生态状貌的河流"(《弗兰博河》)。利奥波德曾力图"把感知美的能力植入尚不甚美丽的人心之中"(《生态保护美学观》)。然而,在《沙乡年鉴》问世多年后的今天,虽说环境保护和生态恢复工作都初见成效,但生态环境意识似乎尚未普遍地植入世人心中。且不说北极冰盖开始融化、亚马孙雨林面积缩小、墨西哥湾原油污染,以及日本福岛的核泄漏,就是我们身边的生态环境有的也尚未得到应有的保护或治理。十年前,我突然心血来潮想再看一眼流经东坡故里的一条小河——思濛河,因为我初中毕业后下乡当知青的地方就在思濛河畔。我在那条河边生活了将近七年,几乎度过了我的全部青春岁月。记忆中的思濛河清澈见底,流水和天空一样是蔚蓝色的。但当我在那条河中游段河边停住车,踏上那片我曾生活劳作过的土地时,我找不到任何言辞来形容我当时的心情。我眼前是一湾灰蒙蒙、绿幽幽、油腻腻的死水，河边到处是花花绿绿的垃圾，招手欢迎我的是灌木枝条上迎风招展的塑料袋。当时我眼前的思濛河正好应了利奥波德《碧水泱泱的潟湖》开篇段落里的一句话："重游故地不仅会糟蹋一次旅游，而且还会使一段记忆褪色。只有将其埋在脑海深处，闪光的冒险经历才会永远辉煌。"斯言不谬，要是我不心血来潮想故地重游，思濛河在我的记忆中永远都会是那条清澈的河。所以，哪怕是仅仅为了我记忆中的那条河，我也力荐大家都不妨读读这本书，尤其在沙化的草地变绿之前，在污染的河水变清之前，这本《沙乡年鉴》更值得一读，纵然读后不能改善环境，至少也可净化心灵。

* * *

作家的思想和情怀都是用言辞来表达的，如范仲淹为抒发其忧国忧民之情，乃振笔于岳阳楼上；欧阳修为袒露其与民同乐之怀，遂挥毫于醉翁亭间。同样，利奥波德的生态美学思想和土地伦理观念也都编织在他那些空灵而优美、睿智而深刻的言辞之中。所以，箴言隽语在《沙乡年鉴》中随处可见。例如，"他们靠这片土地生存，却不会靠这片土地生活"（《空中舞蹈》），"没经历过恐惧的生活一定是乏味的生活"（《山顶上》）；又如，"对春天充满希望却两眼朝天者，永远也看不见葶苈这般不起眼的小草；对春天不抱希望而双眼低垂者，就算踩上葶苈也可能浑然不知。只有那些跪在地上找春天的人，才会看见葶苈，而且触目皆是"(《葶苈》)；再如，"年轻人必须知道的是：正在你心灵船坞中建造的那艘船，同样可以在大海上自由航行"(《美国文化中的野生动物》),"感知力用学位换不来，用金钱买不到……发展野外休闲这项任务并非是把公路修至美丽的乡野，而是要把感知美的能力植入尚不甚美丽的人心之中"(《生态保护美学观》)。不过我感受最深的一句话是"三月的玉米地可谓平淡乏味，可当玉米地上空传来鸿雁嗷鸣，平淡也就不再乏味"(《乡野》)。"平淡而不乏味"，单是这句平淡的话就值得我们现代人细细品味。

曹明伦

2021年元旦

于成都华西坝

初版序言

有些人没有野生动植物相伴也能生活，有些人则不能。本书中这些短文就记述了后者所感受的欢愉和身处的窘况。

在社会进程开始灭绝野生动植物之前，其存在被人视为自然常态，犹风吹日落般天经地义。如今，我们却面对这样一个问题：为了一种更高的"生活水准"，是否就值得牺牲那些天生地养、自然蕃息的生物？对我们少数人而言，有机会看到大雁比观看电视更重要，而有幸找到一株老冠花则是一种权利，一种与言论自由一样不可剥夺的权利。

我承认，在机械装置为我们确保美味的早餐之前，在现代科学为我们揭示野生动植物从何而来及如何生存的戏剧化场景之前，这些野生动植物几乎不具有人文价值。因此，今天的所有争论都可归结为土地开发度问题。我们少数人可从发展进程中看到一个土地报酬递减律，但我们的争论对手对此却视而不见。

* * *

人类必须设法应对所面临的现实。本书中这些文章就是我的应对办法。文章分为三辑。

第一辑讲述了我和家人在远离过度现代化的周末避难所（乡下木屋）的所见所为。在威斯康星州这个沙地农场，在这个被我们总想更大更好的社会耗损后又遗弃的沙地农场，我们设法用铁锹斧头重建我们在别处正在失去的家园。正是在这片土地上，我们试图寻找——并且不断找到——上帝赐予我们的灵粮。

这些木屋札记按月份顺序辑成一部《沙乡年鉴》。

第二辑为《四方素描》，记述了我人生中的一些经历，这些经历让我渐渐懂得，有时甚至是痛苦地懂得，结伴同行者也会步调相左。我这四十年间在北美大陆各地的经历，可为贴着"环保"这块共同标签的现实问题提供一份适当的范例。

第三辑《结论》用更为逻辑的语言阐述了我们这些持异议者的观点，这些观点阐明了我们为什么持有异议。唯有志同道合者才会费神去思考此辑中的这些哲学问题。我想，或许可以这样说：这些短文可告诉那些步调相左的同行者，如何才能重新步调一致。

* * *

生态保护之所以毫无进展，是因为其理念与我们的亚伯拉罕土地观①相悖。我们之所以滥用土地，是因为我们将其视为属于自己的一种商品。而只有把土地看作我们从属于其中的一个共同体，我们才会怀着爱心和敬意去使用土地。唯有如此，土地方能幸免于机械化人类活动的影响；唯有如此，我们方可凭借科学技术，从土地获得其能够回报给耕耘的有美感的收成。

土地是一个共同体，这是生态学的基本观念；而土地应该被人热爱，受人尊重，这是伦理学概念的一个外延。至于土地会产出文化硕果，则是个早就为人所知但后来却常常被人忽略的事实。

本书中这些文章试图融会以上这三种观念。

当然，这样一种对土地和人的见解，极易因读者个人的经验和偏好而被混淆，甚至被歪曲。但无论真相在何方，这个事实都显而易见：我们这个总想更大更好的社会，如今就像个忧郁症患者，终日为其经济健康而心神不定，结果丧失了保持健康的能力。整个社会都渴求更多的现代浴具，结果却失去了生产浴具（乃至于关掉水

---

① "亚伯拉罕土地观"源自《圣经》，即所谓神赐乐土的观念。据《圣经·旧约》记载，上帝赐予古希伯来人的始祖亚伯拉罕及其后裔土地（《创世记》12:7；《申命记》34:4），土地上自然生长着小麦、大麦、葡萄、石榴、无花果和橄榄树（《申命记》8:8，到处流淌着牛奶和蜂蜜（《出埃及记》13:5；《利未记》20:24；《申命记》6:3），甚至就像作者在本书《土地伦理》中所调侃的那样，"土地会自动把牛奶和蜂蜜喂进亚伯拉罕嘴里"，所以世人只需享受并感谢神恩，无须关怀土地。"亚伯拉罕土地观"的现代版即利奥波德在《土地伦理》中所批评的"人对土地只享特权而不尽义务"。

龙头）所必需的社会稳定。就眼下而言，最有益于健康的办法，莫过于用健康的心态稍稍看轻过多的物质恩惠。

或许，要实现这种价值观的转变，我们可用天生地养、自然蕃息的生物作参照，对那些违背自然、人工驯养和圈养的产物进行重新评估。

奥尔多·利奥波德
1948年3月4日
于威斯康星州麦迪逊市

第一辑
I

沙乡年鉴
A Sand County Almanac

一 月

一月雪融

　　每年隆冬季节的暴风雪之后，积雪都会在某个夜里开始消融，是夜，滴滴答答的水滴声清晰可闻。水滴声不仅会让夜眠的动物异常兴奋，还会唤醒某些入冬以来就一直在沉睡的动物。在洞穴里蜷伏冬眠的臭鼬，此时会展开身子，冒险出穴，去巡游洞外湿漉漉的世界，让皑皑白雪揉擦其腹部。在人们称之为年份的起止周期中，臭鼬的足迹可谓一年之初的一种标志。

　　对其他季节不平凡的凡尘俗事，臭鼬的足迹可能都漠不关心，因为足迹径直越过田野，仿佛留下这足迹者曾拖着辆四轮车要去某颗星星，一路上任随缰绳在雪地上拖曳。我爱尾随这种足迹，好奇地揣摩留下这足迹者的心思和欲望，如果它有目的地，我也想探个究竟。

* * *

　　一年中有那么几个月份，即从一月到六月，让人感兴趣的事会按几何级数增长。一月里，除尾随臭鼬的足迹外，人们还可以去搜寻套在黑冠山雀足上的鸟环，去看鹿啃食什么样的嫩松枝，或是去看麝鼠占的是什么样的貂巢，偶尔才会稍稍分心去关注他事。在一月里所能看到的，可以说如同下雪般单调而平静，几乎像寒冷一样绵长而持久。人们不仅有时间去观察谁都做了些什么，还有时间去推究为何要那样做。

* * *

一只湿漉漉的田鼠被我的脚步声惊动，倏地横窜过臭鼬留下的那道足迹。田鼠为何要在光天化日下四处流窜呢？也许它是为积雪消融而感到伤心。它辛辛苦苦挖掘的那些秘密通道，那些穿过雪下草甸的迷宫般的通道，今天已不成其为地道，而只不过是暴露无遗的小径，众目睽睽下的笑柄。那轮令积雪消融的太阳，着实嘲弄了这个季节性经济体系的建筑及其基础！

田鼠是一种懂事的居民。它们知道，青草生长是为了鼠类能将干草储藏在地下，雪花飘落是为了鼠类能挖建连通干草堆的地下通道：供给、需求和运输就这样巧妙地组合。对田鼠而言，积雪意味着摆脱饥饿与恐惧。

* * *

一只毛腿鹰飞过前方草地来到近旁。接着它慢了下来，如鱼鹰般在空中盘旋，然后像一枚带羽毛的炸弹一头扎进湿地。它没再起飞，所以我确信，它已经抓住了某只会建隧道粮仓的田鼠，此时正在享用鼠肉大餐，而那个倒霉蛋只因为忧心如焚，急于查看它井然有序的世界之受损情况，等不及挨到天黑便钻了出来。

毛腿鹰不知青草为何生长，但它心里很清楚，积雪消融是为了鹰可以再度抓到田鼠。它从北极南下，一心就盼着雪融，因为对鹰来说，雪融就意味着摆脱饥饿与恐惧。

* * *

臭鼬的足迹进入树林，越过一片林间空地，空地上的积雪已被野兔踩实，雪上还留有略呈粉红色的尿渍。新冒出的橡树苗已用其被啃的嫩枝为雪融付出了代价。一簇簇兔毛说明，发情的雄兔之间已进行过本年度第一场战斗。再往前，我发现了一摊血迹，周围是一大圈猫头鹰展翅扑棱过的印痕。对这只兔子来说，雪融使它摆脱了饥饿，但也令其莽撞，忘记了恐惧。那只猫头鹰已告诫它，对春天的向往不能代替警惕。

* * *

臭鼬的足迹继续延伸，既没显示出对潜在食物的兴趣，也不关注其邻居的嬉耍或报应。我不禁感到疑惑：这足迹的主人到底在想些什么？是什么使它钻出冬眠的洞穴？这肥硕的家伙拖着滚圆的肚子涉泥踏雪，难道真有什么浪漫的目的？足迹最后隐入一堆水上浮木，没再出现。我听见浮木间有清脆的水滴声，我想那只臭鼬也能听见。我转身回家，一路上依然疑惑。

二 月

真正的橡树

人要是没有一座自家的农场，心中便会有两个危险因素：一是会以为早餐来自杂货店，二是会以为暖和来自壁炉。

要避免第一种风险，可弄个园子种种，此法最适合附近没有杂货店的地方，这样就不会搞混上述问题。

要避免第二种风险，可以在铁制柴架上放一块上等橡木，此法最好用在没有壁炉的屋里，这样当二月的大风雪摇撼屋外的树木时，就可点燃那块橡木温暖双腿。一个人若是伐过木，劈过柴，搬过柴块，垛过柴堆，那就让他回想一下，他差不多会记起这温暖源自何处，并会用许多理由去驳斥他人，驳斥那些靠着暖气片过周末的城里人。

* * *

此刻我屋里铁制柴架上就燃着一块特别的橡木，橡木曾生长在那条移民古道路旁，古道从那儿往上通向沙丘。伐倒这棵树后我曾测量过树桩，其直径有三十英寸，其截面环纹显示有八十个年轮，因此，这棵树的幼苗形成其第一圈年轮的时间很可能是 1865 年，即南北战争结束的那年。而据我从现在橡树苗的生长历程所知，想长到野兔啃不着的高度，非得要十年时间甚至更长，而在这十年间，小橡树每年冬天都会被野兔啃掉一圈嫩皮，到接下来的夏天才会重新长出。的确，最清楚不过的是，每一棵幸存的橡树都是野兔疏忽或稀少的结果。要是有一天，某位耐心的植物学家画出一条橡树生长周期曲线，那条线会显示每十年出现一个峰值，而每个峰值都源自十年间野兔繁殖周期的低潮。（通过物种内部和之间这种持久而特殊的竞争，动物群和植物群得以共处共存。）

所以很有可能，19 世纪 60 年代中期曾有过一次野兔繁殖的低潮期，而就是在那个时候，我这棵橡树开始长出年轮，不过其种子落地的时间还要往前推十年，当时移民的大篷车队还在沿那条古道朝大西北行进。可能是车流的碾压使路侧斜坡无遮无掩，结果这粒独特的橡子终能迎着阳光展开最初几片嫩叶。只有千分之一的橡子能抽枝长大，大到足以与野兔抗衡，其余的则刚冒芽就被茫茫草海淹没。

这棵橡树没遭此厄运，还活下来积蓄了八十年夏日阳光，想到这点都让人感到温暖。借助于我的斧锯，此刻这阳光正在释放，穿越八十载狂风暴雪，温暖我的小屋，也温暖我心。而每遇冬日风雪，我家烟囱冒出的柴烟都会向世人证明，阳光并没有白白照耀。

我那条狗并不关心温暖来自何处,但却非常在意温暖到来,而且要来得及时。实际上,它觉得我弄来温暖的本事有点神奇,因为当我在冷飕飕的拂晓摸黑钻出被窝,哆嗦着跪在柴架旁生火的时候,它总是殷勤地挤在我和放引火物的灰烬堆之间,弄得我只好把火柴从它腿间伸过去点火。我猜想,这种忠诚就是那种能感动群山的忠诚。

这棵橡树成材生涯之终结,其罪魁祸首是一道闪电。七月里一天晚上,我们都被那声惊雷震醒,当时我们就意识到,那道闪电肯定就劈在附近。但既然自己没遭雷劈,我们又都钻回被窝继续睡觉。人类总让万事万物都接受自己的检验,而这对闪电来说显然也适用。

次日上午,我们漫步于沙丘,分享金花菊和三叶草因沐浴过新雨而感到的欢欣,这时我们发现了刚从路边那棵橡树上撕扯下的一大块树皮。橡树树干上有道长长的螺旋形伤口,足有一英尺宽,露出白晃晃的木质,尚未被太阳晒黄。到第二天,橡树叶蔫了,于是我们知道,那道闪电送给了我们三考得①可指望的木柴。

我们为老橡树之死而悲哀,但我们知道,它的子孙,沙丘上另外十几棵挺拔的橡树,已经接替了它生产木材的工作。

---

① 考得是英美等国采用的木柴体积单位,1考得等于 4×4×8 英尺或 128 立方英尺,折合 3.62 立方米。

我们让死去的老橡树在太阳下晒了一年，不过它已经不能再积蓄阳光。然后，在一个寒冷的冬日，我们将一把新锉过齿的拉锯横在了它的根部。随着锯齿切入，清香的历史碎末喷洒而出，堆积在两位跪地拉锯者膝盖前的雪地上。我们感觉到，这两堆锯末不仅仅是细小的木屑，而是一个世纪的完整截面；我们感觉到，锯齿正一点又一点、十年又十年地切入一个生命的年表之中，切入这棵值得尊重的橡树用一圈圈年轮写成的编年表之中。

*　*　*

只拉了十几个回合，锯齿就切过了我们拥有这棵橡树的这几年，而就在这几年中，我们学会了热爱并珍惜这座农场。突然，锯齿开始切入前任农场主的年代，我们的前任是个酿私酒的家伙，他不喜欢这农场，在榨干其剩余价值后，就一把火烧了农舍，把土地（连同拖欠的税款）抛给了县政府，然后消失在大萧条时期那些无立锥之地的无名氏当中。不过，橡树也曾为他奉献过优质木材，属于他的锯末也和我们的一样清香，一样实在，一样呈现出粉红颜色。橡树对人都一视同仁。

那个私酒酿造者对农场的拥有，终结于风沙和干旱较厉害的1936、1934、1933或1930年的某个时刻。从他酿酒作坊冒出的橡树柴烟，从沼泽燃烧冒起的泥炭黑烟，在那些年头肯定曾遮天蔽日,而各项环保举措那时还远在天边,不过,这锯末没显示任何变化。

歇口气吧!领班拉锯手高喊,于是我们停下来歇气。

* * *

现在我们的锯片已切入 20 世纪 20 年代,就是巴比特[①]得意的那十年,那个时候,一切都在盲目和傲慢中发展得更大更好——直到 1929 年股市崩盘。即便这橡树听说过股市崩盘的消息,其木纹也不会有任何标记。这橡树也不曾留意立法机构关于爱护树木的那几项举措,如 1927 年颁布的一个全国森林及林木采伐法规,1924 年在密西西比河上游洼地建立的一个巨大保护区,1921 年公布的一项新森林政策。它也没有注意到本州最后一只貂鼠死于 1925 年,而第一只椋鸟到来是在 1923 年。

1922 年 3 月那场大冰雹砸掉了附近那棵榆树的一些枝丫,却没在我们这棵橡树上留下任何伤痕。对一棵真正的橡树而言,成吨的冰粒又算得了什么?

歇口气吧!领班拉锯手高喊,于是我们停下来歇气。

* * *

---

① 巴比特是美国作家、诺贝尔文学奖获得者辛克莱·刘易斯(Sinclair Lewis, 1885—1951)同名小说《巴比特》中的主人公,代指狭隘自满的中产阶级。

现在锯片进入1910至1920年间，那是梦想排水造地的十年。为造出耕地，当时的蒸汽挖掘机汲干了威斯康星州中部的沼泽，但造出的却是一堆堆泥炭灰。我们的沼泽幸存了，可这并非因为工程师们谨慎或克制，而是因每年四月河水猛涨，将湿地淹没，尤其是在1913至1916那几年，淹得特别厉害——那也许是种自卫性报复。橡树按部就班地增长年轮，甚至在1915年也一成不变，那年最高法院废止了州有森林权，商人出身的菲利普州长自以为是地宣称："州办林业不是桩好买卖。"（州长没想到，"好"可以有多种定义，甚至什么是"买卖"也有不同的解释。他没有想到，当最高法院在法律文本上为"好"下一个定义时，大火正在大地上为"好"下一个完全不同的定义。或许，身为一州之长，他在这类问题上不应该受到怀疑。）

在这十年间，林业生产退步，动物保护却有所进展。1916年，野鸡顺利地在沃基肖县安家；1915年，颁布了一部禁止春猎的联邦法规；1913年，一座州立野生动物养殖场开业；1912年，出台了一个保护雌鹿的"雄鹿法案"；1911年，野生动物庇护地风靡全州。"庇护"一时间成了个神圣的字眼，但这棵橡树并未留意。

歇口气吧！领班拉锯手高喊，于是我们停下来歇气。

* * *

现在我们锯到了 1910 年。那年，一位了不起的大学校长[①]出版了一本关于资源保护的书，一种传播甚广的叶蜂病使数百万棵美洲落叶松枯死，一次旷日持久的干旱致大片松林被焚毁，一条巨大的挖泥船让霍里孔湿地干涸。

我们锯到了 1909 年。该年首次在大湖区养殖胡瓜鱼，也是在该年，夏季雨水充沛导致立法机构削减了森林防火款项。

我们锯到了 1908 年。那一年天气干旱，森林大火熊熊燃烧，威斯康星丧失了最后一头美洲狮。

我们锯到了 1907 年。是年，一只寻找乐土的山猫迷失了方向，最后在戴恩县的田野里终其一生。

我们锯到了 1906 年。那年首任州林务局长就职，可大火却烧掉了本州这些沙地县共一万七千英亩森林；我们锯入 1905 年，那年从北方飞来一大群苍鹰，吃光了本地的松鸡（苍鹰肯定也曾栖在这棵树上，吃过我家农场上的松鸡）。我们锯入 1902 至 1903 年之交，那个冬天特别寒冷；1901 年，是年遭遇了有气象记录以来最严重的干旱（年降雨量仅为十七英寸）；1900 年，那年是满怀希望和祈愿的世纪之年，可橡树也只添了一圈普通的年轮。

[①] 指曾任威斯康星大学校长的美国地质学家范海斯（Charles Richard Van Hise，1857—1918），他在 1910 年出版的那本书名为《美国自然资源的保护》(Conservation of Natural Resources in the United States)。

歇口气吧！领班拉锯手高喊，于是我们停下来歇气。

※ ※ ※

现在锯片切入了 19 世纪 90 年代，就是被那些眼睛只盯着城市而不朝向乡村的人称之为的"欢乐年代"。我们锯入 1899 年，那一年，在北边两个县以北的巴布科克地区附近，最后一只旅鸽撞上了一粒子弹；锯片切入 1898 年，那年秋天干旱，冬天没下雪，土地冰冻达七英尺之深，苹果树被冻死；1897 年，又一个干旱之年，又一个林业委员会成立；1896 年，仅斯普纳镇区就向市场提供了两万五千只草原松鸡；1895 年，又一个森林大火之年；1894 年，又一个干旱之年；1893 年，"蓝背鸟风暴"之年，那年三月的一场暴风雪使迁徙的蓝背鸟数量减到几乎为零。（最初迁徙的蓝背鸟总会在这棵橡树上歇脚，但从 90 年代中期起，它们很可能不歇脚就飞走。）锯片切入 1892 年，又一个森林大火之年；1891 年，松鸡繁殖周期的低潮年；1890 年，巴布科克牛奶检测法[①]被正式采用，此法让半个世纪后的海尔州长能够夸口：威斯康星是"美国的牛奶王国"。这句大话如今被印在本州驾照上到

---

① 美国农业化学家、威斯康星大学教授巴布科克（Stephen Moulton Babcock，1843—1931）发明的一种测定牛奶脂肪含量的方法，此法能防止牛奶掺假。

处炫耀，这在当时是不可能预见的，甚至巴布科克教授本人也不可能预见。

同样是在1890年，我这棵橡树目睹了史上数量最多的松木筏顺威斯康星河漂流而下，去为大草原各州的乳牛建造系统化大型红色牛舍。如今那些优质松木仍屹立着为乳牛遮风挡雨，一如可敬的橡树为我抵御严寒一样。

歇口气吧！领班拉锯手高喊，于是我们停下来歇气。

* * *

现在锯片切入19世纪80年代。1889年，那是个干旱之年，当年首次宣布设立植树节；1887年，威斯康星州任命了首批狩猎法执法官；1886年，农业大学首次为农场主开设了短期课程；1885年，由一个"空前漫长且特别寒冷"的冬天揭开序幕；1883年，W. H. 亨利院长报告说，麦迪逊市的春花期比往年的平均记录迟到了十三天；1882年，因遭遇那场历史上著名的"大雪"，加之从1881年底到1882年初的极度严寒，门多塔湖比往年晚了一个月解冻。

也是在1881年，威斯康星农业协会就下面这个问题展开了辩论：如何解释近三十年来黑橡树次生林在全州范围内出现的现象？我这棵橡树也属于黑橡树。一位辩论者断言，这种现象乃自然发生；

另一位则认为，此乃南迁途中的鸽群吐下橡子所致。

歇口气吧！领班拉锯手高喊，于是我们停下来歇气。

* * *

现在锯片切入19世纪70年代，那是威斯康星州疯狂种植小麦的十年。1879年某个星期一早上，麦蝽、蛴螬、锈病，加之土壤耗竭，终于让威斯康星的农场主相信，在种植小麦的这场土地比拼中，他们的土地拼死也比不过西部原始草原上的麦田。我猜想，这座农场也曾参与那场比拼，我这棵橡树北边那片沙化流土就是当初过度种植小麦的结果。

1879年还见证了在威斯康星第一次养殖鲤鱼，见证了偃麦草从欧洲偷渡到此地。1879年10月27日，六只迁徙途中的草原松鸡栖息在麦迪逊德国移民卫理公会教堂的屋顶，俯瞰这座正在发展的城市。据当时的报道，同年11月8日，在麦迪逊城内各市场，花十美分就能买到一只鸭子。

1878年，一位来自索克拉皮兹的猎鹿人预言："猎人的数量有可能超过被猎的鹿。"

1877年9月10日，在马斯基戈湖狩猎的两兄弟一天就猎获了二百一十只蓝翅鸭。

1876年是记录中降雨最多的一年，年降雨量达五十英寸。草原松鸡数量锐减，也许是因为暴雨的原因。

1875年，在东边那个县以东的约克草原，四名猎人猎杀了一百五十三只草原松鸡。同年，美国渔业管理委员会在德弗尔斯湖养殖大西洋鲑鱼，该湖位于我这棵橡树以南十英里处。

1874年，首批由工厂制造的带刺铁丝网被钉上橡树树干；我希望，锯齿下这棵橡树中别嵌着那种玩意儿！

1873年，芝加哥一家公司收购并销售了二万五千只草原松鸡。芝加哥贸易商以每打3.25美元的价格，总共收购了六十万只。

1872年，在西南方两个县以远的地方，威斯康星的最后一只野生火鸡被猎杀。

可以这样说，那结束了疯狂种植小麦的十年，想必也同样终结了对野鸽疯狂而血腥的猎杀。1871年，就在从这棵橡树朝西北方向展开五十英里的一个三角地带内，估计有一亿三千六百万只野鸽筑巢，说不定有些巢就筑在这棵树上，因为当时这棵茁壮成长的小树已有二十英尺高。大批猎鸽者用捕网、猎枪、棍棒和引诱野鸽舔食的盐砖，从事其商业买卖，一车车预想中的鸽肉馅饼沿铁路运送到南部和东部的一些城市。那是野鸽最后一次在威斯康星大规模筑巢，在其余各州几乎也是最后一次。

这同一个1871年还提供了美利坚帝国高歌猛进的其他证据，例如清除了数县境内所有森林田地的佩什蒂戈大火，以及据说是由一头倔牛尥蹶子踢翻油灯引发的芝加哥大火①。

1870年，田鼠也展示过鼠类帝国的高歌猛进；它们吃光了这个新州②所有的新果园，然后死去。田鼠当时没吃我这棵橡树，因为其树皮对它们来说，已经太厚实而坚韧。

同样是在1870年，一名出售猎物的枪手在《美国冒险家》杂志上炫耀，他仅用三个月时间就在芝加哥附近猎杀了六千只野鸭。

歇口气吧！领班拉锯手高喊，于是我们停下来歇气。

* * *

现在我们的锯片切入19世纪60年代，当时成千上万的人献出了生命去解决这样一个问题：由人与人联合而成的共同体会轻易解体吗③？他们解决了这个问题，但他们当时未曾预见，我们现在也仍未看出，人与土地这个共同体也面临同样性质的问题。

对于这个更重要的问题，这十年间也并非没有进行过探索。例

---

① 这两场大火发生在同一天（1871年10月8日），前者发生在威斯康星州东北部的马里内特县，是美国历史上死亡人数最多的火灾，火灾令佩什蒂戈城和周边100多万英亩林地化为灰烬，1200多人丧生；后者令大约300人丧生，10万人无家可归。
② 威斯康星于1848年才获准加入美利坚合众国，成为其第30个州。
③ 指最终使合众国归于统一的南北战争（1861—1865）。

如拉帕姆[①]就于1867年促使州园艺学会设立了植树造林专项奖金。1866年,威斯康星的最后一头土生麋鹿遭猎杀。锯齿现在切入了1865年,即这棵橡树形成木髓的那年。就在那一年,约翰·缪尔[②]想买下他哥哥的农场,作为他从小就喜爱的野花的保护地,那座农场就在这棵橡树东边三十英里的地方。他哥哥后来拒绝了出售那片土地,但却没能打消他保护野花的念头。在威斯康星的历史中,1865年还作为关爱野生动植物的元年。

我们已锯到树芯。锯片现在朝着历史的顺时方向移动。在回溯了过去那些年代之后,锯片向外切向树干的最外沿。最后,粗大的树干一阵颤动,锯口突然变宽,拉锯手迅速抽出锯片,同时闪避到安全地带,并齐声高喊:"倒啦!"我那棵橡树开始倾斜,嘎吱作响,最后终于轰然倒下,横卧在那条曾给予它生命的移民古道上。

* * *

接下来的活儿就是锯木劈柴。锯断的一截截树干顺一溜竖立,

---

① 拉帕姆(Increase Allen Lapham,1811—1875),美国自学成才的地质学家,被誉为"威斯康星州的第一位科学家"(Wisconsin's first scientist)。
② 约翰·缪尔(John Muir,1838—1914),美国博物学家、森林保护倡导者,著有《加利福尼亚的群山》(*The Mountains of California*,1894)、《我们的国家公园》(*Our National Parks*,1901)、《我的童年和青少年时代》(*The Story of My Boyhood and Youth*,1913)和《阿拉斯加游记》(*Travels in Alaska*,1915)等。

二月

伴着长柄重锤砸钢楔的清脆声响，树干裂成散发着清香的木块，等待扎成捆堆放在路边。

对历史学家而言，锯、楔、斧之不同功能各有其象征意义。

锯子只能横向切过年份，而且须一年一年按顺序切入。锯齿从每一年拉出真相的碎末，碎末集成一堆一堆，这一堆堆碎末被伐木工称为锯末，历史学家则将其称为档案；但无论是伐木工还是历史学家，都是凭显露在外的标本特征来判断其本体的内在特性。横断面完全形成，树才会倒下，这时树桩才会显示一个世纪的全貌。凭着这一倒，树便可证明被称为历史的大杂烩之统一性。

与锯子不同的是，楔子只能使木材径向裂开，这种径切面有可能立刻就显出多年的全貌，但也可能什么也不显示，这取决于在截面上选楔入点的技巧。（所以，若拿不准楔入点，那就让锯成截的木材风干一年，等其自身形成裂纹。许多匆匆砸入的楔子被纹理交错的疙瘩卡住，结果只会陷在木头里生锈。）

斧子只能以一定角度倾斜着砍进年轮，这种进入法只能接触到近年形成的外围那几圈。斧子的专长在于砍除繁枝缛节，干这种活儿锯楔都使不上劲。

对真正的橡树，这三样工具必不可少；对真正的历史，此三器也不可或缺。

*　*　*

我就这样沉思冥想,这时烧水壶开始呜呜发声,那块上等橡木在白白的灰烬上烧成了红红的木炭。待春天到来,我会把这些炭灰送回沙丘坡下的果园。它们会再次回到我身边,或许是化作红红的苹果,或许是化为一种信念,就像十月里某只胖松鼠怀有的信念,它自己都不知道到底为什么,却会专心于播种橡子。

三 月

雁归来

　　谚曰一燕不成夏，但劈开三月解冻期雾霭飞来的一群大雁可真就是春天了。

　　一见雪融就歌唱春天的主红雀，发现自己弄错后可知错就改，乖乖地恢复其冬日缄默。想出来晒太阳却遭遇暴风雪的花栗鼠，也只需再钻回自家地窝。可摸黑飞了两百英里、一心就指望在冻湖上找到个冰窟窿的大雁，想要回头就没那么容易了。大雁归来是怀着一种信念，一种预言者自断退路的信念。

　　对于眼不望天空、耳不闻雁鸣的行路人来说，三月的清晨和他们一样单调乏味。我曾认识位上过大学、佩有全美优秀大学生荣誉会标志的女士。她告诉我说，她从没听见过雁叫，也从未看见过大雁，然而，在她家隔音效果极佳的屋顶上空，大雁会一年两度宣告季节更替。难道我们的教育可能是一个用内在意识去换取身外之物的过程？如果大雁也做这种交易，那它很快会成为一堆羽毛。

　　向我们农场宣告季节更替的大雁见多识广，甚至通晓威斯康星州的法规条例。十一月南迁的雁群总傲慢地从我们头顶高高飞过，即便认出喜欢的沙洲沼泽也断然不会雁过留声。人们用"像乌鸦一样飞"来比喻走直路，但较之于雁飞，乌鸦就是走弯路了。这些大雁会径直飞往其目的地，即我家南边二十英里外最近的一个大湖。雁群白天会在宽阔的湖面闲逛，夜间则会上岸偷吃收割后还留在地里的玉米。十一月的雁群知道，从日出到日落，在每一片沼泽，每一个池塘，都有满怀希望的猎枪在等着它们。

三月里北飞的雁群则有另一番经历。虽然大半个冬天都在遭受枪击，羽翼上还有铅弹留下的伤痕，但大雁知道，春季停火协定此刻已实施。雁群会沿着 U 形河道飞翔，会从低空掠过现在已没有猎枪的岬角和岛屿，犹如见到久别的朋友，嘎嘎鸣叫着向每一片沙洲致意。雁群会在沼泽和草地上方盘旋，招呼每一个刚解冻的池塘和水坑。最后，它们会绕着我家农场上那片沼泽，礼节性地兜上几圈，然后调整翅翼，静静地滑向附近的池塘，黑色的双腿像起落架般垂下，白色的尾羽衬着远处的山丘。一触到水面，我们这些新到的客人就会欢叫着戏水，从脆弱的香蒲上抖落最后一丝冬意。我们的大雁又回家了！

每年这个时刻，我都希望自己是只麝鼠，躲在沼泽地偷看雁归来。

首群大雁一落脚，便会嗷嗷长鸣，高声邀请每一群迁徙的同类，结果用不了几天，沼泽地里就会满是大雁。在我家农场，衡量春意浓度有两个标准，一是看种了多少棵松树，二是看栖息了多少只大雁。我们的最高纪录产生于1946年4月11日，那天共数到了六百四十二只。

和秋雁一样，春雁也会每天到玉米地觅食，但不是趁着夜色偷偷摸摸地悄悄往返，而是在光天化日下嘎嘎嚯鸣着来去，每次出发前都会为玉米味道高声争论，返回时这种争论声听上去更加喧吵。归雁一旦彻底到家，就不再礼节性地在沼泽上空兜圈。它们会像枫叶般自由翻飞，会忽而左侧忽而右倾地滑翔，会叉开双腿迎着身下同伴的呼叫声直冲而下。我猜想，接下来的嘎嘎声或许与白天玉米宴之可口有关。春雁现在吃的是去秋散落在地里的玉米粒，那些玉米粒入冬后被积雪覆盖，才免入冬日觅食者乌鸦、田鼠、野鸡和棉尾兔之口。

有个显著的事实是，大雁选择觅食的那些玉米地大多都是从前的大草原。没人知道这种偏好能说明什么：是证明草原玉米地产的玉米营养价值更高，还是反映了从大草原时代起就代代相传的某种古老传统。或许，这只反映了一个简单的事实，由大草原变成的玉米地越来越辽阔。如果能听懂大雁每天往返玉米地途中的喧嚷争论，我也许很快就会弄明白大雁这种偏好的原因。但我听不懂雁语，而且我也乐于保留点神秘。要是我们对大雁无所不知，这世界该是多么无趣!

如此观察春雁的日常起居和生活习性，你就会注意到有些雁爱单飞，注意到那些飞翔和嘶鸣都更频繁的孤雁。人们倾向于认为孤雁的嘶鸣是在哀鸣，并由此得出结论，孤雁都是些失去伴侣的伤心鳏夫，或是在寻找失散儿女的单身母亲。但有经验的鸟类学家确信，这种对鸟类行为的主观臆测并不可靠。而我对这个问题，长期以来都努力保持一种虚心态度。

为统计雁群通常由多少只雁组成，我和我的学生花了六年时间，最后竟意外地在一定程度上解释了孤雁为何而孤。我们通过数字分析发现，组成雁群的数目通常是六或六的倍数，这种几何倍数很难仅用偶然性来解释。换种说法，雁群是以家庭为单位，或者是多个家庭的组合，而春雁单飞的现象很可能正好契合人们先前出于爱心而倾向于的那种猜想。春季孤雁是在冬季猎杀中失去了家庭的幸存者，嗷嗷哀鸿是在徒然寻找失去的伴侣和子女。这下我可以坦然地为孤雁哀鸣而悲，与嗷嗷哀鸿一道凄恻了。

枯燥的数字能这样证实爱鸟者多情的猜想，这可实属罕见。

四月的夜晚，当天气暖和到能让人坐到屋外的时候，我们喜欢偷听沼泽地里大雁开会的进程。开始的时候，沼泽地里会久久地一片寂静，其间偶尔会听到蛎鹬鼓翅的簌簌声，远处某只猫头鹰的咕咕声，或是某只黑鸭发情时的嘎嘎声。然后，突然传出一声尖厉的雁鸣，随之引来众雁喧哗，嗷嗷嗷嗷，间杂着羽翼拍水的扑漉声，足蹼划水的溅溅声，以及辩论会旁观者闹哄哄的鸣叫声。最后一个低沉的声音做总结发言，其后喧哗声会变成隐约可闻但总停不下来的窃窃私语声。这时，我会再次希望自己是只麝鼠。

待到老冠花盛开的时候，雁群聚会便逐渐减少。快到五月时，沼泽地会又一次变成长满青草的湿地，这时只有秧鸡和红翼鸫为它带来些许生机。

* * *

具有历史讽刺意味的是，直到1943年，人类的大国强国才在开罗发现了国家联合的意义。而与人类同一个世界的大雁早就有了这种整体观念，并在每年三月都冒生命危险来诠释这种观念的基本原理。

最初世界上只有大冰原的联合。随后是三月解冻期的联合，全球的大雁集体迁徙向北逃亡。自十万年前更新世晚期开始，大雁在每年三月都会发出联合的呼声，从中国海到西伯利亚大草原，从幼发拉底河到伏尔加河，从尼罗河到摩尔曼斯克，从林肯郡到斯匹次卑尔根岛。自十万年前更新世晚期开始，大雁在每年三月都会发出联合的呼声，从柯里塔克海滩到拉布拉多半岛，从马特马斯基特湖到昂加瓦湾，从霍斯舒湖到哈得孙湾，从艾弗里岛到巴芬岛，从潘汉德尔地区到马更些河，从萨克拉门托河谷到育空地区。

正是靠大雁这种国际贸易活动，撒落在伊利诺伊田野的玉米粒才会经空运到达北极冻原，在北极六月的白夜里与过剩的阳光结合，从而为全球各大洲哺育雏雁。大雁用食物换阳光，用冬季的温暖换夏季的孤独，而在这一年一度的实物交易中，整个大陆获得的纯利润宛若一首诗，一首充满野性的诗，一首从冥冥天空飘落在三月泥泞上的诗。

四 月

小河涨水

　　大河总是穿大城而过,依照同样的逻辑,小河春天涨水有时候也会把廉价的小农场变成孤岛。我家那座农场就是个廉价小农场,四月我们去农场时,偶尔就会因小河涨水被困在孤岛上。[①]

　　当然,无须刻意为之,你便可据天气预报大致算出,北方的积雪何时会融化,洪水多少天后会冲击上游城市。因此,要上班你就得周日晚就赶回城里,但你不能。多美妙而动听的涛声啊,那种周一清晨河水上涨时拍岸的涛声,那种河水哀悼与其约会的水中残骸的呜咽!多深沉而骄傲的雁鸣啊,那种雁群巡视玉米地时的啱言,那种见玉米地正变成湖泊时的嗷语!空中每隔百米左右,便有一只新头雁奋力率其梯队进行晨巡,俯瞰身下新扩张的泽国。

　　大雁对涨水的热心极其微妙,不熟悉雁语者往往都不解其意,可鲤鱼对涨水的热心却一目了然,不会被误解。上涨的洪水刚刚浸湿草

[①] 流经作者家农场的那条小河叫巴拉布河(Baraboo River),全长约 150 公里,发源于朱诺县,东南流向,横穿索克县北部,在哥伦比亚县境内汇入威斯康星河。

根，鲤鱼便会游到岸边，像小猪在草地上打滚那样欢天喜地地翻腾，卖弄地炫耀其红尾黄腹，巡察遭水淹的马车辙和牛蹄坑，急匆匆地勘探其心目中的膨胀宇宙，一路上不停摇晃水中的芦苇和灌丛。

与大雁和鲤鱼不同，陆生鸟类和哺乳动物都会泰然自若地接受涨水。河边桦树上一只主红雀会高声啭鸣，声称它将拥有一块因树遮挡而不见其状貌的领地。一只披肩松鸡会从淹水的树林中发出扑扑的振翅声，想必它是栖息在它那段会嗡嗡作响的原木的高端。田鼠会像麝鼠那样沉着自信，划水游向隆起的田埂。一头被洪水从其日常午休的柳林赶出的鹿，会突然从果园中窜出。野兔满目可见，它们能平静地接受我们这座山丘上的安置点，诺亚不在场，这山丘就是它们的方舟。

春日洪水带给我们的不仅是充满刺激的冒险，同时还带来些意想不到的玩意儿，一些从上游农场偷窃的可漂浮的杂物。在我们眼中，较之于贮木场同样大小的新木板，搁浅在我们牧场上那块旧木板之价值可以翻倍。每块旧木板都有通常不为人所知的独特经历，但根据其材质、尺寸、直钉、螺钉、涂漆、抛光，或据其残缺、磨损或朽坏的程度，人们对其来历往往也可以猜出几分。根据其边角因碰撞沙洲而受损的情况，人们甚至可推测它在以往那些年中经历过多少次洪水。

我农场上那堆木材全都从河中募集，所以那不仅是一份极具个性的收藏品，而且是一部关于上游农场林场人类奋斗的作品集。一块旧木板的自传是本在校园里还读不到的书，但每座濒河农场都是一座可任挥锤者和拉锯者随意阅读的图书馆。每次河流泛滥，那些图书馆都会增添一批新书。

* * *

清静有种类之分，程度之别。湖中孤岛有种僻静，但湖上总会有船，有船就会有客人登岛造访。云间山峰有种幽静，可山间多有小路，有路就会有游人登峰观景。我不知世间有哪种清静能比春日洪水守护的宁静更无被打扰之忧，连大雁也不知道，虽然比之于我，大雁经历过更多不同种类和程度的孤寂。

于是我们坐在自家山丘上，坐在一株刚绽开的老冠花旁，遥望长空鸿雁于飞。眼见家门口那条路渐渐没入水中，我断定（内心喜悦却面露超然地断定），至少在今天，进出农场的交通问题只有鲤鱼才会去讨论。

葶苈

再过上几星期，葶苈这种开最小花儿的小草，就会用其小花点缀每一片沙地。

对春天充满希望却两眼朝天者，永远也看不见葶苈这般不起眼的小草；对春天不抱希望而双眼低垂者，就算踩上葶苈也可能浑然不知。只有那些跪在地上找春天的人，才会看见葶苈，而且触目皆是。

葶苈要的不过是一丝温暖，一丝体恤，而得到的也一如所求很少很少，因为它仅靠其他花草不需要的时空生存。植物学书籍会用两三行文字提到葶苈，但决不会配上彩色插图或黑白素描。贫瘠的沙地和稀少的阳光不适合更大更美的花卉，但对葶苈来说已经够好。毕竟，葶苈不是一种春花，只是对希望的一笔补遗。

葶苈花很难动人心弦。其香（若有的话）被风一吹就散，其色洁白淡雅，其花瓣则被有一层细细的茸毛。葶苈实在太小，没有动物以它为食，没有诗人为它吟唱。某位植物学家曾给了它一个拉丁学名，而随后又将其遗忘。总之，葶苈在这世间无足轻重——它只是一种小小的生物，只会又快又好地履行其小小的使命。

大果橡树

学校里的孩子在投票选州鸟、州花和州树的时候，他们并非是在做什么决定，而只是在认定历史。所以，是历史让大果橡树成了威斯康星南部的特色树种，在当初这个地区还被茫茫大草原覆盖的时候就是如此。大果橡树是唯一能历经草原大火而生存下来的树种。

人们是否想过，为什么这种橡树全身都包裹着一层又厚又软的树皮，连最小的枝丫也不例外？这层树皮是一身铠甲。大果橡树是受森林派遣，冒着炮火侵入大草原的先头部队，大火就是其必须与之战斗的敌人。那时候每年四月，在新草为大草原披上不易燃烧的绿衣之前，大火就肆无忌惮地扫荡过了这片土地，剩下的只有这种其厚皮烧不透的老橡树。当时大草原上零星的小片树林，即被当年的拓荒者称为"橡树通道"的树林，多半都由大果橡树构成。

　　工程师并没发明什么隔热材料，他们不过复制了这些草原老兵的铠甲。植物学家能读懂这个曾历时两万年的战争故事，故事一半由嵌在泥炭中的花粉粒记录，一半由被扣在战线后方并被遗忘在那里的残存植物补充。记录显示，森林部队的战线有时几乎会向北退至苏必利尔湖边，有时则会大幅度向南推进。有一个时期，战线深入南方，结果云杉树和其他"殿后"的树种也跟着推进，在威斯康星南部边界附近甚至更往南的地区落地生长；在该地区所有泥炭沼泽的某一剖层，都可以发现云杉树的花粉粒。不过，草原与森林的常规战线就横亘于今天所在的地方，战争的最后结果是平分秋色。

　　战争打成平局有个原因，即双方的盟友忽而与一方结盟，忽而又成为另一方的帮手。例如，野兔和田鼠在夏天会吃光草原上的青草，到冬天又会啃食那些火后余生的小橡树的树皮；松鼠会在秋天埋下橡子，可在其他季节又会把橡子吃掉；六月鳃金龟在其幼虫期会破坏大草原的草皮，可在成虫期则会使橡树落叶。可要不是这些盟友忽左忽右，左右胜利，我们今天就不会有这幅由草原和森林镶嵌的图画，这幅在地图上显得那么有装饰性的图画。

关于殖民开拓之前的大草原边界，乔纳森·卡弗[①]为我们留下了一段清晰的描述。卡弗于1763年10月10日探察了布卢芒兹，即靠近本州戴恩县西南角的一片较高的小山（如今已被森林覆盖）。他写道：

> 我登上群山中最高的一个山顶，眺望山下辽阔的土地。数英里内，能看见的就只有更矮的山峦，从远处望去就像一个个圆锥形干草堆。山峦上没有树林，只是有些山谷被山核桃和低矮的橡树覆盖。

19世纪40年代，一种新来的动物（拓荒者）介入了这场草原战争。拓荒者并非有意参战，只是他们开垦了足够多的土地，结果使大草原失去了它古老的盟友——火。于是成片成片的橡树苗迅速地在大草原上萌生，结果昔日的大草原变成了一座座林地农场。如

---

① 乔纳森·卡弗（Jonathan Carver, 1710—1780），北美洲早期探险家，著有《1766—1768年北美腹地游记》(*Travels Through the Interior Parts of North America in the Years 1766, 1767, and 1768*)，于1778年在伦敦出版。

果你不相信这个故事,那你可以去威斯康星西南部任何一个"田垄林场",去数数任何一溜树桩的年轮。除了那些最老的树,所有树的年轮都可以追溯到19世纪50年代和60年代,而那正是火在大草原上停止活动的时期。

而在约翰·缪尔①在马凯特县长大的那个时期,新树林在旧草原上继续扩展,灌木丛也吞没了昔日的橡树通道。缪尔在其《我的童年和青少年时代》一书中就回忆说:

> 自古以来,伊利诺伊和威斯康星的草原土壤就很肥沃,肥沃的土壤催生出又高又密的荒草,荒草造成草原大火,结果什么树都没法在草原上生存。要是没有草原大火,这片极具本地区特色的优质草原早就被浓密的森林覆盖了。随着那些橡树通道被开垦,开垦者立即着手防止草原起火,于是树木残根抽芽生长,长成又高又密的灌木林,让人难以穿行于其间,结果那些阳光通道(橡树通道)就消失了。

所以,如果你拥有一棵年迈的大果橡树,那你拥有的可不仅仅是棵树,而是一座历史图书馆,一个在进化论课堂预定的座位。对

---

① 参见第19页注释②。

有辨别力的人来说，其农场就贴着那场草原战争的徽章和标记。

空中舞蹈

拥有这座农场两年之后，我才发现在四月和五月的每天傍晚，都可以观看我家树林上方的空中舞蹈。自从有了这个发现，我和家人就不愿再错过任何一场演出。

首演通常是在四月第一个温暖日傍晚的六点五十分准时开始。其后每晚开幕的时间会比前一天推迟一分钟，这样一直持续到六月一日，当晚的启幕时间是七点五十分。这个按分钟递减的时间表是由虚荣心决定的，因为舞者要求光照度精确到 0.05 英尺烛光距离，以保证演出的浪漫效果。观者要准时入座，保持安静，以免舞者耍态度，拂翅而去。

和开演时间一样，舞者对舞池的要求也反映了其性情。舞池必须设在树林或灌木林中的空旷地带，舞池中央必须是一块只长苔藓的地面，或一片寸草不生的沙地，或一方露出地面的岩层，或一条无遮无掩的车道。对舞者的这种要求，我起初是百思不得其解，雄性山鹬为何要坚持在光秃秃的舞池里表演；但我现在认为，这大概是因为其腿短的缘故。山鹬的腿很短，若在草丛间起舞，其趾低而气扬的舞步就不可能得以展现，就不可能引雌性山鹬瞩目。我家农场上的山鹬比大多数农场都多，因为这里有更多贫瘠得只生苔藓不长草的沙地。

知道了时间地点，你只需按时坐在舞池东侧的矮树林下，迎着落日余晖等山鹬登场。山鹬会从邻近的灌木丛低飞而出，在一块无遮掩的苔藓地上降落，随即便会来段开场曲：一段每隔两秒钟就成串发出的"嘭嗒"声，其声沙哑，听上去很像夏日晚上夜鹰的叫声。

"嘭嗒"声会倏然而止，随后舞者会振翅升空，振翅幅度会越来越急，越来越小，并伴随一阵越来越响亮的啁啾，直到舞者变成空中的一个小点。然后，没有任何预兆，舞者会像架失速的飞机直冲而下，同时发出柔和而清亮的啼鸣，此鸣之美妙连三月里的蓝背鸟也会羡慕。离地几英尺时舞者会拉平身子，滑向它刚才发出"嘭嗒"声的地方，通常是一丝不差地落在它开始表演时的那个点上，然后又开始发出"嘭嗒"声。

此时天色会太暗，暗得看不清舞者在地面的表演，但在一个小时内，你还可以欣赏它在空中上下翻飞，这通常是一场演出的时间。不过在有月光的晚上，除了幕间休息，这种表演会持续到月光消失。

黎明时分，整场表演还会重复一遍。四月初，晨间演出会在五点十五分落幕，然后直到六月，每天的落幕时间会提前两分钟，全年最后一场晨间演出的结束时间是三点十五分。为什么早场夜场开演时间的提前和推迟规律会不一致？唉，我认为恐怕是因为浪漫也有疲乏的时候，毕竟早场结束时的光照度已经很强，只需其五分之一就足以达到夜场开演的要求。

*　　*　　*

这或许应该是件好事：对树林中和草地上数以百计的小型演出，无论你多么专心地研究其中任何一场，也琢磨不透一些明显的细节。关于山鹬的空中起舞，我迄今仍然弄不明白的是：那只雌性山鹬在哪儿？如果有那么只雌山鹬，它该扮什么角色，会出场表演吗？我常见两只山鹬出现在同一个"嘭嗒"点，有时还一同振翅飞翔，但从不一起发"嘭嗒"声。这第二只山鹬是雌性，还是一只欲横刀夺爱的雄鸟？

另一点弄不明白的是：那种啁啾是嗓音，还是机械性颤声？我朋友比尔·菲尼曾用网捕获了一只发"嘭嗒"声的山鹬，拔掉了其外侧主翼羽，之后那只鸟"嘭嗒"声依旧，啼鸣之清亮依旧，但却不再啁啾。不过，这样一次实验不足以得出什么结论。

还有一点我也弄不明白：雄性山鹬的空中舞蹈要持续到巢居期的哪个阶段？我女儿有次曾看见，一只雄山鹬在一个其中已有孵化后的蛋壳的鸟窝不远处"嘭嗒"，但那是它配偶的窝吗？这鬼鬼祟祟的家伙说不定会犯重婚罪，可对此我们也许永远也不得而知。这些问题，还有其他许多问题，都作为不解之谜留在那越来越浓的暮色之中。

在成百上千的农场上，这种空中舞蹈每晚都会上演，可农场上的人却总感叹缺乏娱乐，总以为娱乐表演只会出现在剧院舞台。他们靠这片土地生存，却不会靠这片土地生活。

人们通常认为，可捕之鸟的效用，要么是被作为狩猎的靶子，要么是作为鸟肉被优雅地摊上一片面包，对于这种看法，山鹬就是个活生生的反证。没人会比我更喜欢在十月里去猎捕山鹬，但自从看过空中舞蹈之后，我发现自己猎到一两只后就会收手。因为我必须确保，来年四月傍晚的天空中不会缺少舞者。

五 月

从阿根廷归来

蒲公英为威斯康星草原印上五月标记之际,就是听取春天的最终证词之时。在草丛中坐下,朝天空竖起耳朵,屏除草地鹨和红翼鸫喧嚣的杂音,你很快就会听见高原鸻的飞翔之歌,此刻它们刚从阿根廷归来。

如果你视力够好,那就放眼天际,你可见高原鸻在绒毛般的白云间盘旋翱翔。要是你视力不佳,那就别费这劲儿,只消注意看栅栏桩就行了。很快就会有一道银光告诉你,从天而降的高原鸻正栖在哪根木桩上收拢其长长的翅膀。不管是谁造出了"优雅"这个字眼,他肯定都见过高原鸻合翅时的姿态。

高原鸻栖在木桩上,其整个存在都在对你说,你下一步就该从它的领地上消失。县里的档案能证明你拥有这片牧场,但高原鸻可轻易地取消这种无关紧要的合法性。人家刚刚飞了四千英里,就是要来重申其早就从印第安人那里获得的权利:在幼鸻能振翅高飞之前,人家就拥有这片牧场,任何人未经允许都不得闯入。

在附近某处，雌鸻正在孵化四枚硕大的尖头蛋，尖头蛋很快会孵出四只早成性雏鸻，雏鸻羽毛一干就会像踩着高跷的田鼠摇摇晃晃地在草丛间穿行，它们会躲避危险，笨手笨脚的你休想把它们逮住。三十天后，这些雏鸻就会完全长大，其成长速度之快非其他任何禽类堪比。到八月份，它们就会从飞行学校毕业；而到八月秋凉时，你会听见它们咻咻咻地发出将飞往潘帕斯草原的信号，而它们的南飞将又一次证明南北美洲自古以来的统一。对政治家而言，半球团结还是个新的概念，可对这些长着翅膀的空中水手来说，整个西半球本来就是一个家。

高原鸻很容易适应已农耕化的乡村田野。它们会尾随那些在其大草原上吃草的黑白色"野牛"①，觉得这些黑白色相间的家伙可以代替从前的棕色野牛。高原鸻在草原上和秣草地里都可以做窝，但它们可不像野鸡那样笨，不会被收割秣草的人逮住。因为在秣草成熟收割之前，雏鸻早就羽翼丰满，展翅飞走。在农耕化地区，高原鸻只有两种天敌：集水沟和排水沟。或许有那么一天，我们会发现这些沟也是我们的敌人。

20世纪初曾有那么一个时期，威斯康星的农场几乎失去了自古以来就有的自然钟表。在那个时期，五月的牧场会静悄悄地变绿，

---

① 指农场上饲养的奶牛。

八月的凉夜也没有鸟鸣声提醒寒秋将至。家家都有的黑色火药,加上后维多利亚时代式宴会上面包夹鸰肉的诱惑,让高原鸰付出了惨重的代价。各种保护候鸟的联邦法规虽姗姗来迟,但也算是及时亡羊补牢。

六 月

桤木汊——钓鱼记趣

我们发现河水太浅,连步履蹒跚的河鹬也能在去年鳟鱼荡起涟漪的河段戏水;水温也不够凉,我们蹲身没入最深处也不会冷得喊叫。更有甚者,为凉爽而站入水中泡上一阵后,高筒胶靴内壁仍热得像阳光下的屋顶油纸。

那次晚钓与预想的一样叫人扫兴。我们想钓鳟鱼,钓到的却是白鲑。当晚我们坐在驱蚊灯下讨论次日的安排。冒着暑热和尘土驱车两百英里而来,结果却又一次感到,我们是在与一条令人失望的小河较劲,或者说是在与让人梦想破灭的虹鳟较劲。这里没有鳟鱼。

但这会儿我们记起来了,这条河由多条小溪汇成。在接近其源头处,我们曾见到过一个河汊,那里河窄水深,周围是密如篱墙的桤木林,有几股清凉的泉水从桤木林下汩汩涌出。遇到眼下这种天气,一条自尊的鳟鱼会做什么呢?只会和我们一样:到上游去。

第二天一大早,在上百只白喉莺都忘了天气很快又会变得不再清新凉爽的时候,我顺着带露的河岸攀缘而下,涉水步入了桤木汊。

一条鳟鱼正溯流游在水面上，我缓缓放出一段渔线（希望渔线总是这么又软又干），试探着抛了一两次拟蝇饵钩，测好距离后，我把一个虫饵准确地抛在了那条鳟鱼荡出的最后一个漩涡前方一英尺处。此刻，什么两百英里的暑热，什么蚊虫飞蝇的骚扰，什么令人蒙耻的白鲑，全都被我抛在了脑后。那条鳟鱼一口吞下了鱼饵，不一会儿，我已能听见它在铺有桤木叶片的鱼篓里蹦跶。

与此同时，一条更大的鳟鱼从旁边的深水处浮出，深水处正好位于"通航终点"，因为其上游端被密密匝匝的一圈桤木林堵住。一丛将其褐色枝干探入河心的桤木默默地含笑摇晃，仿佛永远在嘲笑任何一枚朝它那个方向抛出的鱼饵，鱼饵不论是由人还是由神抛出，都休想穿过它浓密的枝叶。

* * *

我在河中一块石头上坐了抽一支烟的工夫，一边观察那条鳟鱼在桤木丛的庇护下沉浮，一边等我的渔竿渔线在河边的桤木树上晒干。然后，为谨慎起见，我又等了一会儿。这会儿那个深水潭格外平静，一阵微风也会在水面上荡起涟漪，我会趁机迅速把鱼饵抛向水潭中央，而刮风的动静会让我这完美的一抛更加致命。

风会来的——只需其风力能把一只棕色飞蛾从含笑的桤木丛上吹落入水的阵风就行。

准备！卷起晒干的渔线，涉水步入河中央，渔竿准备就绪。风来了——斜坡上那棵白杨树的轻轻摇动就是征兆，我抛出一半钓线，轻轻地前后挥舞，等着那阵风吹至深水潭。请记住！只能抛半截钓线。这会儿日头正高，头顶上任何影子晃动都会让那条谨慎的鳟鱼警惕，警惕迫近的厄运。好嘞！最后三码渔线抛出，蝇饵优雅地落在含笑的桤木丛下方的水面——鱼上钩了！把鱼拖出丛林费了我好大一番劲。它顺流猛冲。但几分钟后，它也只能在我的鱼篓里蹦跶了。

我又坐到那块石头上，一边等渔线晾干，一边惬意地思考鳟鱼和人类的行为方式。我们多像鱼啊！随时准备着，甚至是迫不及待地，想抓住被某阵机遇之风吹落到时间长河的任何新鲜玩意儿。发现镀金诱饵里藏有钓钩，我们又是多么为自己的急率而懊悔！虽如此，我觉得不管抓到的玩意儿是真是假，急于去抓仍有可取之处。不管是人、是鱼，还是这个社会，全然谨小慎微该多么无趣！我之前是说我"为谨慎起见"而等待吗？其实并非那么回事。对钓鱼者而言，唯一的谨慎就是为抓住下一个机会（一个也许更为渺茫的机会）而有计划地去创造条件。

该是再抓机会的时候了，因为过会儿鳟鱼就不再露面了。我涉过齐腰深的水，凑近"通航终点"，傲然将头伸进摇晃的桤木丛朝里探看。真称得上是丛林！丛林上方有个黑洞洞的窟窿，窟窿被绿色枝叶遮得严严实实，在这样的深水激流上，别说挥动渔竿，就是挥一根蕨草都难。而就是在那儿，一条其腹鳍几乎擦着河岸的大鳟鱼正懒洋洋地翻滚身体，张口吃掉经过它身边的小虫。

没机会钓到这条鱼，哪怕用低抛虫饵法也不成。不过我发现，上游二十码处的水面上泛着阳光——另一个窟窿。顺流抛假虫饵？这不可能，但要钓此鱼必用此法。

我退出深潭，攀上河岸，挤过齐肩高的凤仙草和荨麻，绕过密密的桤木丛，来到那个窟窿上方。我小心翼翼，偷偷摸摸，唯恐惊动了下面那条尊贵的鳟鱼。我开始进入状态，静静地站了五分钟，让周围的一切都归于平静。在这五分钟内，我抽出三十英尺钓线，上油，抹干，然后将其绕在我左手上。三十英尺正好是我站的那个窟窿口距下方桤木丛林的距离。

渺茫的机会亦不可失！我最后吹了吹那枚蝇饵，让它更显蓬松，然后将其抛向我脚下的水面，随之迅速放出绕在我手上的一圈圈钓线。钓线刚被全部放出，蝇饵也正好被吸入了丛林，我疾步沿河岸冲向下游，一边跑一边看头顶那个幽暗的拱顶，追随那枚鱼饵的命运。有那么一两次，当鱼饵通过一个光亮处时，我瞥见它一两眼，见它依然无阻地顺流而下。鱼饵拐了个弯，与此同时——在我的脚步声暴露我的企图之前——鱼饵漂进了那个黑洞洞的深潭。我听见（而不是看见）那条大鱼扑向鱼饵，于是我拉紧钓线，战斗开始了。

冒着失去价值一美元的假蝇饵和接钩线的风险，穿过小河拐弯处那片像把大牙刷似的浓密桤木林，逆着水流去拖一条大鳟鱼，这不应该是谨小慎微者所为。但是，如我所言，谨小慎微者可不是钓鱼者。不一会儿，随着我小心并耐心地解开一处处被桤木枝丫缠住的钓线，那条鱼终于被我拖到了开阔水域，而且最后也进了鱼篓。

这下我应该如实坦白，那三条鳟鱼其实都不大，无须斩头折腰就刚好装满鱼篓。所谓大者，并非指鳟鱼，而是指机会。而所谓满者，并非指我的鱼篓，而是指我的记忆。但就像那些白喉莺，我也早就忘了其他感受，只记得桤木汉那个清新凉爽的早晨。

七 月

辽阔领地

一百二十英亩,据县政府书记员的记录,就是我在这世间的领地范围。但那位书记员是个懒家伙,上午九点前从不会查看土地登记簿。而登记簿在拂晓时分能说明些什么,是个值得在此议论的问题。

不管看不看登记簿,这都是个事实,一个对我和我那条狗都很明显的事实:在拂晓时分,我就是我能漫步于其上的这整片土地的唯一主人。此时不仅地界线会消失,思想的樊篱也会荡然无存。这种地契不知、地图不晓的寥廓,却为每一个黎明所洞悉;人们以为在本县已不复存在的荒野,却朝露珠能触到的每一个方向延伸。

像其他大片土地拥有者一样,我也有佃户。这些佃户总疏于缴纳租金,但对土地使用权却一丝不苟。实际上,从四月到七月的每天拂晓,它们都会向彼此宣布其地界,并为其封地向我表达谢意,至少我猜是这样。

这种日常仪式,与你可能想象的情况相反,总是以最庄重的礼仪开始。是谁最先制定出其礼节，这我不得而知。凌晨三点半，我会带着这种我能从七月清晨凝聚的庄重，手握象征我主权的两样东西——咖啡壶和笔记本，步出我的小屋，在一条长凳上坐下，面向启明星残留的白光，把咖啡壶置于身旁，从衬衫襟口取出杯子——但愿这不合礼数的携带方式不为人所注意。然后我会掏出怀表，冲上咖啡，把笔记本摊在膝头上。此乃宣告仪式即将开始的信号。

三点三十五分，最近的那只田雀鹀会用清亮的男高音宣布，它拥有北抵河岸、南至大篷车古道的那片短叶松林。随之在可闻其声的范围内，其他所有田雀鹀也一只接一只地宣布其领地。彼此间没有纷争，至少此时没有，所以我只需要倾听，并打心眼儿里希望它们的雌性伴侣能默许这种维持现状的平妥协定。

田雀鹀的轮唱尚未完全结束，大榆树上那只知更鸟便扬起柔和的颤音，高声宣布它拥有被冰暴劈掉了一根树枝的那个丫杈，同时也拥有那个丫杈的附属物（按它的意思，即树下那一小片草地中的全部蚯蚓）。

知更鸟持续的歌声会唤醒那只黄鹂，后者随即就会向其他所有黄鹂宣称，它拥有大榆树垂下的那根树枝，连同附近所有富含韧皮纤维的马利筋梗茎，以及花园里所有质地疏松的植物纤维，并且还拥有像出膛子弹一样在那些梗茎枝蔓间疾飞的特权。

我的表显示三点五十分。斜坡上那只靛彩鹀宣布，那根因

1936 年大旱而枯死的橡树枝是它的地盘，并附带拥有近旁的各类昆虫和灌木丛。有一点它没明说，但我认为它有所暗示，即它觉得自己有权宣称，它比所有蓝背鸟和所有将其花冠朝向黎明的紫露草都蓝得更纯粹。

接下来那只鹪鹩——就是在小屋房檐下发现了木板节孔的那只——也骤然高歌。另外五六只鹪鹩齐声应和，仪式随之变得喧嚣而混乱。松雀、打谷鸟、黄雀、蓝背鸟、绿鹃、红眼雀、主红雀——全都加入合唱。我那份正式的演唱者名单，那份按其出场顺序和首唱时间排列的名单，终于赓止不决，无以为续，因为我的耳朵再也分辨不出孰先孰后。再说此时咖啡壶已空，太阳也很快就会升起。我得赶在我权力失效之前去视察我的领地。

于是我们出发，我和我的狗，随意徜徉。对刚才所有那些口头宣言，我那条狗从来都不甚重视，因为对它来说，承租土地的凭证不是歌声，而是气味。在它看来，枝头上任何一团不通文墨的羽毛都能发出噪音。这时它就会为我翻译那些只能凭嗅觉阅读的诗，那些天知道是什么动物在夏季夜晚悄悄写下的诗。在每首诗的结尾处都能见到该诗作者——如果我们能找到它的话。但我们实际找到的作者往往都出乎我们的意料：一只突然想待在别处的野兔，一只扑棱着翅膀欲放弃其地盘的山鹬，或是一只因在草丛间湿了羽毛而发怒的雄雉。

我们偶尔会撞上一只从夜袭迟归的浣熊或水貂，间或也会吓飞一只尚未完成其捕鱼作业的苍鹭，或是惊扰一只为其幼鸟保驾护航的雌林鸳鸯，令其急速躲进梭鱼草形成的庇护所。有时候我们还会看见鹿，在饱餐紫苜蓿簇花、婆婆纳草和野莴苣之后，正优哉游哉地返回树林。但更多的时候，我们只能发现慵懒的蹄足在洒满露珠、丝绸般光滑的草地上交织出的模糊足迹。

此刻我已能感觉到阳光。鸟儿的合唱也已经接近尾声。远处牛铃叮当，说明有牛群正缓缓去向牧场。一台拖拉机的轰鸣则提醒我，邻居已起床活动。这时候世界已收缩成县政府书记员所熟知的那种世俗范围。我们转身回家，回家吃早饭。

大草原的生日

从四月到九月，按平均数计算，每星期都会有十种野生植物开出当年的第一簇花。六月里，仅一天内绽开的花蕾种属就会有十二种之多。没人能注意到所有这些周年纪念日，但也没人能对其全都视而不见。脚踩五月蒲公英而不知者，可能会为八月的豚草花而蓦然驻足；忽略了四月里红雾般的榆树花者，可能会因六月里的梓树落花而猝然停车。只要你告诉我一个人关注哪种植物的生日，我就能说出那个人的许多信息：从事什么职业，有何业余爱好，对哪种花粉过敏，以及其生态学知识的大致水平。

* * *

每年七月，我都会特别关注往返我那座农场时要途经的一片乡间墓地。大草原又该庆生了，这种庆祝在从前可是重要活动，而在这墓地的一角，就生长着一种参加过那种活动、迄今还依然健在的植物。

那是块普通的墓地，周围环绕着普通的云杉，点缀于其中的墓碑都是普通的粉红色花岗石或白色大理石，墓碑前那些礼拜日花束（红色或粉红色的天竺葵）也很普通。其特别之处仅在于，整块墓地是三角形，而非一般的四方形，而且在其围栏内的一个三角形角落，有一小块原生大草原的残余，而这片墓地最初就建于其上，时间是19世纪40年代。从那时至今，这块一码见方的威斯康星原生地都不知长柄镰刀或割草机为何物，每年七月，这小块地上都会长出一株齐人高的植物，人称磁石花，又叫罗盘草，其叶如掌，其花如碟，花黄色，形似葵花。它是这种植物在这条公路沿线的仅有幸存者，或许也是我们县西半部仅存的一株。上千英亩罗盘草轻轻撩拨野牛肚，那看上去该是番什么景象？这个问题不会再有人回答，甚至不会再有人提起。

今年，我发现这株罗盘草第一次开花是在七月二十四日，比往年推迟了一个星期；在过去的六年，它第一次开花通常是在七月十五日。

  我八月三日再次驱车路过那片墓地时，发现其围栏已被道路施工队拆除，那株罗盘草也被砍掉。不难预测我这株草的未来，在今后几年中，它会在割草机下徒然挣扎，企图展叶，但终将消失，而随同它一起消失的是大草原时代。

  根据公路管理部门的数据，在每年夏季那株罗盘草开花的三个月中，这条路上有十万辆汽车通过。这十万辆车中至少应该有十万人上过被称为历史的课程，其中四分之一的人也许还上过植物课。但我怀疑，他们中是否会有十个人看见过这株罗盘草，而这十个人中是否会有一个人注意到了它的消失。如果我去告诉附近教堂的牧师，修路队正打着清除杂草的幌子，在他教区的墓地里焚烧历史典籍，他一定会吃惊，会疑惑不解。杂草怎么会是历史书籍？

  这是本地植物群葬礼上一段小小的插曲，同样也是全球植物群葬礼上的一段插曲。机械化时代的人们，忘记了植物群落的人们，只会为其清除自然景观的进展而忘乎所以，可不管他们情愿不情愿，他们都得在这片土地上度过一生。因此，明智的做法就是，立即禁止讲授所有真正的植物学和历史学，以免将来的某位公民会因知晓其美好生活是以牺牲植物群为代价而感到不安。

＊　＊　＊

鉴于上述原因，就会出现这样的情况：农场地区的品质越优良，该地区的植物种群就越稀少。我之所以选中我这座农场，就是因为它缺乏优良品质，而且没有公路经过。实际上，我农场所在的整个地区都处在历史发展长河的逆流中。进我农场的那条路还是当年拓荒者的大篷车经过的古道，没有等级，没铺砂砾，未加平整，也未经推土机碾压。我周围的邻居常令政府农业官员唉声叹气。他们栅栏两边的土地已多年未耕种。他们农场上的沼泽既未筑堤坝，也没排过水。至于到底是要钓鱼，还是要发展，他们都倾向于更喜欢钓鱼。所以，我周末生活的植物种类标准就是边远地区的标准，而回城上班的几天则尽可能待在大学附属农场、大学校园及邻近郊区。作为消遣，我十年来做了一份记录，对比了这两个不同区域每年植物首次开花的月份和种类：

植物首次开花的月份	城郊和校园	偏远农场
四月	14 种	26 种
五月	29 种	59 种
六月	43 种	70 种
七月	25 种	56 种
八月	9 种	14 种
九月	0 种	1 种
总计	120 种	226 种

七月

显而易见，生活在偏远农场的人看到的花卉几乎是大学生或商界人士所能看到的两倍。当然，迄今为止，这两个区域的人还没去注意自己身边的植物环境。所以我们面临刚才提到的两种选择：要么让大众对环境继续保持盲目，要么让大家思考这个问题——我们是否真不能兼顾社会发展和植物保护。

植物种类之减少，是无杂草耕作、林地放牧和高等级公路建设三者共同作用的结果。这三种必要的改变肯定都需要大量减少野生植物可生存的土地面积，然而，这三种改变中的任何一种，都没有必要从整个农场、整个镇区或整个县彻底清除植物的物种，这样做其实也毫无益处。每个农场都有闲置的小块儿土地，每条公路两旁都有与之长度相等的狭长地带；只要让牛群、耕犁和割草机远离这些地带，所有的本地植物，以及若干从异地偷偷入境的有趣的植物，都可以成为每个公民正常生活环境之一部分。

极具讽刺意味的是，对这类轻率的行为，如在铁路两侧全线竖立栅栏，那些大草原植物群的杰出保护者都知之甚少，而且满不在乎。许多铁路栅栏早在草原拓荒之前就竖起来了。在这些笔直的专用区内，草原植物无视煤渣、煤烟和一年一度的放火烧草，仍按其既定历法溅泼其色彩，从五月里粉红的流星花到十月里蓝色的紫花雏菊。我一直渴望面见某位冷酷的铁路主管，让他看看因他的慈悲心肠而留下的生物证据。此愿尚未付诸实施，因为我尚无机会见到这样一位主管。

铁路部门当然会用火焰喷射器和化学喷雾器清除路基上的杂草，但这种必要的清除成本实在太高，尚不能推广到距路轨较远的地方。这种情况在不远的将来或许会得到改善。

如果人类的某个种群不为我们所知，那这个种群之灭绝在很大程度上也就无关痛痒——对我们而言。死一个外国人与我们并无多大关系，我们对那个国家的了解也许是偶然尝过它一道特色菜。我们只为自己熟知的人或物而悲。如果你对罗盘草的认知仅限于植物学课本上的一个名称，那你毫无理由为其在戴恩县西部的灭绝而感到悲哀。

我曾试图把一株罗盘草移植到我农场，就是在那个时候，罗盘草在我心中第一次有了个性。那就像是在挖一棵橡树苗，我忙活了半个小时，又热又脏又累，可它的根却还在延伸，就像甜薯根那样往纵深伸展。据我所知，罗盘草的根系可完全穿透土壤，直达下面的岩层。我没能挖出那株罗盘草，但我从挖掘过程中得知，这种植物是凭着多么复杂的地下布局，才熬过了大草原上的历次大旱。

我后来播下了一些罗盘草种子。罗盘草种子粒大，仁很饱满，尝起来像葵花子味儿。种子很快萌芽。但五年之后，籽苗还是籽苗，还没抽出一枝花柄。也许罗盘草要生长十年才会到其花龄。那么，我钟爱的那株墓地罗盘草有多大年纪？说不准它比墓地里最老的那块墓碑还老,而那块墓碑立于 1850 年。它或许见过流亡的黑鹰[①]率族人从麦迪逊湖撤往威斯康星河,因为它就长在那条著名的行军路线上。当然,它肯定见证过为本地拓荒者举行的一场又一场葬礼,目睹他们一个接一个地长眠于须芒草下。

有一次,我看见一台在公路边挖沟的铲土机挖断了一株罗盘草的"甜薯"根。可不久后那根又长出了新叶,最后还重新抽出了一枝花柄。这个事例说明,为什么这种从不蔓延的植物偶尔却会在高等级公路旁被人发现。显然,罗盘草一旦扎根,几乎就能经受各种各样的摧残,除了连续不断的放牧、割草,或者耕作。

罗盘草为何会从牧区消失呢?我见过一个牧场主将奶牛赶进一片未曾开垦的草地,而先前他只是偶尔从那片地割些野生干草。到新草场的奶牛首先就挑罗盘草吃,而且连叶带茎吃个精光,然后才会去找其他草吃。我们可以想象,当初那些野牛也肯定偏爱吃罗盘草,只不过野牛不会容忍整个夏季都将其限制在围栏内的一片草场。简而言之,野牛不会老在一个地方吃草,所以罗盘草能够承受。

为造今日之世界而让数千种动植物互相灭绝,而又能遏止其因抚今思昔而产生历史意识,这真是一种仁慈的天意。这种仁慈的天

[①] 黑鹰(Black Hawk,1767—1838),北美印第安人领袖,曾率族人保卫家园,反抗前来掠夺的白人。

意现在也在遏止我们生发那种思昔怀古的历史意识。当最后一头野牛离开威斯康星时，几乎没人为之哀伤；而当最后一株罗盘草将追随野牛去那片记忆中青翠的大草原时，也几乎没人会因此而感到悲哀。

八 月

青青草地

有些画闻名于世，是因为多历年所，被一代代人观赏，而在每一代人中，都可能遇到几双有鉴赏力的眼睛。

可我知道一幅很容易消失的画，除了一些爱四处游荡的鹿，它几乎全然不为世人所见。绘出这幅画的是一条河，而就是这同一条河，往往不等我领朋友去欣赏其画作，就会从人的视野中将画永远抹去。此后那幅画就只存在于我的想象之中。

像其他艺术家一样，我那条河也是喜怒无常；其绘画灵感何时降临，创作情绪能延续多久，从来都没有丝毫预兆。但是在仲夏季节，当大朵大朵的白云像舰队游弋于蓝天之际，当纯净无瑕的好天气日复一日之时，单是为了看那条河会不会还在作画，也值得去一趟河边那些沙洲。

绘画始于河边宽宽的一溜泥沙地带，泥沙带薄薄地涂抹在因水位下降而露出的沙地上。当泥沙带在阳光下慢慢干涸之时，黄雀会来其间的那些小水塘中洗澡，而苍鹭、喧鸰、乌龟、浣熊和鹿，则会用足迹为那条带子镶饰一道花边。至此，接下来是否会发生什么尚不得而知。

然而，一旦看见这泥沙带因冒出荸荠苗而变绿，我就会开始细心观察，因为这就是那条河有心情作画的信号。几乎在一夜之间，荸荠苗就会铺成一片厚厚的草甸，那么青翠，那般茂密，连附近高坡上的田鼠也经不住这诱惑，于是会倾巢而出，来享用这青青草地。不难看出，田鼠爱整夜整夜地在天鹅绒般的草甸里穿梭，让芊芊草茎揉擦其两肋。匀称而迂曲的鼠径可证明它们在夜间迸发的激情。鹿也会来这草甸上四处溜达，显然是为了感受足踏青草的那份惬意。就连很少出穴的鼹鼠也挖掘隧道，穿过干燥的沙洲，来到那片带状荸荠草地，在那儿尽情地拱翻草皮，隆起土丘。

到这个时候，多得不计其数、小得无法辨认的植物幼苗，会从青草甸下温润的泥沙中勃然冒出。

要看到此画完成，至少得让那条河三个星期内不被人打扰。然后在某个晴朗的黎明，在太阳刚刚融化掉晨雾之后，再去看那片沙洲。这时那位艺术家已铺开各色颜料，并将其拌合着露珠泼洒到草间。现在那一溜比先前更绿的荸荠草甸会缀满五颜六色：猴面花之紫蓝、青兰花之粉红、茨菰花之乳白，其间还随处可见一株株红花半边莲将其红艳艳的矛尖刺向天空。在沙洲尽头，紧挨着一排柳树，有堇紫色的紫苑草和淡粉色的泽兰亭亭玉立。即便你始终都保持肃穆而谦恭，就像你去任何其美只会昙花一现的地方那样，你仍有可能会惊动一头狐红色的鹿，一头在没膝深的花草丛中欣然陶然的鹿。

别指望回去再看一眼那青青草地，因为那片草地将不复存在。要么是河水消退使其干枯，要么是水位上涨冲刷沙洲，使之又变回原来那片空空如也的沙地。不过，你或许会将那幅画挂在心中，并期望在另外某一个夏天，那条河又突然生出作画的心情。

九　月

丛林合唱队

到九月的时候，破晓已很少借助众鸟啼鸣。歌雀兴许还会心不在焉地来段清唱，山鹬在飞往其白天待的灌丛途中也许还会在你头顶啁啾两声，横斑林鸮也可能会用最后一声颤鸣来结束其夜间辩论，但其他鸟儿几乎已无话可说，无歌想唱。

就是在某些个这样秋雾蒙蒙的黎明（并非每个秋日黎明），你也许会听见林鹑合唱。寂静会突然被十余个女低音歌手的歌声打破，似乎歌手们再也抑制不住对白日将至的赞美。歌声会延续短短的一两分钟，然后会像突然开始那样戛然而止。

禽鸟隐身表演的音乐，自有一种特殊的魅力。在高枝上演唱的歌唱家容易引人注目，但同样也容易被人遗忘，此类表演者因醒目而显平庸。令人难忘的是那些隐身音乐家，是从浓荫中倾泻出银铃般和声的画眉，是从高翔的云间吹奏小号的灰鹤，是从蒙蒙薄雾中敲出低沉鼓声的草原松鸡，是在黎明的寂静中合唱《万福玛利亚》的林鹑。迄今尚无博物学家目睹林鹑合唱队的演出，因为合唱队总是躲在其草丛间的栖息地，任何接近那隐秘处的企图，都必然导致众鹑齐暗。

六月里，知更鸟会在光照亮到 0.01 烛光度时开始鸣唱，这是完全可以预知的；其他鸟儿会随之嘤嘤呖呖，这也是可以预知的。可是到了秋天，知更鸟不再亮歌喉，其他鸟儿是否还会齐声合唱，这就完全不可预知了。在这些没有鸟儿啼鸣的清晨，我会感到怅然若失，而这种失落感兴许能证明，人之所望总是比所得更有价值。希望听到林鹑合唱，这值得我多次摸黑钻出被窝。

秋天里，我农场上总会有一两群林鹑，但其清晨合唱通常都是在远处。我想，这是因为那些合唱队更喜欢待在离狗尽可能远的地方，毕竟狗对林鹑的兴趣甚至比我还浓。然而，十月里一天早上，我正坐在屋外的火堆旁喝咖啡，忽闻一石之遥处骤然传出合唱队的歌声。那群林鹑住到了附近一片松树林下，也许是想在这露重时节暂住在干燥的地方。

我们为能在家门口欣赏这曲黎明颂歌而感到荣幸。从那之后，也不知何故，那些松树泛蓝的松针在秋色中看上去更蓝，而掉落在松树下那一地红露莓也变得更红。

十 月

淡金色

打猎有两种打法：一是打普通猎物，二是打披肩松鸡。

打披肩松鸡有两个去处：一是普通去处，二是本州亚当斯县。

去亚当斯县打披肩松鸡有两个季节：一是普通的季节，二是当落叶松变成淡金色的季节。我之所以写下这点，就是要让那些倒霉蛋看看，因为当披肩松鸡像长有羽毛的火箭毫发未损地钻进松林深处时，那些倒霉蛋只会手持空枪，张口发呆，而决不会去注意被松鸡抖掉的金色松针正纷纷飘落。

落叶松由翠绿变成金黄的时候，就是初霜把山鹬、狐雀和灯草鹀赶离北方的时候。此时知更鸟大军正在扫荡多花梾木枝丛间最后一茬白色浆果，留下空枝衬映小山，宛若山坡上一团粉红色薄雾。小溪旁的桤木已掉光树叶，透过其秃枝，零零散散可瞥见几丛冬青。山莓此时树树映红，可映亮你搜寻松鸡的脚步。

猎狗总比猎人更清楚松鸡的去向。你只需适当地紧随其后，从它竖起的耳朵解读微风正在讲述的故事。当狗突然停下不动，并用眼神叫你"准备好"时,问题就来了,为什么而准备?是只啁啾的山鹬,是只喉鸣的松鸡,或许仅仅是一只野兔?松鸡猎手的本事如何,往往就体现在这片刻的狐疑。非要确知为何而准备者,最好去猎普通的野鸡。

* * *

猎手的趣味儿各有不同,但其原因却很微妙。最令人愉悦的狩猎应偷偷进行。而要偷偷狩猎,要么是去人迹罕至的荒野,要么是在众人眼皮底下找个尚未被发现的地方。

几乎没几个猎手知晓亚当县境内有松鸡,因为他们开车经过时,只会看见长着短叶松和小叶栎的荒地。这原因又在于,那条公路横跨一连串向西流淌的小溪,这些小溪各自都发源于一片沼泽,但在注入黄河[①]前流经的都是贫瘠的沙地。北上公路穿越的自然就是这些没有湿地的荒漠,可就在公路东侧,在干枯的灌丛屏障后边,每条小溪都伸向一片宽阔的带状湿地,而那里就是松鸡可靠的庇护所。

就在这个庇护所,在十月到来的时候,我坐在我那片落叶松林的僻静处,听公路上猎手们的汽车轰鸣着北上,固执地要去北边那些漫山遍野都有猎人的县。想到那一个个跳动的计程表,想到那一

[①] 这条黄河(Yellow River)是威斯康星州中部的一条小河,全长120公里,发源于克拉克县,东南流向,在与亚当斯县毗邻的朱诺县东部注入威斯康星河。

副副焦灼的表情，想到那一双双紧紧盯着北方地平线的眼睛，我每每忍不住暗暗发笑。冲着公路上汽车的轰鸣，一只雄松鸡发出挑战的鼓声。注意到鼓声的方向，我那条狗露齿而笑。我俩一致认为，那家伙需要长点见识，待会儿我们就会去登门拜访。

  落叶松不仅生长在沼泽地带，也长在有泉水涌出的山丘脚下。泉水通道多有苔藓阻塞，阻塞处会形成一种类似梯田的积水平台。我管这种平台叫空中花园，因为在其湿漉漉的烂泥中总会冒出流苏龙胆草蓝宝石般的钟形小花。这样一株十月里的龙胆草，一株撒满了落叶松金色松针的龙胆草，真值得停下脚步好好观赏，哪怕猎狗提醒说松鸡就在前方。

  在每个空中花园与溪岸之间，都有一条长满苔藓的鹿径，此径方便猎人追寻松鸡，可也方便受惊的松鸡飞快地逃走。问题在于松鸡和猎手对飞快的把握是否一致，如果不一致，下一头途经此径的鹿就会发现两枚空弹壳，而不会发现羽毛。

  在这条小溪更往上游处，我意外地发现过一座荒弃的农场。我试图测算地头一排小短叶松的树龄，从而推测那位背运的农场主花了多少年才发现这个事实——沙地农场只打算滋生孤独，而不想生长玉米。短叶松会对无知者谎报树龄，因为它们每年会长几圈轮生枝，而不是只长一圈。我后来找到一个更准确的计年器——一截如今还挡着牛棚门的小榆树，其年轮可追溯到1930年那场大旱。自那年之后，再没人从这个牛棚提出过牛奶。

我真想知道，当因收成赎不回抵押契据而被逐出农场时，那家人都在想些什么。许多想法会像松鸡飞过不留踪迹，但有些则会留下几十年后也仍可追寻的线索。那位在某个难忘的四月种下这株紫丁香的男人，当初肯定惬意地想过今后每年四月的满树繁花；而那位曾在每个星期一都使用这块皱槽已快磨平的洗衣板的女人，当初也许曾憧憬过不再过星期一，而且希望那种日子尽快到来。

我突然意识到，在我沉思这些问题的好几分钟内，我那条狗一直在涌泉边耐心地指示猎物的去向。我上前为我的分心而道歉。此时一只山鹬在头顶啁啾，像蝙蝠那样滑翔，淡橙色的胸脯浸透十月的阳光。狩猎就这样进行呗。

在这样的日子，你很难专注于松鸡，毕竟有那么多景象让你分心。于是我跨过沙地上一条鹿径，稍感好奇地循径而行。小径直端端地从一片泽西茶树丛到另一片泽西茶树丛，被啃过的嫩枝道出了鹿径走向的原因。

被啃过的嫩枝提醒我该吃午饭了，可我正要从猎袋掏出午餐盒，忽见一只鹰扶摇直上。其种属有待辨认，于是我等着，直到它侧身转弯，露出红色的尾羽。

我又伸手去掏午餐，但目光却被一株脱皮的杨树吸引。一头雄鹿因角发痒而在此磨掉其鹿茸。这是多久前的事？裸露的木质已变成褐色，我由此断定，那副鹿角此时肯定已清理干净。

我再次想掏出午餐，但我的意图又被打断，因为我的狗突然兴奋地一阵汪汪，同时从沼泽地传来一阵灌丛枝条折断的声音。一头雄鹿跳跃而出，鹿尾高翘，鹿角鲜亮，一身光滑的毛皮泛着蓝光。没错，那株杨树道出了实情。

这次我终于掏出了午餐并坐下来享用。一只黑冠山雀盯着我吃饭，对自己的午餐更是增强了自信。它并没告诉我它午餐吃的什么，可能是胀鼓鼓的凉吃蚂蚁卵，或者某种鸟类的美食，一如我此刻憧憬的冷吃烤松鸡。

午餐结束。我抬眼观望一片刚长成的落叶松林，见每棵树都像一柄刺向长空的金色长矛。在每棵树下，昨日掉落的松针已铺就一方淡金色的地毯；而在每根枝梢，为明日而生的针芽已经成形，正静静地等着另一个春天。

起个大大早

总是起个大大早，此乃星辰、角鸮、大雁和货运列车的一种陋习。有些猎人从大雁那里学会了这个坏习惯，而有些咖啡壶又从猎人那里接受了这种不良影响。说来也怪，在那么多必须在清晨某个时刻早起的造物之中，只有这几种发现了在最舒适且最清闲的时刻起早。

猎户座肯定是起大大早者的启蒙老师，因为总是它为早起者发出信号。当猎户座经天顶偏西之际，差不多就是猎手按提前量瞄准移动的水鸭之时。

起大大早者彼此间都会觉得相安无事，这或许是因为，与那些睡懒觉者不同，早早即起者对自己的成就总会保持低调。猎户座的经历可谓最广博，可它从来都一声不吭。咖啡壶从发出第一声柔和的咕嘟开始，就一直对肚中沸腾物的优点轻描淡写。角鸮在发表其三音节评论[①]时，也会淡化夜间那些凶杀案的色彩。至于沙洲上的大雁，偶尔的一声嚯鸣也只是为了在悄声议事时指出一个重点，而绝非在暗示它对远山大海的见识多么具有权威。

我承认，货运列车对自己的重要性很难保持沉默，可尽管如此，货运列车也有其谦虚之处，它那只独眼只会盯着自己那份轰隆隆的差事，决不会钻到别人家的露营地去轰隆。货运列车的这份专注，让我感到特别安全。

* * *

天亮前就起个大早来到沼泽，那纯粹是听觉极不平凡的一番经历，因为耳朵可随意聆听夜晚的声音，而不会受到手和眼睛的干扰。

---

① 北美有种角鸮叫声悠扬，每叫一声为"重—轻—重"三个音节，有"三声夜鹰"之别称。

当你听见一只绿头鸭对其汤汁洋溢出可闻的热情之时,你完全可以想象有二十只绿头鸭正在浮萍间饱餐畅饮的情景。当一只赤颈凫嘎嘎长鸣,你可以假定那里有一大群赤颈凫,而不必担心与你的眼睛所见不符。当伴着一阵长长的撕裂声,一群铃凫划破黑丝绸般的夜空朝水塘俯冲而下时,你会屏住呼吸朝天张望,可天上除星星外别无他物。要是在白天,这些表演者可能就会引人注目、招来射击,没被打中而逃脱,也很快会被猎鸟者编排成不在犯罪现场的证明。要是在白天,你就不可能在心中为羽翅的颤动添加任何色彩,不可能想象出天空被撕成两半的画面。

当这些禽鸟无声无息地展翅飞往更为宽阔也更为安全的水域时,当那些身影在泛白的东方渐渐模糊时,聆听的时辰也就结束了。

像其他许多限制性条约一样,黎明前这份协定也只有在黑暗使那些傲慢者谦卑时方能生效。如此看来,太阳似乎有责任让沉默寡言者每天都暂时从这个世界撤出。因不管在什么情况下,当低洼地上方的薄雾泛白的时候,每只公鸡都会开始吹牛说大话,每根在地里待干的玉米秆都要装出比当初生长时高一头的模样。而当太阳升起的时候,每只松鼠都会喋喋不休地夸大它想象中所受到的轻侮,每只松鸦都会虚伪地把它臆想的社会危机当作它此时此刻的发现而对外宣布。冷漠的乌鸦会痛斥一只假想出来的鸱鸮,从而向世界证明乌鸦的警惕性有多高。而某只也许正在回味其昔日风流的雄雉鸡,会徒然挥舞其翅膀，用它沙哑而严厉的声音告诉这个世界，它拥有这片沼泽地，连带这片地里所有的雌雉鸡。

所有这些伟大的虚构和幻想，并不仅仅限于禽兽世界。到吃早餐的时候，苏醒的农场院落会传出各种车辆的喇叭声、人的吆喝声、喊叫声和喧嚷声，而到了晚上，还会有某台被人忽略的收音机发出滋滋声。到最后，人人都会钻进被窝，重温夜间的功课。

红灯笼

打山鹬的一种方法，就是根据逻辑和概率绘制一幅狩猎区的地形图。此法可指引你找到山鹬应该待的地方。

另一种方法就是闲逛，漫无目的地闲逛，从一个红灯笼逛到另一个红灯笼。此法很可能会让你找到山鹬实际上待的地方。所谓红灯笼，即在十月秋阳下变红的一丛丛黑莓叶片。

在许多地方的许多次愉悦的狩猎中，红灯笼都为我指引过道路，不过我认为，黑莓最初学会像红灯笼一样发光，肯定是在威斯康星州中部的几个沙地县境内。在这些被其境内缺少红灯笼者认为贫瘠的荒原上，在这些虽然贫瘠但却友好的荒原上，流淌着一些发源于沼泽的小溪，而沿着这些小溪，从第一次降霜到秋季的最后一天，在每一个秋阳高照的日子，每一丛黑莓都会红得像燃烧的火。而就在这些多刺的矮树丛下，每一只山鹬和山鹑都拥有自己的专用日光浴室。但大多数猎人对此一无所知，只会在没有棘刺的树丛中把自己折腾得筋疲力尽，然后两手空空打道回府，让剩下的我们重归于宁静。

所谓"我们"，我是指禽鸟、溪流、猎狗，还有我自己。小溪懒洋洋地三弯九转，在桤木林间蜿蜒而淌，仿佛宁愿留在此地也不愿汇入江河。我也宁愿留在此地。小溪在每个转弯处的踌躇不前，都意味着造就了更多溪岸，而溪岸就紧挨着长有黑莓丛的斜坡，斜坡又毗连长满冰蕨草和凤仙草的透水地层，那些透水地层则暗通远处的沼泽。哪只山鹬都舍不得远离这样的地方，我对这地方也同样流连忘返。于是所谓猎山鹬，往往就成了迎着微风在小溪边闲逛，从一个黑莓丛逛到下一个黑莓丛。

每接近一处黑莓丛，我的狗都会四下张望，以确定我是否在射程之内。感到放心后，它又鬼鬼祟祟地小心前行，用湿漉漉的鼻子从上百种气味中筛选那一种气味，而正是那种潜在的气味让这整幅风景画有了生命和意义。狗是空气探勘者，始终在气层中探寻嗅觉黄金，而山鹬味儿就是联系我与它之间两个世界的金本位。

在此顺便说说，我那条狗认为，要了解山鹬，我还有很多知识要学，而作为一名专业博物学家，我同意其看法。它像逻辑学教授那样诲人不倦，固执地向我传授用训练有素的鼻子进行推理的技艺。

我很乐意见到它推演出一个结论，可它用来形成观点并得出结论的数据，对它的鼻子来说是显而易闻，对我的眼睛来说却只能去猜测。或许它希望有朝一日，我这个愚笨的学生能学会像它那样闻气味。

像其他愚笨的学生一样，我总能知道老师什么时候说对了，尽管我并不知道说对的原因。我只消检查猎枪，钻进丛林。像所有优秀的老师一样，当我没打中猎物（这种事经常发生）时，我的狗决不会嘲笑我，而只会瞥我一眼，然后又沿着小溪去搜寻另一只松鸡。

沿这样一道溪岸漫步，你实际上是脚跨两个不同地貌的区域，一边是你开枪射击的山坡，一边是狗搜寻猎物的溪畔湿地。踩着松软干燥的石松草铺成的一块块地毯，等着猎物从湿地里被逐出，那真让人感到格外惬意，而对搜寻山鹬的猎犬的第一道考验，就是当你走在干干的堤岸上时，它是否情愿去干蹚水的湿活儿。

在带状桤木林变宽阔的地方，通常会出现一种特殊情况，狗从你的视野中消失。这时得立刻找到个土墩或高一点的地方，静静站立，四下张望，竖起耳朵聆听狗的动静。白喉莺四散惊飞兴许会暴露它的行踪。此外你可能会听见它弄断树枝的咔嚓声、溅起水花的哗啦声，或是跳进小溪的扑通声。但当所有声音归于平静时，你就得准备立即行动了，因为狗可能就在猎物附近。这时得注意听山鹬惊飞之前会发出的那种咯咯声。然后就盯着那只仓皇出逃的山鹬，或者是两只，或者更多，我曾见过六只山鹬咯咯咯地叫着一只接一只飞出，逃往山坡高处各自的目的地。当然，其中是否会有一只从你的射程内飞过，那就是个概率问题了。如果时间来得及，你可以计算这概率：360 度除以 30，或者说你的猎枪可覆盖的扇面度数。然后再除以 3 或 4，其结果是你脱靶的概率，而余下的就是把猎物装进猎物袋的或然性了。

对搜寻山鹬的猎犬的第二道考验，就是在这段经历之后它是否会向你报到，领受新的任务。你需要趁它喘气时坐下来与它谈谈。然后去找另一个红灯笼，继续寻猎。

十月的微风会为我的狗送来许多其他不同于松鸡味儿的气味，而每一种气味都可能让它拥有一段属于自己的特殊经历。每当它用耳朵滑稽地向我示意时，我就知道它发现了一只正在睡大觉的野兔。有一次，我根据它挺认真的指示却没有发现鸟，可它仍然蹲在那儿一动不动，结果就在它鼻子底下的一丛莎草中，一只胖乎乎的浣熊正在睡梦中享受十月的阳光。在每次狩猎过程中，我的狗至少都会把一只臭鼬逼得走投无路，因为臭鼬爱藏在某些异常浓密的黑莓丛中。还有一次，它在溪水中向我发指示，随之上游处便传来一阵翅羽扑棱声，紧接着又是三声悦耳的鸣叫，于是我知道他惊扰了一只林鸳鸯用餐。它在过度放牧的桤木林中发现姬鹬也并非不是常事，而且它还能赶走一头在小溪畔桤木林湿地旁的高岸上睡午觉的鹿。难道那头鹿有种颇富诗意的爱好，爱听潺潺流水声？或者它只是个实用主义者，喜欢找一张不弄出点动静就休想靠近的卧床？从它愤然晃动其粗大的白茸尾来看，任何一种原因都有可能，抑或二者兼而有之。

在从一个红灯笼到另一个红灯笼之间，任何事都有可能发生。

* * *

在法定狩猎松鸡季节的最后一天，每一丛黑莓都会随着日落而熄灭其灯笼。我真弄不明白，那些个矮树丛怎么会这般消息灵通，竟准确无误地知晓威斯康星州的法规条例，不过第二天我也不会回去弄明原因。在接下来的十一个月里，那些红灯笼只会在记忆里发光。有时候我觉得，划分出其他月份，主要是作为两个十月之间的间歇期，而且我猜想，那些猎犬，兴许还包括那些松鸡，也会同样这么认为。

十一月

假若我是风

十一月的玉米地里,演奏音乐的风总是匆匆来去。玉米秆会迎风嗡嗡哼唱,松弛的苞叶会半身旋动,朝天起舞,而风依然行色匆匆。

十一月的沼泽地里,风会拂过长草,掀起草浪,拍打远方的杨柳。有树挥舞其秃枝欲劝风留下,可风依然行色匆匆。

十一月的沙洲上只有风,还有那条流向大海的河。此时每片草叶都在沙地上打转。我漫步越过沙洲,在一根漂流木上坐下,倾听风响彻寰宇的呼啸,聆听浪轻拍河岸的涛声。此刻河面上了无生气,没有野鸭,没有苍鹭,没有泽鹰,连沙鸥也去了避风的地方。

* * *

我忽闻云中隐隐有声,像是犬吠声从远方传来。真奇怪,怎么整个世界都竖起了耳朵,想听出那是什么声音。声音很快清晰,是雁声嗷嗷,虽不见鸿影,但其鸣已近。

雁群从低云中穿出,像一面撕破的旌旗,忽垂忽扬,忽高忽低,忽聚忽散，但始终在前进，风怜爱地托起每一片被吹乱的翼羽。雁群在遥远的天际渐渐模糊，这时我听见最后一声嘶鸣，仿佛是在向夏天告别。

* * *

这时漂流木后边有了丝暖意，因为风已随雁群去向远方。假若我是风，我也要随雁群去向远方。

手中的斧子

上帝是赐予者，也是剥夺者，不过上帝已不再是唯一如此行为者。早在我们的某位先祖发明铁锹时，他就成了赐予者，因为他能用铁锹种树。而当他发明斧子时，他又成了剥夺者，因为他会用斧子砍树。任何拥有土地者，不管他知道不知道，对树木而言，他早就这样承担了既创造又毁灭的神圣职责。

其他祖先，年代不那么久远的祖先，后来也发明了一些其他工具，但经过仔细审查，这些工具，无论是苦心经营的结果还是灵机一动的补充，都是原来那两种工具的翻版。人们习惯把自己归于不同的行业，而每一种行业都会与某种特殊的工具打交道，或使用工具，或销售工具，或修理工具，或保养工具，或指点人家如何使用、销售、修理或保养工具。凭借这种分工，人们可以避免误用不该自己行业使用的工具。但世间还有种行业叫哲学，这种行业知道，实际上所有人使用所有工具都是根据其所思所望。哲学还知道，人也是根据其所思所望的方式，来决定是否值得使用某种工具。

* * *

十一月是斧子的月份，这有很多理由。天气还算暖和，磨斧子不会觉得手冷，但天也够凉，砍树不会觉得浑身发热。此时阔叶树的树叶已掉光，你可以观察树枝怎样缠结交错，观察此树夏天的生长情况。若没有对树梢的清晰观察，你就没法确定为保养土地而砍树该砍哪棵，如果需要砍树的话。

关于何谓自然资源保护论者，我读到过许多定义，自己也写过不少。但我觉得，最准确的定义不是用笔写的，而是用斧子下的。这关系到在砍树时，或决定砍什么树时，一个人的所思所想。一名自然资源保护论者应该是这样一个人，他在砍下每一斧时都会谦恭地意识到，他这是在其土地的地面上签上他的大名。签名当然各有不同，无论是用笔还是用斧子，其签名都会有天然差异。

我发现，事后分析自己决定砍树的原因，总会让人感到不安。首先，我发现并非所有树都生而自由，生而平等。要是一棵白松与一棵黑桦挤在了一起，出于固有的偏见，我总是砍掉黑桦，留下白松。这是为什么呢？

为什么呢？首先，那棵白松是我用铁锹亲手栽的，而那棵黑桦则是自己从栅栏下钻出来，野生野长的。所以，我对白松的偏爱有点儿近乎于父爱，但这并不能成为我留下它的全部理由，因为，如果白松也和黑桦一样是野生野长，我对它甚至会更加珍爱。所以，我必须深挖我这种偏爱后面可能存在的逻辑性。

在我这个镇区，黑桦树很多，而且越来越多；反之，白松很少，而且越来越少。因此我的偏爱兴许是在偏袒弱者。可要是我的农场位于白松多黑桦少的更北边，我会怎么做呢？坦白地说，我不知道，毕竟我的农场就在这里。

白松可活上百年，黑桦的寿命只有其一半，那么我是担心自己的签名会早早消失？我的邻居都不曾种过白松，但他们农场都有许多黑桦，那么我是虚荣心作祟，想让自家的树林与众不同？松树在整个冬天也青翠如故，桦树一到十月就会掉光树叶，那我爱松树是爱它像我一样能勇敢地面对冬日寒风？松树可为松鸡提供栖身之处，而桦树可为松鸡提供可食之粮，那我是不是认为被窝比面包更重要？最后，一千板英尺[①]松木可卖十美元，而同样材积的桦木只卖两美元，那我是不是眼睛只盯着钱包？所有这些可能导致我偏爱

[①] 板英尺（board foot）是北美国家的木材材积单位，一板英尺等于厚一英寸、面积为一平方英尺的体积，即144立方英寸原木。

的理由看上去都是理由，但没有一个真正站得住脚。

于是我试图再找理由，兴许这次能找到些更有说服力的；在这棵白松下面，迟早会长出一篷藤地莓，一株水晶兰，一片鹿蹄草，或一丛林奈花，而在那棵黑桦树下，顶多会生出几根龙胆草。在这棵白松上面，迟早会有红冠黑啄木鸟来啄木筑窝，而在那棵黑桦上，能见到有羽毛的家伙就不错了。四月里，这棵白松会迎着春风为我歌唱，可在同样的季节，黑桦只会摇晃其光秃秃的丫枝。这些可能存在的理由都有分量，可为什么呢？难道白松比黑桦更能激发我的幻想和希求？若果真如此，那造成这种差别的到底是树，还是我呢？

我最后能得出的唯一结论是：我喜欢所有的树，但我爱松树。

如我所说，十一月是斧子的月份，那么，就像其他爱情故事里讲的一样，表现偏爱也须讲究技巧。如果那棵黑桦长在白松南侧，而且长得更高，那它在春天就会遮住白松的顶枝，这样松树象鼻虫就难以在那里产卵。较之这种象鼻虫造成的伤害，黑桦竞争所造成的影响就小多了，因为那些卵成虫后会让松树的顶枝枯死，从而降低那棵树的颜值。想到象鼻虫对阳光的偏爱不仅可决定其作为一个物种的延续，还会决定我那棵树未来的容颜以及我使用斧子铁锹的效果，这真让人感到十分有趣。

此外，如果我砍掉了遮蔽阳光的黑桦，接下来却遇到一个干旱的夏季，那么，较之灼热的土壤抢去的水分，黑桦竞争造成的影响就微不足道,结果我对白松的偏爱并不会让它受益。

最后一点,如果起风时桦树枝刮擦白松树梢的嫩芽,白松的树形就肯定会受影响,这样我也会毫不犹豫地把桦树砍掉,或至少每年冬天将其下部的树枝砍掉,为白松来年的生长留出空间。

以上便是持斧者必须冷静地预见、比较,并据其决定砍或不砍的理由,持斧者做决定时必须心中有数,以确保自己的偏爱不仅仅是出于善意。

持斧者农场里有多少种树,他就会有多少种偏爱。在那些树生长的年岁里,他会根据自己对树木外观或用途的感觉,根据树木对自己种植或砍伐它们时的反应,把一系列标志归于每棵不同的树,而这些标志最终就构成每棵树的特征。令我惊讶的是,对同一种树甚至同一棵树,不同的人竟会归结出那么多不同的特征。

例如,我对三角叶杨的印象不错,因为这种杨树让十月更显壮美,冬天里还为我农场上的松鸡提供食物;但在我有些邻居眼中,这种树仅仅是无用的杂木,这或许是因为他们的祖辈当年拓荒清地时,地里的杨树桩总是不断地抽枝。(我没资格嘲笑这个原因,因为我自己也讨厌老要抽枝的榆木疙瘩威胁我那些松树。)

再如,落叶松于我是仅次于白松的宠树,这或许是因为落叶松在我们这个镇区已几近绝种(偏袒弱者),或许是因为它十月里会把金色的松针撒在松鸡身上(狩猎者的偏好),还有可能是因为它能增加土壤酸性，让土里长出我们北美最可爱的兰花——皇后杓兰。可林务官员从另一个角度出发，已将落叶松逐出本地，理由是这种松树在本地生长缓慢，没有经济效益。为了赢得这场争论，他们还说什么这种松树会发生周期性的叶蜂虫害，可对我那些落叶松，这个周期该是五十年后的事了，所以我会让我孙子去操心这事。此时此刻，我的落叶松正茁壮成长，连我的精神也为之振奋，随之昂扬。

在我眼里，有年岁的三角叶杨是最了不起的树，因为这种树年轻时曾替野牛遮过阴，还戴过迁徙的野鸽为其形成的光环；我也喜欢年轻的三角叶杨，因为有一天它们也会上年岁。可农场主妇（因此也包括农场主人）厌恶所有的三角叶杨，因为六月杨树飘絮会塞蔽他们的纱窗。无论如何也要舒适，这可是现代人的信条。

我发现，比起我那些邻居来，我抱有的偏心更多，因为对许多被他们打入另册的灌木类植物，我也怀有个人偏好。所以，我喜欢卫矛，这部分是因为野兔、田鼠和鹿都特别爱吃它平展的嫩枝和青青的树皮，部分是因为其红浆果衬着十一月的白雪显得格外温馨。我喜欢欧洲红瑞木，因为它能为十月份的知更鸟提供食粮。我喜欢多刺白荆树，因为我农场上的山鹬每天都可以在其棘刺的保护下晒日光浴。我喜欢榛子树，因为其十月里的紫色令我悦目，还因为其十一月里落下的柔黄花可喂养我的鹿和松鸡。我还喜欢南蛇藤，这一是因为我父亲曾经喜欢，二是因为每年七月一日，鹿会突然跑来食其新叶,而我也一直记住向客人预报这件大事。这样的植物叫我不得不喜欢,它居然能让我这个普通教授每年都能当一回成功的预言家和先知。

显而易见,从某种程度上讲,我们对植物的偏好是传统使然。如果你祖父曾喜欢山核桃,你也会喜欢山核桃树,因为你父亲曾叫你喜欢。反之,如果你祖父曾烧掉一根缠满毒藤的原木,而且当时还不管不顾地站在那团浓烟中,那么你也会讨厌那类藤本植物,尽管你也会觉得秋日藤叶的红艳让你感到温暖。

同样明显的是,我们对植物的偏好不仅能反映我们从事的行业,而且能反映我们的业余爱好,这二者孰先孰后,就像分配勤勉和懒散一样微妙。宁愿猎松鸡也不愿挤牛奶的农场主就不会讨厌山楂树,不管那种树会不会侵入他的牧场。喜欢猎浣熊的人也不会讨厌椴树。而且我还知道,有些喜欢猎林鹬的人一点儿不忌恨豚草,哪怕他们每年都会患一次干草热。我们的偏好的确是一种敏感的指标,能标示我们的情感、品味、忠诚、高尚,以及我们打发周末的方式。

但不管怎么说,在十一月里,我满足于手握斧子打发我的周末。

一座巨大的堡垒

每个农场的树林,除了提供木材、木柴和梁柱之外,还可以为其主人提供一种通识教育。这种智慧之果绝对不会歉收，但并非总是有人去收。我在自己的树林里修过很多课程，现把我一些收获记录如下。

* * *

十年前我买下这片树林，可不久后就发现，我买了多少棵树就买了多少种病虫害。我那片树林被树木所能遗传的全部疾病弄得千疮百孔。我开始想，要是诺亚往方舟上装货时把树病留在岸上就好了。不过我很快就清楚地意识到，正是病虫害让我的树林成了一座巨大的堡垒，一座在全县境内都无与伦比的堡垒。

我的树林是一个浣熊家族的大本营，而我邻居的树林里却几乎没有浣熊。十一月的一个星期天，一场新雪之后，我终于弄清了这个中原因。一名浣熊猎人及其猎犬刚留下的脚印，把我引到一棵半截根都露在地面的枫树下，而我的一只浣熊早把那里作为了避难所。避难所的入口由盘根和泥土缠结而成，冻得坚如岩石，既砍不断根，也挖不动土；树根下洞穴多不胜数，所以也无法用烟把浣熊熏出。那位猎人之所以空手而去，就因为一种真菌病蛀蚀了那棵枫树根部，根部被蛀蚀的树在一次风暴中被吹歪，结果为浣熊王国提供了一座坚不可摧的要塞。如果没有这个"防弹"庇护所，我留种的浣熊群每年都会被猎人洗劫一空。

我树林里通常还住着十几只披肩松鸡，但积雪太厚的时候，它们会搬去我邻居家的树林，那里的居住条件更好。不过，只要夏天的风暴能刮倒我树林里的几棵橡树，我总能留住与其数目相当的几只松鸡。这些在夏天被刮倒的树还保留着已干枯的枝叶，所以在下雪的时候，每棵倒地的树下都能躲进一只松鸡。树下的粪便表明，暴风雪期间，每只松鸡的吃喝拉撒都在那个狭窄的庇护所里，庇护所有枝叶遮挡伪装，藏匿者不必担心风暴、狐狸、猫头鹰和猎人。风干的橡树叶不仅可作为松鸡的遮蔽物，而且由于某种古怪的原因，还可作为它们有风味儿的食物。

被风刮倒的橡树当然都是些病树。如果不生病，橡树几乎不可能被风刮断，因此松鸡也几乎不可能钻到橡树树梢底下去躲藏。

生病的橡树还会提供另一种松鸡显然爱吃的食物：橡树虫瘿。虫瘿是树枝在鲜嫩多汁时遭瘿蜂叮蜇刺激后长成的一种畸形瘤状物。十月里，我的松鸡可经常饱餐橡树虫瘿。

野蜂每年都会在我树林中某棵中空的橡树上筑蜂巢，而擅自闯入的采蜜人每年都会在我动手之前就把蜜偷走。偷蜜者总能得手的原因有二：一是他们比我更懂得如何在一排排树中找到有蜂巢的树；二是他们有网罩等作案工具，不像我必须等野蜂冬眠后才敢下手。可要是没有腐心病，我树林中就不会有中空的橡树，因此就不能为野蜂提供橡木蜂房。

在野兔繁殖周期的高峰年，我树林里简直就是兔满为患。野兔几乎会啃掉我试图多种的每一种树木和灌木的树皮和嫩枝，却很少光顾我想减少种植的树种。（如果猎兔者都为自己种植一片松树林或果树林，那么从某种角度看，野兔就不再是一种猎物，而会成为一种祸害。）

野兔虽是杂食性动物，但在某些方面也算得上是美食家。同样是松树、枫树、苹果树或卫矛，野兔却总喜欢啃人工种植的，而不是野生野长的。野兔还坚持，某些色拉菜上桌前必须经过处理，不然它们就不肯屈尊品尝。例如欧洲红瑞木，它们就只吃被牡蛎蚧攻击过的，因为遭攻击后的红瑞木树皮吃起来更可口，附近所有野兔都会争相抢食。

还有十来只黑冠山雀终年都住在我树林里。每到冬天，当我们砍伐病树死树做柴火时，斧子的砍劈声就成了山雀部落开饭的铃声。它们徘徊在附近，一边等着树倒下，一边无礼地叽叽喳喳，埋怨我们手脚太慢。等树终于倒下，等砸入的钢楔裂开树干时，山雀们就会挺直其白色餐巾开始就餐。对它们来说，每块厚厚的树皮都是一个装满虫卵、虫茧和幼虫的食品柜。在它们眼中，心材中每一条蚁道都流淌着牛奶和蜂蜜[①]。我们常把一截刚劈开的木块竖靠在近旁的

[①] 参见初版序言第 3 页注释①。

树上，看那些贪吃的小鸟把蚁卵吃光。知道这些小鸟和我们一样，能从新劈开的橡木香气四溢的财富中得到帮助和安慰，我们觉得自己的劳作也轻松了许多。

要是没有疾病和虫害，这些树中很可能就没有鸟儿们的食物，因此就不会有黑冠山雀为我冬日的树林增添欢乐。

其他许多野生动物也依赖树木的疾病。我的红冠啄木鸟会在活着的松树上凿孔，并准确无误地从患病的心材中叼出肥乎乎的蛴螬。我的横斑林鸮会躲进一棵老椴树上的空洞，从而避开乌鸦和松鸦的骚扰；若没有生病的老椴树，我们也许就听不到林鸮在日落时分演唱的小夜曲。我的林鸳鸯也会在树洞里筑巢，于是每年六月都会领着一窝小鸳鸯去我树林中的泥塘。为了窝巢能长久居住，所有松鼠都得依赖一种微妙的平衡，即不断腐烂的树洞与病树试图用来愈合其创伤的疤痕组织之间的平衡。当疤痕组织的过度愈合开始缩小松鼠窝的门洞时，作为平衡仲裁者的松鼠就会把过度的部分咬掉。

蓝翅黄林莺是我这座多病树林的镇林之宝。这种林莺爱栖于啄木鸟废弃的树洞，或是在悬于水面的枯枝上筑巢。每逢六月，其金蓝两色羽毛在潮润衰朽的树林中之闪现，本身就是一种神奇的证明，证明死去的树木化成了活生生的动物，反之亦然。如果你怀疑做出这种安排的智慧，那就去看看蓝翅黄林莺。

十 二 月

动物的活动范围

　　住在我农场上那些野家伙都不愿意（或者说都不愿意直截了当地）告诉我，我所在的这个镇区有多大区域属于它们昼夜活动的范围。我很想知道这点，因为这能让我知道它们的世界与我的世界之间的大小比例，从而方便我弄清那个更为重要的问题：到底谁更了解自己生活于其中的这个世界？

　　和人类一样，我那些动物也常常因其动作而暴露它们不会用语言泄露的实情。但这些不见光的实情何时暴露，怎样暴露，却让人难以预测。

*　*　*

　　因为没手握斧子，狗在我们切割木材的时节可以随意去寻猎。一阵突然的汪汪声会引起我们注意，一只被从草窝中撵出的野兔正匆匆窜向别处。野兔会径直窜向四分之一英里外的一个木料堆，藏到两垛木料之间，远离追逐者的射程范围。狗在坚硬的橡木上留下些象征性牙印后，会悻悻离开，重新去搜寻某只没那么精明的棉尾兔，而我们则继续切割木材。

这样一段小插曲可让我明白，这只野兔对其草窝和木料堆掩体之间的整个区域都非常熟悉。不然怎么会窜出那条直线？这只野兔的活动范围至少是方圆四分之一英里。

每年冬天，都有光顾我农场喂食点的黑冠山雀被诱捕并被套上足环。我有些邻居也为黑冠山雀供食，但从不给它们套足环。因此，根据观察套环山雀出现在距我那个喂食点的最远地点，我们得知这群山雀冬天的活动范围是方圆半英里，不过这只限于无风的区域。

在夏天，当这群山雀分散筑巢后，戴足环的山雀会出现在更远的地方，常常与没戴环的同类配对。黑冠山雀在夏季不再怕风，经常飞到多风的空旷地带。

三头鹿的蹄印清晰地留在昨天刚下过雪的地面，穿过我那片树林。我循蹄印逆向而行，在沙洲上一大片柳丛中发现三个连在一起的鹿窝，窝中无雪。

然后我跟着蹄印继续前行，一直跟到我邻居的玉米地头，鹿在那儿从雪中刨食过玉米残粒，还把拢在地头的玉米秆弄得乱七八糟。蹄印从那里折返，经另一条路回到沙洲，一路上鹿曾刨开一些草丛，伸进鼻子探寻刚冒芽的新草，还在一处泉眼喝过水。我对鹿一夜行程的勾勒可谓完整。从鹿窝出发到早餐时返回，全程是一英里。

我家树林通常都有松鸡栖息，但去冬有一天，在纷纷扬扬的一场大雪后，我既看不见松鸡也找不到其踪迹。我几乎已断定我那些鸟是搬走了，这时我的狗冲向一棵今夏被大风刮倒但枯叶尚存的橡树，结果从树冠下一只接一只地惊飞起三只松鸡。

倒地的橡树树冠下面和附近都不见松鸡的足迹。它们显然是飞进去的。可是从哪里飞来的呢？松鸡得进食，尤其在气温零度以下的冬天，于是我检查它们的粪便，想从中找到线索。从许多难以辨认的碎片中，我发现了芽鳞，还发现了冰冻后的苦茄果粗糙的黄色果皮。

夏天时我曾注意到，一片小枫树林中长有许多苦茄果。于是我去到那里，经过一番搜寻，终于在一根原木上发现了松鸡的足迹。那些鸟可没费力在松软的雪地涉足，而是顺着原木行走，啄食原木两旁它们伸喙可及的苦茄果。那地方位于倒地橡树以东四分之一英里处。

那天傍晚日落时分，我在西边四分之一英里处见一只松鸡从杨树林中探头探脑。那里也没有其足迹。这下情节就完整了。在雪地松软期间，松鸡在其活动范围内是用翅飞翔，而非用足行走，而它们的活动范围是方圆半英里。

* * *

关于动物的活动范围，科学家们知之甚少。在不同的季节这范围是多大？其活动范围必须包括什么样的食物和藏身之处？何时会遭侵害，如何抵御？活动区域属于个体、家族，还是种群？这些问题是动物经济学或生态学的基本问题。每座农场都是一本动物生态学教科书，而树林中的居住者则是这本书的说明。

雪地青松

创造行为通常只限于诸神和诗人，但若知创造之法，卑微的凡夫俗子也可以避开这种限制。比如，要种一棵松树，你无须成为神祇或诗人，而只需拥有一把铁锹。利用规则中这个古怪的漏洞，任何乡巴佬都可以说：那儿要有棵树，于是就会有棵树[①]。

如果种树人身板够硬朗，铁锹够锋利，那他最终可能会有上万棵树。到第七年，他就可以靠着他的铁锹，望着他种的树，觉得树都甚好。

上帝在创世的第七天就早早肯定了自己的工作，但我注意到，打那之后他一直都没明示过其工作的价值所在。[②] 我推想，这也许是因为他把话说早了，或者是因为树比无花果叶和各色天空都更耐看。

---

① 此句化用《旧约·创世记》第1章第3节："上帝说：'那儿要有光，于是就有了光。'"
② 据《旧约·创世记》记载，上帝用六天时间创造天地昼夜、日月星辰、飞禽走兽等，前五天干完活儿后都自我评价说"好"（good），第六天说"甚好"（very good），第七天他就安息了，所以作者有此谐谑。

* * *

  为什么铁锹会被看作干苦活儿的标志呢？这或许是因为大多数铁锹都不锋利，而干苦活儿的人用的当然都是钝锹，但我不能确定的是，这两个事实中哪个是因，哪个是果。我只知道，有效地使用一把优质锉刀，可让我的锹唱着歌插入沃土。有人告诉我，利刨、利凿、利刀中都有音乐，可我听到的最美音乐来自我的铁锹，我种下松树时它会在我手中哼唱。我猜想，那个费了老大劲儿想在时间这柄竖琴上拨出个清晰音符的大人物，实在是挑了件太难演奏的乐器。

  只有春天是种树季节，这惯例挺好，因为凡事都最好讲究个适度，甚至用铁锹也该适可而止。在其他的月份，你可以关注松树成长的过程。

  松树的新年始于五月，始于其顶芽都变成"蜡烛"的时候。不管是谁为那些初生叶取了这个别名，此人都具有敏感之心灵。"蜡烛"听上去似乎只形容了一个明显的事实：新芽很像蜡烛，挺直而易碎。但陪伴松树生活的人都知道，此"蜡烛"还有更深的含义，因为松树顶芽燃烧着永不熄灭的火焰，其光芒可照亮一条通往未来的路。一个五月又一个五月，我的松树跟随着那些蜡烛向上伸展，每棵树都笔直朝天，都想与天顶比高，只要在世界末日的号角吹响前有足够的年头留给它们。只有那些很老的树才最终会忘记其众多的蜡烛中哪支最重要，于是朝天的树冠会变得平展。对此你也许会疏于观察，但在你的有生之年，你亲手种下的每一棵松树都不会忘记它们的目标。

如果你倾向于节俭，那你会发现松树也有同样的习惯，因为松树不像那些吃上顿不管下顿的阔叶树，它们绝不会用当月收入支付当月账单，而只会用上年的积蓄过日子。实际上，每棵松树都有一本活期存折，其现金收支情况每年六月三十日都会做一次结算。若结算那天它完整的蜡烛已发育成由十枚或十二枚顶芽成束的顶端针叶，那就意味着它已储存了足够的水分和阳光，足以使它在来年春天向上蹿高两英尺，甚至三英尺。若顶端针叶只由四枚或六枚顶芽成束，那它蹿高的势头就会弱些，但它依然会显出一副有偿付能力者才会显露的特有神态。

和人一样，松树当然也会遇上难熬的年份，这时它登记的上蹿高度就会矮些，换一种说法，就是它上下相邻的两圈轮生枝之间的间距就会短些。因而对与树同行的人来说，这些间距就是一部随时可读的自传。要准确地记录一个难熬的年份，你必须从松树生长缓慢的那年再减去一个年头。例如，1937 年所有松树都生长缓慢，这就记录了 1936 年是个大旱之年。另一方面，1941 年所有松树都多长高了一头，这也许暗示它们已看到了即将来临之事的前兆①，于

---

① 此乃作者戏笔。"即将来临之事的前兆"应该指 1941 年 3 月美国国会通过《租借法案》，此可谓美国即将参加第二次世界大战的前兆。

是格外使劲儿地长高一截，以此向世界表明松树们已知道自己将去往何方，即便人们还浑然不知。

如果某棵松树在某年生长缓慢，但其邻居在当年却并非如此，那你就可以十拿九稳地添写某项纯属地方或个体的灾祸：火灾创伤、田鼠啃咬、风暴损害，或是在被我们称为土壤的那个秘密实验室里发生的局部阻塞。

* * *

松树之间也有悄悄话和邻里间的闲聊。留心这些闲言碎语，我便可知道我在城里上班的那些天农场上都发生过什么事。比如，三月间鹿会频频光顾我那些白松，而鹿啃食枝叶的高度便可告诉我它饥饿的程度。吃饱了玉米的鹿懒得去咬离地四英尺高的枝叶，一头真正饿得慌的鹿则会直起后腿，啃食八英尺高的树皮。因此我无须看到鹿便能知晓其进食情况，无须到邻居地头便可知道其地头的玉米秆是否已被收进牲口棚。

五月间，当新蜡烛像芦笋尖那般娇嫩时，一只飞落其上的小鸟都往往会把它给弄断。所以每年春天，我都会发现一些松树被斩首，蔫萎的烛形顶芽躺在树下的草丛中。到底发生了什么事，这很容易推断，但在过去十年的观察中，我从未亲眼见过小鸟弄断蜡烛。这是个可作为原则的具体事例：人不必怀疑未曾见过的事实。

每年六月，都会有少数白松突然发生顶芽萎蔫的情况，萎蔫的顶芽会很快变成褐色，然后枯死。原因是松树象鼻虫钻进顶芽束产卵，孵出的幼虫顺着木髓蛀蚀，结果使顶芽枯萎。没有顶枝的白松生长注定受挫，因为健在的树枝会互不相让，都想成为朝天行进的领头枝。它们都会冒出一头，而作为结果，树就会长成灌木形状。

有种情况说来也怪，象鼻虫只侵害日照充足的松树，对采光不足者却不理不睬。此例可说明祸福总是相随相依。

十月，我那些松树会用被蹭掉的树皮告诉我，雄鹿从何时又开始活力四射。一株约八英尺高、茕茕孑立的小短叶松似乎特别能煽起雄鹿的精神气儿，让它觉得这世界需要来点刺激。于是某棵树就不可避免地得遭受一番蹂躏，留下惨不忍睹的遍体鳞伤。这场格斗中唯一公正的元素就是，松树越遭蹂躏，雄鹿那副尚缺乏光泽的茸角带走的松脂就越多。

松树林的闲聊有时也很难翻译。有年隆冬时节，在松鸡栖息的一棵树下，我在一摊鸟粪中发现了一些尚未完全消化、很难辨认的物质。它们有半英寸长，看上去像是微型玉米芯。我研究了我能想到的每一种本地松鸡食物的样本，但却没找到任何"玉米芯"来源的线索。最后我剖开了一枚短叶松顶芽，并在其芽芯中找到了答案。松鸡吃了顶芽，消化了树脂，在其砂囊摩擦掉了顶芽的鳞苞，然后排泄了芽芯，而这芽芯实际上就是未来的蜡烛。可以这样说，这只松鸡一直在思索短叶松的"未来"[1]。

* * *

威斯康星的三种本地松树（白松、赤松、短叶松）对结婚年龄的看法完全不同。早熟的短叶松有时会在离开苗圃后一两年内就开花结果，我农场上一些十三岁的短叶松已经能夸耀自己有了孙辈。我那些十三岁的赤松今年才第一次开花，而同龄的白松尚无开花迹象；白松谨遵盎格鲁-撒克逊人的教义：自由、纯洁、二十一岁才算成年。

若非松树的社会观念差异巨大，我那些红松鼠的菜单就会被大大压缩。每年一到仲夏，红松鼠就开始撕掉松果鳞壳掏吃松子，劳动节[2]野餐会后的遍地垃圾也不会比它们抛撒的果壳碎片更多；在它们一年一度的松果盛宴之后，每棵短叶松下都是大堆小堆的鳞壳碎渣。不过总有些松子会躲过鼠口，最终在金穗菊丛中冒出新苗。

很少有人知道松树会开花，知道的人大多也缺乏想象力，只把这个开花节仅仅看作常规的生物机能。所有醒悟者都应该在松树林中度过五月的第二个星期，而且像应该戴上眼镜一样，也应该多带一方手帕。松树对花粉的挥霍足以使每个人相信，这个季节过于旺

---

[1] 此句原文是句俏皮的双关话。原著读者亦可把此句原文读成"这只松鸡一直在用短叶松的'期货'做投机买卖"。

[2] 美国的劳动节是在九月的第一个星期一。

十二月

盛的勃勃生机连戴菊鸟的歌声也无法营造。

在通常情况下，远离父母的年轻白松更能茁壮成长。我知道在有些林场，新一代白松即便长在日照充足的位置，也因为旁边有前辈而长得又矮又细。而在另一些林场，幼松则没受到这种压抑。我希望我能弄明白，这种耐性差异是因为幼树还是因为老树，抑或是因为土壤。

和人一样，松树对同伴也很挑剔，而且不善于掩饰自己的好恶。因此，在白松与露莓之间、赤松与花大蓟之间、短叶松与香蕨之间，都存在亲和的共生关系。我若把白松种在匍匐有露莓的地块，便可十拿九稳地预测，树苗不出一年就会长出健壮的芽束，新长的针叶也会有一层淡蓝色粉霜，这说明树苗健康，与同伴相处和睦。较之同一天植入同样土壤并得到同等呵护但却与草相伴的同类，这棵与露莓相伴的白松会长得更快，花开更盛。

十月里我爱在这些蓝羽毛般的针叶间漫步，看那些树苗在露莓红叶铺成的地毯上笔直挺立。我真想知道，那些小松苗是否意识到自己正在健康成长。我只知道我心中有数。

各种政体和机构都惯用一种策略来使其存在显得永无尽期，那就是让新旧职位的任期部分重叠，借鉴这种策略，松树赢得了"常青"的美誉。松树的策略是每年都在枝头上披一层新的针叶，而老针叶脱落的间隔期则比一年更长，这样一来，不经意者便以为松针永远都青翠如故。

每种松树都有自己的组织章程，都为适合自己的生活方式而规定了松针的任期。因此白松松针的任期是一年半，赤松和短叶松的松针则有两年半的任期。新任松针会在六月就职，即将离任的松针则要到十月才写离任致辞。离任者会写同样的内容，用同样的棕黄色墨水，而墨迹到了十一月会变成褐色。然后老松针脱落，进入腐叶层归档，从而丰富松林的智慧。正是这积累的智慧会让漫步松林者在树下放轻脚步。

在隆冬季节，我有时会从我的松林中收集到比林地经营和天气预报更重要的信息。这种情况尤其可能发生在天色阴沉的傍晚，此时大雪掩埋了所有不相关的细节，天地间凄迷的寂静重压在众生头上。然而，我那些雪压枝头的松树仍笔直挺立，一排排，一棵棵，而我能感觉到，还有千百棵松树挺立在远方的薄暮之中。在这样的时候，我会奇妙地觉得，一股新的勇气油然而生。

编号 65290

给一只鸟套上足环，就等于持有了一张大额彩票。我们大多数人都持有彩票，但那是用自己的生命下注，花钱从保险公司买来的，而保险公司太精明，不可能卖给我们中奖概率真正一半对一半的彩票。可要是你下注赌的是一只套了足环的麻雀是否会从天上掉下来，或一只套环的黑冠山雀是否会再次进入你的诱捕笼以证明它还活着，那就是一种客观机遇了。

新手为新捕获的鸟套足环会很兴奋，因为他在玩一种与自己打赌的游戏，努力要在总成绩上打破自己先前的纪录。但对老手来说，为新捕获的鸟套环仅仅是一种愉悦的例行公事，因为老手真正的兴奋点在于再次捕获某只很久前就被套上了足环的鸟，某只他对其年龄、经历和从前的进食情况之了解也许比鸟自己都更清楚的鸟。

所以这五年以来，足环编号为 65290 的那只黑冠山雀是否还健在，是否能活到下一个冬天，成了我们家一个极其重要的问题，一个生死难料的问题。

从十年前开始，每年冬天我们都会诱捕到我家农场上的大部分黑冠山雀，并为它们套上足环。在初冬时节，诱捕笼捕到的鸟大多都没套足环，原因大概是它们都是当年才出生的幼鸟，而它们一旦被套上足环，以后便可确定年份了。随着冬天慢慢过去，诱捕笼里就不再出现没套足环的鸟；这下我们知道，本地的黑冠山雀鸟群大部分已由戴标记的鸟组成。根据足环编号，我们可以判定现存山雀的数目，并知道其中有多少只是上年套环后的幸存者。

编号为 65290 的那只黑冠山雀是组成"1937 级"那个班的七名成员之一。第一次进入诱捕笼时，这只山雀并未显示出明显的天赋。和同班同学一样，面对香喷喷的牛板油，它也表现出了一种强于其判断力的勇气。和同班同学一样，当被逮出诱捕器时，它也啄了我一口。套上环放飞后，它飞上一根大树枝，略显懊恼地去啄套在跗跖上的铝质新脚镯，然后抖了抖弄乱的羽毛，轻轻诅咒了两声，就急匆匆振翅追赶它的同伴去了。令我怀疑的是，它是否从这次经历中总结出了什么哲理性的论断（比如"闪闪发光者，未必皆蚁卵"），因为它在那年冬天就被逮住过三次。

到第二年冬天，再次被俘的鸟儿表明，那个班级的七名成员已减少为三名；而到第三个冬天，减少为两名。到了第五个冬天，65290号则成了那个年级的唯一幸存者。它依然显得缺少天赋，但它非凡的生存能力此时已被历史证明。

在第六个冬天，65290号没再出现，之后连续四年的俘获者中也不见其踪影，"作战失踪"之结论终被证实。

但是，在过去十年中被套上足环的九十七只鸟中，唯有65290号设法活过了五个冬天。另有三只活过了四年，七只活过了三年，十九只活过了两年，而有六十七只在第一个冬天后就消失了。根据这些数据，我要是向山雀卖鸟寿保险，我可以心中有数地算出最低保险费。不过也有一个问题：我该用什么货币向受益鸟支付保险金呢？我想该用蚁卵。

我对黑冠山雀知之甚少，所以只能推测65290号何以能比其同

十二月

伴多活些年头。是因为在躲避敌手时它比同伴更机灵？它有什么样的敌手呢？黑冠山雀太小，小得不足以招来敌手。那个被叫作"进化"的家伙反复无常，曾把恐龙化得巨大，直到它被自己的脚尖绊倒，又实验把黑冠山雀化小，但没小到被翔食雀当作昆虫捕捉的地步，也没大到让鹰鸮之类大鸟当作猎物捕食的规格。观赏自己的作品，"进化"扬扬得意。而看到身躯这么小、激情却那么高的造物，谁都只会置之一笑。

觉得黑冠山雀值得捕杀者，兴许只有食雀鹰、长耳鸮、伯劳鸟，尤其是棕榈鬼鸮等小型猛禽，但实际凶杀的证据我也只发现过一件，即长耳鸮因难以消化而回吐的一个我制作的鸟环。也许这些轻量级强盗对同等量级的山雀怀有恻隐之心。

如此看来，杀死黑冠山雀的很可能是天气，那个既无幽默感也无尺寸概念的杀手。我猜想，在黑冠山雀的主日学校，山雀被告诫不可犯的大罪中肯定有这两宗：汝等冬日里不可冒险去多风区域，汝等不可迎风雪弄湿羽毛。

我后来对第二条戒律有了认识，那是在一个细雨霏霏的冬日黄昏，我当时注意到一群山雀打算在我那片树林里过夜。雨是从南边飘来的，但我能断定，天亮前细雨会转而从西北方来，届时天气也会格外寒冷。那群鸟栖息的是一棵死去的橡树，其剥落的树皮弯曲成环状或杯状，以及大小、形状和朝向都各不相同的一些凹洞。鸟群若选择能背开南来细雨但却挡不住北方来雨的栖息所，到清晨时一定会被冻僵；若选择能遮蔽四面八方来雨的藏身处，到早晨就可安然醒来。我想，这就是让黑冠山雀得以生存的智慧，这也是65290号和它的一些同伴能够幸存的主要原因。

　　黑冠山雀畏惧有风的地方，这从它们的行为中可轻易判断。冬天里只有在风和之日，它们才会冒险从树林中飞出，而且风越温和，它们飞得越远。我知道一些有穿林风的树林整个冬天都不见山雀，但其他季节山雀却在林中尽情欢腾。那些树林之所以有穿林风，是因为牛吃光了大树下的矮树丛；牛之所以能吃光那些矮树丛，是因为农场主需要养更多的牛；农场主之所以要养更多的牛，是因为他们把农场抵押给了有蒸汽取暖的银行家；而风对那些银行家来说并不讨厌，也许熨斗大厦①拐角处的风除外。对黑冠山雀来说，冬天的风就是其可居世界的分界线。如果黑冠山雀也能有间办公室，那办公桌上摆放的座右铭应该是"保持静风"。

　　山雀在诱捕笼门前的举动可解释它怕风的原因。若门的朝向让它进诱捕笼时得用尾部迎风，哪怕是不太大的风，那么十匹马也休想把它拉向诱饵。如果把入口掉转个方向，那你的收获可能就会颇

---

① "熨斗大厦"是纽约曼哈顿岛的一座22层高楼，于1902年建成，当时被认为是美国最高的建筑。该建筑建造时称为福勒大厦（Fuller Building），因其三角形造型像熨斗而得此名。

丰。原来后面来风会使山雀正羽下的绒羽又冷又湿，而绒羽是鸟类的便携式屋顶和空调。白胸䴓、灯草鹀、树麻雀和啄木鸟同样害怕风从后面吹来，不过它们的供暖装置更大，因而其耐风能力也更强。写自然的书籍很少写风，因为那些书都是在火炉边写的。

我猜想山雀王国还有第三条戒律：汝等需查明所有喧哗。每年我们一开始伐木或切割木材，那些小鸟立刻就会出现，在一旁等着倒地的大树或劈开的原木为它们提供大餐——新鲜的虫卵或蚕蛹。枪声同样会招来山雀，不过到场的山雀很少能获得满意的收益。

在有斧子、大槌和猎枪之前，山雀以什么作为其开饭铃声呢？推测起来，应该是树木断裂坠地的声音。1940 年 12 月，一场冰暴砸断了我树林中特别多的枯枝和活枝。结果其后的整整一个月，我那些山雀对我的诱捕笼都不屑一顾，因为从冰暴获得的收益已让它们心满意足。

65290 号早已飞去了天堂。我希望，在它栖息的新树林里，每天都有满藏蚁卵的大橡树倒下，而且没有风会滋扰它的宁静，或影响它的胃口。我还希望，它依然戴着我为它制作的那枚足环。

第二辑

II

四方素描

Sketches Here and There

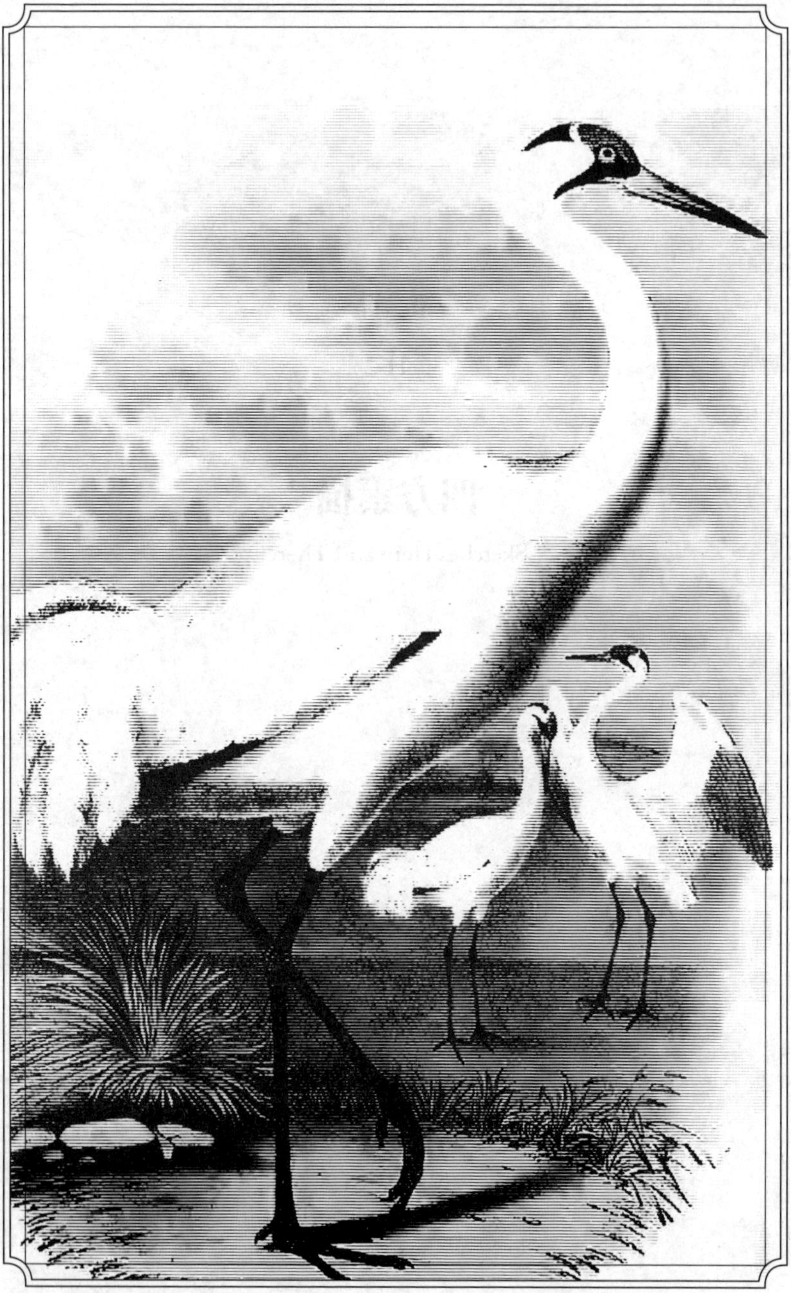

威斯康星州

沼泽挽歌

晨风轻轻拂过这片巨大的沼泽，以轻得不为人察觉的风速让一层薄雾漫过广袤的湿地。薄雾像冰川上的白色幻影缓缓移动，越过茂密的落叶松林，滑过含露的水泽草甸。此刻天地之间唯有寂静。

从天际深处，一阵清脆的铃声轻轻飘落于正侧耳倾听的大地。接着又是一派寂静。然后会传来几声悦耳的狗吠，随之是一群猎犬汪汪地回应。最后一阵遥远而清晰的猎号声从天际传来，又渐渐隐入薄雾之中。

号声忽高忽低，忽而又沉寂，最后响起呜呜、嘎嘎、呱呱、嗷嗷一片喧噪，喧噪声之近，几乎令沼泽震撼，但此时仍不知众声从何而来。太阳终于闪出光芒，照亮一大群以梯形编队的飞鸟正由远及近。翅翼静止的鸟群从正在飘升的薄雾中滑翔而出，在天空盘旋最后一圈，然后伴着声声鹤唳以螺旋形线路降落于它们觅食的泽国。鹤泽上新的一天就此开始。

*　*　*

如此泽国会具有厚重的时间感。自冰川期以来的每个春天,这片沼泽都会被鹤唳声唤醒。构成这片沼泽的泥炭层静卧在一个远古湖泊的湖底。可以说鹤群就站在它们自己被水浸透的历史记录上。泥炭层由动植物遗骸压缩而构成,而这些遗骸在远古时曾是堵塞水塘的苔藓、遮蔽苔藓的落叶松,以及那些自冰原消失后就一直在落叶松上唳鸣的鹤群。代代无穷的旅行队用自己的尸骸构筑了这座通往未来的长桥,营造了这片重归者可繁衍生息的栖息地。

未来的尽头在何处?沼泽上,一只鹤一边吞下一只倒霉的青蛙,一边拖着笨重的身子跃入空中,朝着旭日挥动其有力的翅膀,充满自信的唳鸣在落叶松林间回荡。鹤似乎知道这问题的答案。

*　*　*

和艺术鉴赏力一样,我们认识天性品质的能力也始于对美的感知,经过连续不断的各个审美阶段,最终感知到尚无法用语言评估的价值。我认为鹤的品质就属于这种更高的范畴,迄今还只可意会,不可言传。

不过也可以这么说,我们对鹤的欣赏程度是随着地球史的慢慢澄清而增长的。现在我们知道,鹤族起源于遥远的始新世。与鹤族同时起源的动物群其他成员早已深埋在群山之中。所以我们听到的鹤唳不仅仅是鸟鸣，而是进化管弦乐团吹奏的号角。鹤是我们无法掌控的过去之象征，是那条不可思议的历史长河之象征，而正是历史长河形成了鸟类和人类日常生活的基础和条件。

因此，这些鹤不仅是生活并存在于狭窄的现在，而且生活并存在于更为远阔的进化时期。鹤群一年一度地归来是地质时钟的嘀嗒运转，鹤群为回归之地带来一份特殊的荣耀。在无数默默无闻的水泽湿地中，有鹤栖息的沼泽具有一份古生物学特许的高贵，一份在亘古行程中赢得的高贵，一份只有猎枪可以剥夺的高贵。有些沼泽看上去阴郁而凄迷，或许就因为失去了曾栖息于其间的鹤群。如今它们只能在历史长河中卑微地漂泊。

古往今来的冒险家和鸟类学家，似乎一直都能感觉到鹤这种特质中有某种意义。为了挖掘这种意义，神圣罗马帝国皇帝腓特烈曾放出其矛隼。为了挖掘这种意义，忽必烈汗的猎鹰曾从天而降。马可·波罗告诉我们："可汗从携鹰隼狩猎中获得了极大的乐趣。他在察汗淖尔有座巨大的宫殿，宫殿四周是水草丰美的草原，草原上可见到许多鹤。为了让这些鹤有可食之粮，可汗还叫人种植稷米和其他谷物。"

鸟类学家本特·贝格[①]幼时在瑞典荒野上看见鹤，此后便把研

[①] 本特·贝格（Bengt Berg，1885—1967），瑞典鸟类学家及作家。

究鹤作为了他毕生的事业。他曾追随迁徙的鹤群一路到非洲，找到了鹤群在白尼罗河畔过冬的栖息地。他在描述自己第一次见到飞翔于河畔的鹤群时说："那真是个奇观，让《一千零一夜》中那只巨鸟也黯然失色。"

* * *

当从北方南移的冰川碾压群山、凿出山谷时，一些冒险的冰墙挤上了我们州索克县东边的巴拉布山岭，其后又滑落回到了威斯康星河河口的峡谷之中。上涨的水积聚，形成了一个东临冰崖、长达半个州的湖泊，之后融化的冰山水又不断注入湖中。这个远古大湖的湖岸线今天还依稀可辨，大湖的湖底就是现在这片巨大的沼泽。

湖面在许多个世纪中一直上升，最后漫过了巴拉布山脉东坡，并在山间冲出了一条流往威斯康星河的新河道，结果终于流干。鹤群随之来到大湖残留的浅水湖，鹤唳声像号角宣布严冬败退，并召唤姗姗来迟的众生物集体协作，建设沼泽。泥炭藓结构的泥沼慢慢移动，堵住了不断渗漏的湖水，最终填充了水的位置。莎草、羽叶蕨、落叶松和云杉入住沼泽，用其根系结构让沼泽抛锚定位，并吸干余水，使泽底形成泥炭。浅水湖消失了，但鹤群并未消失。每年春天鹤群都会归来，在这片取代了远古水道的藓沼草甸上载歌载舞，繁育后代。那些身材细长的浅栗色幼鹤虽然是鹤，但将其称为**幼驹**

兴许更恰当。我没法解释这是为什么。但若是你能在某个含露的六月清晨，亲眼看见这些小家伙如何追着"母马"的脚跟在这片其祖先留下的草甸上嬉戏，你自己就会明白了。

不太久远的某一年，一位身穿鹿皮衣、拽着独木舟的法国捕猎手，顺着蜿蜒于这片大沼泽上的一条被苔藓阻碍的小溪逆流而上。对这种入侵其沼泽要塞的企图，鹤群给以了极不客气的大声嘲笑。一两个世纪之后，英国人赶着大篷车来到这里。他们砍掉沼泽四周冰碛层的树木，开垦出一片片空地，并在空地上种植玉米和荞麦。这些英国人可不像察汗淖尔的忽必烈汗，他们种植谷物的目的不是为了喂养鹤群。但鹤群从来不管冰川、帝王或拓荒者有什么目的，对地头的玉米荞麦照吃不误。若哪位农场主生气，不承认鹤群对其玉米地的使用权，鹤群便会吹号预警，然后整队起航，跨过沼泽去另一座农场。

那时候还没有引种紫花苜蓿①，山地农场的牧草长得非常糟糕，尤其是在干旱年份。在一个大旱年，有人在落叶松林里放了一把火，大火很快蔓延至拂子茅草地，在把死树清除之后，那里变成了一片旱涝保收的草场。之后每年八月，人们都会去那里收割牧草。等冬天鹤群南飞后，人们则赶着马车穿过结冰的沼泽，把干草拉回他们

---

① 紫花苜蓿是一种优质牧草和绿肥兼用作物，其发达的根系固氮能力强。美国后来引种紫花苜蓿促进了西部拓荒。

山里的农场。他们每年定期带着火与斧来这片沼泽，在短短二十年中，辽阔的沼泽上便星星点点地布满了草场。

当割草人每年八月来这儿搭起帐篷，喝酒唱歌，挥鞭吆喝时，鹤群便会用嘶鸣声召回它们的"小驹"，撤退到远处的僻静之地。割草人管这些鹤叫"傻红毛"，因为在那个季节，浅灰色的鹤翅往往会染上锈红色。待割下的草堆好后，沼泽地又重归其主人，这时鹤群会归来，对着十月的天空长鸣，招呼从加拿大南迁的鸟群在此小憩。它们会结伴一起去新收割的玉米地盘旋，扫荡残梗上的玉米，直到寒霜发出冬季迁徙的信号。

那些牧草地岁月是沼泽居民的田园牧歌时代。那时候人类、动物、植物和土地共同生活，为共同的利益而彼此宽容，和谐共处。这片沼泽本可以继续那样，不断地滋养牧草、松鸡、麝鼠、蔓越橘，以及鹿鸣和鹤唳。

可新来的这些领主却不懂这些。他们没有把土地和动植物纳入其互利共存的观念之中。这种平衡经济的红利对他们来说太少。他们构想的农场不仅在沼泽周边，而且在沼泽之上。于是便有了挖沟开渠，排水造田。于是排水沟渠在沼泽上纵横交错，新农田及农舍在排干水的沼泽地上星罗棋布。

但庄稼长势不好，还有霜冻的摧残，高昂的开渠费用导致的负债更是雪上加霜。农场主纷纷搬走。泥炭层干涸，收缩，起火，释放出更新世积聚的太阳能量，把整个乡间笼罩在刺鼻的浓烟之中。人们掩鼻躲避烟火，却没人发声抗议这种浪费。在一个干燥的夏季之后，连冬雪也没能压制住焖烧的沼泽。田地和牧场被烧得满目疮痍，伤痕一直延伸到被泥炭覆盖了数百个世纪的古湖沙滩。蓬蓬荒草随之从灰烬中冒出，一两年后白杨树丛也接踵而至。鹤的日子越来越艰难，其数量随着残存草甸的减少而急剧下降。对鹤群而言，挖掘机逼近的轰鸣声就是它们的挽歌。那些进步运动的领袖对鹤一无所知，更不会去关心鹤群的命运。在那些工程师眼里，物种群多一个少一个有啥关系？没抽干的湿地有何作用？

在其后一二十年间，庄稼收成越来越差，野火蔓延越来越广，林间空地越来越大，鹤群数量越来越少。看来只有重新往沼泽注水才能阻止泥炭燃烧。在这一二十年间，蔓越橘种植者堵塞了一些排水沟渠，让一些地块重新有水，获得了不错的收益。远方的政客们整天谈论什么边缘土地、生产过剩、失业救济和资源保护。于是经济学家和规划家来这片沼泽视察，接着测量员、技术员和地方资源养护队员也闹哄哄地纷至沓来。于是退地还水又成了时髦。政府买下土地，安置农民，大规模地填塞沟渠。沼泽地又渐渐重新变成了湿地，被火烧过的一些地块变成了池塘。草原野火还在燃烧，但再也烧不到湿地。

一旦地方资源养护队的营地撤走，所有这些改变对鹤群都有好处，然而，那些在大火灰烬中不屈不挠、不断蔓延的杨树丛对鹤群却无益，那些随政府保护计划而必然出现的迷宫般的新路对鹤群更是一种贻害。建一条公路当然比思考这个地区的真正需求要简单得多。在当初那些帝国建造者眼中，没被抽干的沼泽毫无价值；同样，对这些多得只能按字母排序的资源保护组织而言，没有公路的湿地也毫无意义。荒野是一种尚未编入名录的自然资源，这种观念迄今只有鸟类学家和鹤群认可。

所以故事总是在自相矛盾中结束，无论是沼泽的故事还是市场的故事。这些沼泽的终极价值就在于它们是荒野，而鹤群就是荒野价值的体现。但所有荒野保护者都背离了自己的目标，以为要珍惜荒野，就必须关注并爱抚荒野，可等你关注够了，爱抚够了，供你关注爱抚的荒野也就不复存在了。

* * *

终有一天，或许是在我们施善过程中的某一天，或许是在地质时期鼎盛阶段的某一天，最后一只鹤就会吹响告别的号角，从这片大沼泽盘旋而起，飞向长天。从高高的云层后面，又将飘落清晰的猎号声、亦真亦幻的犬吠声，还有那阵清脆的铃声，然后又是一派寂静，但这派寂静不会再被打破，除非在遥远的银河还有一片水草丰美的湿地。

沙乡诸县[①]

各行各业都会养一小群专用词语，而且都得有一片牧场任其纵情撒欢。因此，经济学家必须在某个地方找一个自由空间，来放养他们的宠物——诽谤之辞，诸如"亚边缘化""变量回归"，以及"制度僵化"等等。在沙乡诸县广阔的地域内，这些经济学批评术语能得到有利可图的运用、随心所欲的放养，而且对讨厌的反驳者具有免疫力。

同样，如果没有沙化地区这几个县，土壤专家的日子也不会好过。他们的"化灰土""灰黏土"和"厌氧性"还有什么地方可放养呢？

近些年来，社会规划者开始把沙乡诸县用于不同的目的，不过与上述行业的目的也略有雷同。在社会规划者那些花花绿绿的全州地图上，标有许多不同颜色的圆点，每个圆点或代表某地已有十个现代浴缸，或代表某县有五个妇女自愿服务队，或代表有一英里柏油路，或代表有一头共用的纯种公牛；可在那些地图上，沙化地区这几个县被标示为形状大小都让人合意的一块灰色空白区。当然，

---

① 指作者农场所在的威斯康星州中南部索克县及毗邻的中部诸县（如朱诺县、亚当斯县、马凯特县、沃沙拉县和哥伦比亚县等），这些县因19世纪70年代过度种植小麦而造成大片土地沙化。

如果那些圆点平均分布，地图就显得单调了。

简而言之，沙乡这几个县地瘠民贫。

可是，就在20世纪30年代，当名目繁多的社会进步举措向骑兵队一样扫荡大弗拉茨镇区[①]的时候，当社会工作者苦口婆心地劝说沙地农场上的人去其他地方定居的时候，那些愚昧的乡巴佬却舍不得离开这片土地，甚至面对联邦土地银行百分之三的低息贷款诱惑也不为所动。我开始想知道这是为什么，而为了弄清这个问题，我最终在土地沙化地区为自己买了座农场。

六月的有些时候，当我看见每一株鲁冰花都挂着无须支付利息的露珠的时候，我就会怀疑这些沙地是否真的贫瘠。在那些有偿付能力的农场上，根本就不会有什么鲁冰花，更不会每天都看见由宝石般的露珠结成的一道彩虹。因为鲁冰花一旦在那里冒头，很少见过晨露的杂草控制员就会毫不犹豫地坚持将其除掉。那些经济学家听说过鲁冰花吗？

或许，那些不愿迁走而宁愿留在沙乡诸县的农场主们有某种更深刻的理由，某种植根于遥远历史的深刻原因。当我每年四月看见老冠花开遍每一道铺满沙砾的山岗时，我就会想到这点。老冠花不会多言，但我推测，它们对沙砾的偏爱可以追溯到将沙砾铺在这儿

[①] 大弗拉茨镇区属亚当斯县管辖，2010年人口普查时该镇区有1018人。

的冰河时期。只有铺满沙砾的山脊才够贫瘠,才能为老冠花提供在四月的阳光下自由绽放的空间。它们忍受大雪、冰雹和凛冽寒风就是为了这份独自绽放的特权。

另外还有一些植物,它们向这个世界要求的似乎并非肥沃土地,而是生存空间。小小的蚤缀就是这样的植物,在鲁冰花溅泼出它们的蓝色之前,蚤缀就会为最贫瘠的山顶戴上镶有白色花边的草帽。蚤缀草决不愿生长在富饶的农场,哪怕是其农舍饰有假山、种有秋海棠的优质农场。此外还有小小的柳穿鱼,那种又小又细、开蓝色小花的小草,小得你只有将其踩在脚下才会注意到;除了在风沙之地,有谁还见过柳穿鱼草呢?

最后还有葶苈,要是长在葶苈旁边,连柳穿鱼也会显得又高又壮。我从未遇见过一位知道葶苈的经济学家,但如果我是个经济学家,我就会趴在沙地上,闻着葶苈味儿思考全部经济问题。

有些鸟也只在沙乡诸县境内才能够见到,其原因有时候容易推测,有时候则难以捉摸。那里可见到褐雀鹀,其显而易见的原因是这种小鸟倾心于短叶松林,而短叶松林迷恋沙地。那里可见到沙丘鹤,其显而易见的原因是沙丘鹤喜欢幽静,而在别的县份已找不到幽静之处。不过,山鹬为何偏爱在沙化地区筑巢呢?它们这种偏好不可能出于方便觅食这类世俗的原因,因为沃土中的蚯蚓比沙地里多得多。经过多年的研究,我现在自认为已经找到了原因。雄山鹬在表演其空中舞蹈的"嘭嗒"开场曲时①，就像是一位穿着高跟儿鞋的矮个儿女士，若是在浓密蓬乱的草丛间起步，穿高跟鞋的优势就不可能展现。但在沙乡诸县最贫瘠的牧场或草地上的最贫瘠的沙化地带，至少四月里的地面是光秃秃的，只有些趴在地上的苔藓、荨芹、碎米荠、羊酸模和蝶须草，而这些障碍连腿短的山鹬也可以忽略不计。在这样的地面，山鹬可以趾低而气扬地高视阔步，或故作高雅地碎步起舞，这样做不仅毫无阻碍，而且能让真实在场或它希望在场的观众对其表演一览无遗。这个只在一年中一个月的某天某小时才对两个雄性或异性中的一个具有重要意义的仪式，与经济学关注的生活水平毫不相关，但却会决定山鹬对其家园的选择。

迄今为止，经济学家还没有设法让山鹬去别处定居。

原子的奇幻之旅

自从古生代海洋淹没陆地以来，X 就一直羁留在这道石灰石岩壁之中。对一个被幽闭在岩石中的原子来说，时间并不会流逝。

好运终于来了，当时一棵大果橡树的根探进一条岩缝，开始撬

---

① 参见第一辑中《空中舞蹈》第三段（第35—36页）。

开岩石，汲取营养。一个世纪转瞬即过，岩石风化了，X得以脱身，来到了活生生的世界。他助力绽开了一朵花，花变成了一粒橡子，橡子养肥了一头鹿，鹿养活了一个印第安人。所有这些都发生在一年之内。

停泊在那个印第安人的骨骼之中，X再次经历了追逐与逃亡、盛宴与饥荒、希望与恐惧。它觉得这一切就像短暂的化学推拉效应中的变化，而那种推拉效应永远都在拉拽每一个原子。那个印第安人告别大草原之后，X在地下经历了短暂的分解，随即又意外地经由大地的血流，启程开始了第二次旅行。

这次是须芒草的小根把它从地下吸出，并将其置于一片草叶，草叶随大草原上六月的绿浪涌动，一起履行积蓄阳光的使命。这片草叶还有一项特殊任务，轻轻拂动高原鸨蛋上的阴影。心醉神迷的高原鸨在空中盘旋，倾情赞美身下的完美之物，也许是那些鸨蛋，也许是那些阴影，也许是绣球花为大草原涂抹的那层粉红色薄雾。

当高原鸨展翅启程飞往阿根廷时，所有的须芒草都挥动高高的新穗向它们道别。当第一只来自北方的大雁经过时，所有的须芒草都高兴得满脸通红，一只蓄谋已久的鹿鼠趁机咬断了X栖身的那片草叶，并将其埋入地下的鼠窝，仿佛是想储藏一点儿小阳春，以防悄然而至的寒霜。但一只狐狸逮走了那只鹿鼠，于是真菌分解了鼠

威斯康星州

窝，X又滞留于泥土中，自由自在，无忧无虑。

接下来它先后进入了一丛爬根草，一头野牛，一堆野牛粪，然后又进入土壤。接着是一株紫露草，一只野兔，一只猫头鹰。最后是一丛鼠尾粟。

所有旅程都终有尽头。这次旅程在一场草原大火中告终。那场火把大草原上的植物变为了烟尘、气体和灰烬。磷原子和钾原子留在了灰烬中，可氮原子却随风而去。在此时此地，一名目击者很可能预言这幕生物大戏会早早收场，因为大火耗尽了氮，土壤极可能因缺氮失去其植被，最后也会随风而逝。

但是大草原还留了一手。大火使荒草稀疏，却让各种豆科植物趁虚而入：紫苜蓿、胡枝子、野蚕豆、野豌豆、灰毛紫穗槐、车轴草和赝靛，这些植物的支根都有自身的根瘤菌，这些根瘤菌能吸取空气中的氮素供植株所需，根部和植株腐烂又将氮溶进土壤。因此，大草原储蓄银行从豆科植物收入的氮素比支付给大火的更多。大草原很富有，这连卑微的鹿鼠都知道；可对大草原为什么富有这个问题，在静静流逝的岁月中却鲜有人问及。

在每次去生物区旅行的间歇期间，X停滞在土壤中，随着被雨冲刷的土壤渐渐下降。植物活着时靠吸收原子来阻碍这种冲蚀，死去后则将这些原子封存在自己腐败的组织中。动物吃掉植物，暂时把其中的原子带到高处或低处，至于是高是低，这取决于动物的死亡地点或排泄地点与其进食地点的高低差。动物们不明白，较之于它们的死亡方式，其死亡地点的海拔高度更为重要。就这样，一只狐狸在草地上逮住了一只囊鼠，随之把 X 带到了山岩脊上的狐窝，这时一只鹰抓住了狐狸，狐狸临死时意识到了自己的生命篇章行将结束，但却意识不到一个原子的冒险之旅又要开始新的旅程。

一个印第安人最终继承了那只鹰的羽毛，并用羽毛献祭让命运之神息怒，他以为神对印第安人特别感兴趣。他没有想到诸神也许会很忙，正忙着掷骰子来对付地心引力，因为鼠类和人类、土壤和禽类，或许都只是阻碍原子奔向海洋的方式。

有一年，滞航于河边一棵三角叶杨的 X 被一只河狸吞进了肚子，而河狸进食地点的海拔通常高于其死亡地点。在一段严寒期间，河狸因栖身的水塘消失而被饿死。春天河水猛涨，X 随河狸的尸体顺流而下，每小时下降的海拔高度比以往一个世纪下降的还多。最后它停留在河口一湾死水的淤泥之中，在那儿，它先后被一只小龙虾、一头浣熊和一个印第安人吞进肚子，然后随那个印第安人长眠于河边的一个土墩里。一个春天，洪水使 U 型河湾的河岸下陷，短短一个星期的洪水后，X 又回到了它远古时被囚禁的那座监狱——大海。

一个在生物区逍遥的原子因过分自由而不了解自由，回到大海的原子则早已忘记自由。而每当一个原子消失于大海，大草原就会从风化的岩石中拉出另一个。唯一能确定的现实是，大草原上的生物必须拼命吸取，迅速生长，并不断死去，以免大草原的损失超过收益。

* * *

探进土隙岩缝，这是根的天性。当原子 Y 被根从其母体岩脊中释放出来时，一种新的动物已来到大草原，并开始对大草原加以整顿，以使其符合它们的法律和秩序观念。牛和犁掀开了大草原的草皮，经由一种被叫作小麦的草，Y 开始了一年一度、接连不断、令其晕头转向的旅行。

过去的大草原依靠动植物的多样性维系生存，每一种生物都有用，因为它们合作与竞争之总和达到了一种持续性平衡。但新来的种麦人只依靠某些物种，认为只有小麦和耕牛对他们才有用。他们看到无用的野鸽从云端降到他们的麦田，于是很快就让野鸽从空中消失。他们看到麦螬接替偷吃麦粒的工作时也曾怒火中烧，不过无用的麦螬太小，小得没法消灭。但他们没有看到过度种植小麦造成的沃土变薄，连微不足道的春雨也将其冲得光秃秃的。当水土流失和麦螬危害终于为小麦种植画上句号的时候，Y 和它的同伴们已经旅行到远方水域。

直到小麦帝国崩溃，拓荒者才开始仿效古老的大草原。他们饲养家畜蓄肥，种植能固氮的紫花苜蓿以增强地力，并栽种扎根深的玉米以利用下层肥土。

但是，他们不仅用紫花苜蓿和其他防治水土流失的新措施来维持原有的耕作，还开垦新的土地，而新的土地同样需要维护。

于是，尽管有了紫花苜蓿，黑土层仍然越来越薄。为了保住黑土层，水土保护工程师建造了堤坝和梯田。军方的工程师还建造了防洪堤和翼坝，以防黑土层被洪水冲刷。河水倒是不再冲刷土层，但河床却越抬越高，导致航道堵塞。于是工程师又像河狸垒坝那样修建由水闸提升的通航水道，结果Y就陷在了这样一段水道之中。它从岩石到河流的旅程只用了短短的一个世纪。

刚入那段水道那会儿，Y也有过几次短途旅行：经由水草进入鱼腹，然后又进入水禽肚里。但工程师们不仅会建堤坝，还会修下水道，而所有远山大海的俘获物都有可能被冲进下水道。那些原子，那些曾促成老冠花欢迎高原鸽归来的原子，如今却被囚在这油腻腻的烂泥中，动弹不得，不知所措。

根茎还会探入岩缝。雨水还会冲刷田野。鹿鼠还会收藏来自小阳春的纪念物。参加过灭绝野鸽的老人还会讲述当年万鸽齐飞的盛况。黑白色的野牛还会从红色的牛棚进进出出，为巡回旅行的原子提供交通工具。

旅鸽纪念碑[①]

我们竖起一座纪念碑来纪念一个物种的消亡。这座纪念碑象征我们的悲哀。我们之所以悲哀，是因为活着的人们再也看不到那种鸟儿以气势磅礴的阵势凯旋而归，再也看不见它们越过三月的天空为春天扫清道路，再也看不见它们把残败的冬天驱离威斯康星的所有森林和草原。

年轻时见过旅鸽的人，今天还活着。幼小时被鸽翼阵风摇晃过的树，今天还活着。但再过十年，只有那些最老的橡树还会记得那些鸽子，而在更遥远的将来，记得它们的将只有那些起伏的山岗。

在博物馆和书本里总能看到旅鸽，但那只是一些雕塑和图片，一些对所有艰辛和欢乐都毫无知觉的雕塑和图片。书中的鸽群不能从云间俯冲而下，让受惊的小鹿急寻躲藏之处。书中的鸽群不会在硕果累累的枝头拍动翅膀，赢得树林的阵阵掌声。书中的鸽群不会

---

① 此碑竖在威斯康星州西南角的怀厄卢辛州立公园内，位于威斯康星河与密西西比河交汇处的一道绝壁之上。石碑碑身嵌有一方青铜匾，匾上镌刻有一只栖于枝头的旅鸽浮雕和一段碑文。碑文曰："谨以此碑纪念威斯康星的最后一只旅鸽，此鸽于1899年9月在巴布科克地区被猎杀。这个物种因人类的贪婪和愚钝而灭绝——威斯康星鸟类学协会立。"此碑立于1947年，碑匾左下角的"1946"字样应为制匾年份。

在明尼苏达刚收割的麦田中吃早饭，然后又用加拿大的蓝莓做晚餐。它们感觉不到季节的驱策，感觉不到太阳的亲吻，也感觉不到风雨的抽打。它们会永远存在，但却没有生命。

较之今天的我们，我们的祖辈居所侧陋，膳食简单，衣着更差劲。他们为改善生活的努力也包括剥夺了我们的旅鸽。我们今天感到悲哀，也许是因为我们心里并不确定，在这场交易中我们是否真正获益。比起那些鸽子，工业产品带给我们更多舒适，但这些产品能让春天更壮美吗？

自从达尔文让我们略知物种起源以来，已经过去了一个世纪。现在我们已知道历代前辈不曾知晓的事实：在进化这段漫长的航程中，人类只是与其他生物同舟共济的伙伴。在今日今时，这种新知识应该让我们对同船的生物怀有一种亲缘之情，抱有一种自己活也让人家活的意愿，而且还要对生物世界之巨大和久远产生一种敬畏。

但最重要的是，在达尔文之后的这个世纪里，我们应该早就明白，尽管人类现在是这艘探险巨轮的船长，但人类并非这艘船要探索的唯一目标；我们还应该明白，人类先前假定自己是万物之灵，那仅仅是为了在黑暗中吹哨为自己壮胆。

我想强调，我们应该早就明白这些道理。可我担心有许多人尚未明白。

一个物种哀悼另一个物种的消亡,这是日光下的一桩新事[1]。杀死最后一头猛犸的克罗马农人只想到烤肉。射杀最后一只旅鸽的冒险家只想到自己的枪法。而用棍打死最后一只北极海雀的水手则什么都没想。但是,失去了旅鸽的我们却为这失去而哀悼。如果这是人类的葬礼,想必旅鸽不会为我们哀悼。说人类比其他动物优越,其客观凭证应基于这种事实,而不能基于杜邦先生[2]的尼龙长袜,或是万尼瓦尔·布什先生[3]的炸弹。

* * *

这座纪念碑就像栖息在这道峭壁上的一只雄鹰,将日复一日、年复一年地俯瞰身下这条宽阔的河谷。每年三月,它都会注视雁群飞过,听它们对这条河讲述北极苔原那些更清、更冷、更荒凉的水域。每年四月,它都会看到这些紫荆花开花谢。每年五月,它都会看到一棵棵橡树满树繁花,把一座座山头都染成红色。善于搜寻的林鸳鸯会在椴木林中寻觅大枝上的树洞,蓝翅黄林莺会摇

---

[1] 此句原文化用《旧约·传道书》第 1 章第 9 节第 3 句"日光之下并无新事"。
[2] 应指时任杜邦公司董事长兼总经理的皮埃尔·杜邦(Pierre S. du Pont, 1870—1954)。杜邦公司于 1938 年首创尼龙。
[3] 万尼瓦尔·布什(Vannevar Bush, 1890—1974),美国电气工程师,1940 年被委任为美国国防研究委员会主席,曾组织并领导制造第一颗原子弹的"曼哈顿计划"。

落河畔垂柳黄灿灿的花粉。白鹭会在八月间那些泥沼里弄姿作态，高原鸻会从九月长空洒下悦耳的啭鸣。成熟的山核桃会纷纷坠落于十月陨箨，而冰雹会砸响十一月的森林。但是，不会再有旅鸽从这里飞过，因为已经没有旅鸽，除了刻在石碑铜匾上的这只——这只不会飞的旅鸽。游客会读到这段碑文，但他们的关注也就限于这碑前。

经济学界的道德家告诉我们，对旅鸽的哀悼仅仅是一种怀旧之情，因为即便猎鸽者没有灭绝它们，农场主为了自己地头的庄稼，也会被迫将其清除。

这种说法也属于那些见解独特的道理，说来有根有据，但并不符合假定的前提。

旅鸽曾是一场生物风暴。是两股强大得势不两立的势能（土地中的肥和空气中的氧）迸出的闪电。年复一年，鸽翼卷起的暴风雨曾呼啸着席卷北美大陆，吸收森林和草原的丰硕果实，并在疾风般的生命航程中作为燃料耗尽。与其他任何连锁反应一样，只有保持自身对燃料的旺盛需求，旅鸽才有可能幸存。当一方面有猎鸽者不断减少其数量，一方面又有拓荒者切断其燃料供应链时，旅鸽的生命火焰便悄无声息地渐渐熄灭，连一缕青烟也没留下。

今天，橡树依然会朝天炫耀其累累硕果，但那道羽毛雷电已不

威斯康星州

会再闪现。如今肯定得由蚯蚓和象鼻虫来缓慢而无声地履行这项生物学使命，这项曾经由从天而降的羽毛雷电履行的使命。

可惊可叹的并非旅鸽的消亡，而是这种鸽子在巴比特时代之前①的千万年中都得以生存。

* * *

旅鸽曾爱恋自己的土地，靠自己对葡萄和山毛榉果实的强烈渴望而生存，靠自己对旅程遥远和季节变换嗤之以喙而生存。若威斯康星今天没提供其所需的某种食物，它们明天就会去密歇根、田纳西或拉布拉多半岛寻找并且找到。旅鸽所好乃其现时所需，现时所需之物总会存在于某个地方，而找到所需之物只需要能自由飞翔的天空和展翅飞翔的意愿。

好古恋旧是日光下的又一桩新事，一桩大多数人和所有旅鸽都不知晓的新事。把美国看作一段历史，把命运想象成一种转化，透过悄然而逝的岁月闻一棵山核桃树的气味——这些事我们都可以做到，因为做这些事只需要能自由飞翔的天空和振翮高飞的愿望。说人类比其他动物优越，其客观凭证应基于这些可行之事，而不能基于布什先生的炸弹或杜邦先生的尼龙长袜。

---

① 指20世纪20年代之前（参见第11页注释①）。另据记载，最后一只人工饲养的旅鸽"玛莎"于1914年9月1日在美国辛辛那提市动物园死去。

弗兰博河[①]

　　那些不曾在荒野溪流上泛过舟的人，那些曾在荒野溪流上泛舟却有向导坐在船尾的人，往往都以为出游的价值主要就是新奇的体验，另外就是有益于健康。我以前也这么认为，直到在弗兰博河上遇到那两个大学生后才改变了看法。

　　刷洗晚餐餐具后，我们坐在岸边，看远岸一头雄鹿蹚入水中觅食水草。突然，那头鹿抬起头来，朝上游竖起耳朵，随之便跃向藏身之处。

　　与此同时，上游拐弯处冒出了让那头鹿惊逃的原因——两个划着独木舟的小伙子。一看见我们，两个小伙子便立即靠岸跟我们打招呼。

　　"现在几点了？"他们的第一个问题就是问时间，接着便解释说他们的手表早就停了，有生以来第一次不能根据时钟、汽笛或收音机来对表。两天来他们只能靠太阳判断时间，并因此而感到兴奋。没有服务员端来食物，他们只能从河中取食或忍饥挨饿。没有交警鸣哨提醒他们避开下一个急流处的暗礁。当他们误判天气，没支起

[①] 威斯康星州北部一河流，全长 240 公里，发源于弗兰博湖，西南流向，在腊斯克县南部注入密西西比河的支流奇珀瓦河。

帐篷，也没有友善的屋顶让他们躲雨。没有向导告诉他们，何处宿营可整夜有微风轻拂，何处宿营会通宵遭蚊虫叮咬，哪种木柴可燃起熊熊篝火，哪种柴火只会冒幽幽黑烟。

这两位青年冒险家在告别之前向我们透露，他俩结束这次旅行后便会应征入伍。这下我们也清楚了他俩出游的动机，在从严格管理的校园到纪律严明的军营之间，这次出游算是一段插曲，是他俩第一次也可能是最后一次体验自由。荒野漫游之自然淳朴令人陶醉，其原因不仅在于新奇，还在于荒野代表了允许犯错的绝对自由。荒野可让出游者第一次尝到对明智之举的奖赏和对愚蠢行为的惩罚，而这本是每一个林间居民的日常遭遇，只不过文明社会建造了无数缓冲区来隔离这些自然行为。从这个特殊意义上讲，那两个小伙子可谓"独立自由"。

为了弄清这种特殊自由的含义，也许每个年轻人都需要来一次偶然的荒野旅游。

当我还是个小男孩的时候，我父亲把所有可选的宿营地、垂钓处和森林都描述为"几乎与弗兰博一样棒"。当我最终自己划着小船泛舟于这条传说中的溪流时，我发现，作为一条河流，弗兰博可谓不负期望，但作为一片荒野，弗兰博已经奄奄一息。新建的乡间别墅、娱乐场所和公路桥梁，把辽阔的荒野分割得支离破碎。若沿弗兰博河顺流而下，你会觉得不同的印象像拉锯似的交互替换：你刚刚陶醉于身处荒野的幻觉，眼前忽然会闪出个客运码头，随之你的船舷又会滑过某座别墅外的牡丹。

经过牡丹花丛后，一头跃上河岸的雄鹿又会让你领略到荒野的情味，接下来一道道急流会让这种情味更浓。可你马上又会看见，急流下一湾静水旁有座人造木屋，屋顶全部用的合成材料，门口挂着"在此小憩"的招牌，近旁还有个供下午打桥牌用的粗陋的蔓棚。

保罗·班扬[①]当初太忙，没有为他的子孙考虑，但要是他要求保留一块地让子孙后代看看古老的北美大森林是啥模样，那他很可能会选弗兰博河流域，因为在这同一片土地上，混杂生长着最好的白松、糖槭、黄桦和铁杉。这种针叶树和阔叶树广为混杂的森林，在过去和现在都实属罕见。阔叶树生长的土壤通常比针叶树生长的土壤更肥沃，因此弗兰博河畔的松树一般都更加高大，更有使用价值，加之紧挨一条可漂运原木的河流，所以很早就开始被人砍伐，河畔粗大树桩的腐朽状况即可证明这点。当时只有残次松树得以幸存，但这些如今还活着的松树犹如一座座怀念往昔的绿色纪念碑，已足以点缀弗兰博的天际线。

砍伐阔叶树的年代就晚得多了，确切说来，最后一家经营硬杂木的大公司十年前才拆掉其最后一根运木材的铁轨。如今那家公司

[①] 保罗·班扬（Paul Bunyan）是北美民间传说中的伐木巨人，美国伐木区神化的主人公，巨大、强壮和活力的象征。

就只留下个"土地管理局"，管理局在早已萧条的镇上办公，向充满希望的移民定居者出售被砍光了树木的土地。美国历史就这样结束了一个时代，一个砍光树就走人的时代。

就像在废弃营地废墟中觅食的郊狼，如今弗兰博河流域的经济也依靠过去伐木时代的残余物维持。砍伐纸浆用木材的"短工"在灌木丛中搜寻大砍伐时代偶然遗漏的小铁杉树。使用便携式机锯的工人则从河底捞取"沉木"，即那些在高速漂运木材的辉煌年代大量沉入河底的原木。裹满淤泥的沉木被打捞上岸，一排排堆放在昔日的客运码头——这些木材都质地完好，其中有些还很有价值，因为在今天的北方森林中，这种松树早已绝迹。砍伐支柱木材的工人则不断砍除沼泽地里的尖叶扁柏，常有鹿群跟随在这些砍伐者周围，争食倒地的扁柏鳞叶。这里的所有人和动物都依靠残存的树木生存。

对残存树木的清除非常彻底，结果若有人想为自己的时髦别墅添座小木屋，也只能用仿造的原木，而这种仿制品还得由货运列车从爱达荷州或俄勒冈州的木材厂运到威斯康星州的森林。与此情相比较，"往纽卡斯尔运煤"[1]这句谚语的讽刺意味就温和多了。

不过这条河依然如故，两岸有少许地方自班扬时代以来就几乎没什么变化；在摩托艇尚未打破黎明的静谧之前，人们还可以听到

---

[1] 纽卡斯尔，英格兰北部城市，该地煤炭资源丰富。

荒野中的鸟鸣。幸亏有几片未遭砍伐的森林归州政府管辖，那里残存的野生动植物还相当可观：河流中有鲈鱼、鲟鱼和大梭鱼；沼泽里有黑鸭、秋沙鸭和林鸳鸯；头顶上有鱼鹰、苍鹰和乌鸦。鹿更是随处可见，而且似乎太多，在河上漂流的两天里我就看见五十二头。在弗兰博河上游地区偶尔还会出现狼的踪迹，甚至有位在林中设陷阱的猎人告诉我他曾看见过貂，不过自 1900 年以来，弗兰博河流域没有再出产过一张貂皮。

从 1943 年开始，州环境保护部门以这些残存的荒野为中心，在沿河五十英里长的流域区复原了一大片荒野，让年轻一代的威斯康星人共享。这片荒野位于州有森林的中心地带，但这儿的河两岸将禁止林业开发，并尽可能不让道路穿过林区。州环境保护部门以极大的耐心，有时甚至花高价，慢慢地从私人手里收购土地，迁走别墅，封堵不必要的道路，大体说来就是要让时光倒流，尽量使这片保护区回归最初的荒野状态。

弗兰博这片曾为保罗·班扬长出优质软木松的沃土，同样让腊斯克县在最近几十年兴起了乳品加工业。那些乳牛场的经营者希望自己用的电比地方电力公司提供的电更便宜，于是合作组织了农村电气化管理局，并于 1947 年申请建一座水力发电站，而一旦这座发电站建成，将会把正在恢复中的那五十英里可行船泛舟的河段拦腰斩断。

于是便有了一场激烈的论战。州议会迫于牧场主的压力，忘记了生态荒野区的价值，不仅批准了农村电气化管理局的建站申请，还剥夺了环境保护委员会对今后水电站选址的发言权。如此看来，弗兰博河上保留的可泛舟水域，以及全州其他荒野河流的可行船河段，最终都会被水力发电站切断。

或许，我们的子孙后代将见不到一条原生态状貌的河流，因此他们也不会错过什么在潺潺水流中泛舟的机会。

死去

老橡树被剥去了一圈树皮，枯死了。

在那些废弃的农场上，多多少少都弥漫着死亡的气息。有些老屋会朝你翻动空茫的窗眼，仿佛想说："等着瞧吧，有人会搬来的！"

但这座农场不会再有人搬来了。为挤出谷仓外一小片空地以便多种点庄稼，居然剥去那棵老橡树的树皮，这无异于为了取暖而烧掉家具，同样注定了最终的结局。

伊利诺伊州和艾奥瓦州

伊利诺伊大巴之旅

在农舍院里,一位农场主和他儿子正在锯倒一棵上了年岁的三角叶杨。那棵古老的杨树非常粗大,横锯到树心的锯片只剩下一英尺在树干外可继续拉动。

曾几何时,那棵树曾是大草原茫茫草海中的一个浮标。或许,乔治·罗杰斯·克拉克① 曾在那树下扎营,野牛曾在其树荫下歇晌,甩动尾巴驱赶苍蝇。每年春天,振翅北归的鸽群都曾在这树上栖息。它是州立大学之外最好的历史书库,但它也一年一度飘下杨絮堵塞那家农舍的纱窗。而对于这两个实际情况,农舍主人认为只有后者才事关紧要。

州立大学的专家告诉农场主,中国榆树不会飘絮堵塞纱窗,所以种三角叶杨不如种中国榆树。专家们还自以为是地对樱桃蜜饯保存、布氏杆菌疾病、杂交玉米和农舍美化等问题发表其武断的见解。

---

① 乔治·罗杰斯·克拉克(George Rogers Clark,1752—1818),美国独立战争时期的军事领袖。

关于这些农场，专家们唯一不知的是它们从何而来。这些专家的工作就是确保伊利诺伊州能生产大豆。

此刻我坐在一辆大巴车上，大巴以六十英里的时速沿一条公路行驶，公路的原始设计只是为了马匹和马车通行。水泥路面被一次次加宽，直到路边栅栏都倾斜着似乎要倒向路基下的水沟。在修整过的路堤和倾斜的栅栏之间是一溜望不到头的狭长草地，草地上生长着昔日伊利诺伊的遗物——大草原。

大巴上没人留心这些遗物。一张肥料账单从一位农场主的衬衫口袋探出一角。账单的主人满脸焦虑，正茫然地望着窗外地头的鲁冰花、胡枝子和赝靛，这些豆科植物当年曾吸取空气中的氮素并将其溶入他家农场黑色的沃土，可现在他却分不清农场新宠偃麦草和间杂生长于其中的这些豆科植物。要是我问他，为什么他家农场的玉米地每英亩能产一百蒲式耳[①]，而那些非草原州的玉米地每英亩最多只能产三十蒲式耳，他也许会回答说伊利诺伊的土壤更好。而要是我问他，挨着栅栏那些开着像豌豆花似的白色穗状簇花的植物叫什么名字，他很可能只会摇头。可能是某种杂草吧。

车窗外闪过一座墓地，墓地周围长着黄花紫草。这种草不见于其他地方，因为毛叶泽兰和苦苣菜可为现代景观提供黄色基调。黄

---

① 英美制谷物计量单位，在美国 1 蒲式耳相当于 35.239 升。

花紫草则只与死者相伴。

透过敞开的车窗,我听见一只高原鸰动人心弦的啭鸣;很久以前,当野牛在齐肩高的草丛中穿越无边无际的大草原时,这只高原鸰的祖先曾跟随牛群漫游在那片早已被人遗忘的花海。车上有个男孩发现了那只高原鸰,但却对他父亲说:那儿有只沙锥鸟。

* * *

路边标示牌提示"你正在进入格林河①土壤保护区"。提示语下方还有一串文字,但字体太小,从疾驶的车上无法看清。但我想那肯定是保护区工作者名录。

简洁的标示牌立于一片河滩草地上,草长得很矮,可以在上面打高尔夫球。河滩旁是一段优雅弯曲的旧河道,但早已干涸。新河道被挖得像尺子一样直;该县的工程师"拉直"了河道,为的是要加快水流速度。而在上游不远处的山坡上,庄稼地则依地面等高线建造成了条状地块;防侵蚀工程师"弄弯"了坡面,为的是要减缓水分流失。面对如此多的指引,想必水一定会晕头转向。

* * *

---

① 伊利诺伊州北部一河流,全长192公里,发源于该州利县东部,平缓的西南流向,在该州亨利县西北部注入密西西比河支流罗克河。

这农场上的一切都意味着银行里的钞票。农场之富有可见于其钢铁、水泥和新刷的油漆。谷仓上喷刷有纪念先辈创业的日期。房顶上的避雷针犹桅樯林立。风信标因其新镀金而趾高气扬。连一头头小猪都显得有偿还能力。

农场林地里那棵老橡树没有后代。周围没有树篱笆，没有灌木丛，没有栅栏两边的闲置地块，也没有其他任何疏于经营的痕迹。玉米地里有肥壮的小公牛，但很可能没有林鹬。栅栏立在窄窄的带状草坪之上。紧挨着带刺铁丝网耕地的人不管是谁，他嘴里都肯定会经常念叨："开源节流，吃穿不愁。"

在那片河滩草地上，洪水冲来的垃圾暂时寄宿在矮树丛中。河岸年久失修，伊利诺伊被一块一块地剥离，移向大海。在洪水因无力冲走而将其抛弃的一堆堆泥沙之上，一片片高大的豚草为之铺上了标记。我心中暗问：到底谁有偿还能力？这时间能维持多久？

* * *

公路像一把卷尺向远方拉伸，穿过种有玉米、燕麦和紫花苜蓿的田野。大巴车在这片沃土上不断刷新其行驶里程。车上的乘客在交谈，交谈，交谈。都谈些什么呢？谈棒球，谈税收，谈女婿，谈电影，谈汽车，谈葬礼，但绝没谈此时正冲刷着大巴车窗的伊利诺利的潮起潮落。伊利诺伊没有起源，没有历史，没有浅滩，没有深海，没有生生死死的涌潮退潮。在他们看来，伊利诺伊仅仅是大海，船上的他们正驶向未知的港口。

那双蹬踢的红腿

每每回想起记忆中那些最初的印象，我都会感到疑惑：那个通常被称为"长大"的过程，实际上难道不是一个"变小"的过程；那些成年人爱吹嘘而小孩子却缺乏的经验，实际上难道不是生命本质被生活琐事不断稀释的结果。但至少有一点非常肯定，那就是我对野生动植物和追寻野生动植物的最初印象始终都很清晰，记忆中一直都保持着当初的形态、色彩和氛围，连我半个世纪专门研究野生动植物的经历也未能将其抹去或者美化。

像许多有追求的猎手一样，我很小的时候就得到了一支单管猎枪，并被允许去打野兔。一个冬日的星期六，在去我最喜欢的守株待兔处途中，我注意到那个被冰雪覆盖的小湖湖面出现了一个窟窿，窟窿位于岸上一架风车排放热水的地方。当时所有的野鸭都早已飞去了南方，但就在彼时彼地，我提出了平生第一个鸟类学假想：如果有一只野鸭滞留此地，该野鸭迟早都不可避免地要来这个窟窿。于是我抑制住对野兔的渴望（当时真不容易），坐在冻土上冷飕飕的荨麻丛中，等待。

我等了整整一个下午，看着乌鸦一只只从头顶飞过，听着风车像风湿病人般一声声呻吟，我觉得身子越来越冷。终于，在日落时分，一只孤独的黑鸭从西边飞来，它甚至没有预先在那个窟窿上方盘旋一圈，就稳住翅膀一头俯冲下来。

我已记不得自己如何开的枪，只记得我当时无以言表的喜悦，只记得我打中的第一只野鸭砰的一声落在冰面上，只记得它腹部朝天躺在冰面上的雪中，两只鲜红的腿还在蹬踢。

父亲给我那支猎枪时说，我可以用它打山鹬，但不能打栖息在枝头的山鹬。他说我已经够大，可以学打在空中飞的鸟。

我那条狗很擅长把山鹬赶到树上，但我学到的第一条狩猎道德准则是：放弃向栖在树上的鸟禽开有把握的一枪，让绝望的鸟儿有逃生的机会。可比起歇在枝头的山鹬对猎手的诱惑，魔鬼及其七个王国的诱惑真算不了什么。

我的第二个猎山鹬季节行将结束，可我连一片羽毛也没打下。一天，我正穿过一片低矮的白杨树林，忽听一声刺耳的叫声，随之一只硕大的山鹬从我左边腾空而起，从杨树林上空飞到我身后，拼命飞向最近一片长有雪松的沼泽。那可是山鹬猎手梦寐以求的打活靶的机会，结果，随着纷纷飘扬的羽毛和金色落叶，那只已毙命的山鹬翻滚着跌下。

今天我还能描绘出那个画面：我打下的第一只飞行中的山鹬躺在生满苔藓的地上；我甚至能清晰地描画周围每一簇红红的矮茱萸和每一朵蓝蓝的紫花雏菊。我猜想，我现在对矮茱萸和紫花雏菊的偏爱就始于那个时刻。

亚利桑那州和新墨西哥州

山顶上

我最初住在亚利桑那的时候,怀特山①还是骑马者的天下。除了很少几段主要通道,崎岖的山路马车都难通行。那时没有汽车,山对步行来说又太大,连牧羊人都得骑马。这样一来,那片面积有一个县大小、被当地人称为"山顶上"的高原就成了骑马人的专属领地,来者只有骑马的牧场主、骑马的牧羊人、骑马的森林管理员、骑马的捕猎者,以及那些常见于边疆地区的身份不明、来历不清、去向不定的骑马人。当今这代人会很难理解那个以交通工具划分的空间特权阶层。

在往北两天路程的那些通铁路的城镇,这种情况就压根儿不存在。在那些地方,你可以选择出行方式,或穿皮鞋步行,或骑驴骑马出行,或乘四轮马车,或坐货运大篷车,或蹭乘务车厢,或享受豪华卧铺。这每一种出行方式都对应一个社会等级,不同等级的人说不同的话,穿不同的衣,吃不同的菜,喝不同的酒。他们唯一的

---

① 怀特山位于亚利桑那州东部,是阿帕奇堡印第安人保留地所在地区。

共同点就是享有在杂货店赊账的民主，还有就是共享亚利桑那的公共财富——尘土和阳光。

这些人若向南越过平原和台地去怀特山，其社会地位就会随着其交通工具之失效而逐步趋于平等，最后到"山顶上"，还是骑马者的天下。

当然，亨利·福特的汽车革命使这一切都不复存在。如今的飞机甚至让任何人都有上天的权利，管他是汤姆、迪克，还是哈里。

* * *

在隆冬时节，山顶甚至把骑马人也拒之山外，因为高原草地积雪太深，有小径可攀的那些小峡谷也填满了积雪。到了五月，每道峡谷里都会有一条冰河奔腾咆哮，但不久之后你就可以去"山顶上"了——只要你的马敢在齐膝深的泥浆里挣扎半天。

每年春季，山脚下那个小镇上都有一场默而不宣的竞争，看谁第一个骑马闯入那片僻静的高原。我们许多人都曾试过，但谁都没静下来想想干吗要争。流言倒是不胫而走：谁第一个骑马上山顶就会赢得某种骑士的光环，成为当地的"年度人物"。

山上的春天，虽说与小说中描绘的完全不同，但也并非一下就春意盎然。即便在羊群都上山后，温和的春日也常伴有料峭春寒。除了在那片单调阴沉的山顶牧场，我几乎不曾见过如此冷酷的景象：

大雪夹着冰雹一股脑砸向哀号的母羊和冻得半死的羊羔。遇到这样的春日暴风雪，连快活的星鸦也只能缩头弓背相对。

夏日怀特山的脾气和夏日的天气一样变化多端，对这种喜怒无常的感受，最愚钝的骑手和马匹也会铭之于骨。

某个晴朗的早晨，大山会突然邀请你下马在它新长出的花草丛中翻个跟斗（要是你没勒紧缰绳，你那匹约束不够的马就会接受邀请）。每一只小鸟都在歌唱，每一株小草都在抽芽。在风雪中飘摇了数月的松树和冷杉如今昂首矗立，不失尊严地吸收阳光。一本正经的长耳松鼠此时也会流露其感情，甩着尾巴吱吱叽叽地对你讲述你已经充分体验的感受：从不曾有过这般美好的日子，或从不曾在如此僻静的地方享受这般美好的日子。

一小时之后，可能就会有雷暴云遮蔽太阳，而你刚才的乐园会畏缩于正在迫近的雷电、暴雨和冰雹。沉沉黑云悬浮空中，像悬在一枚已点燃引信的炸弹之上。每一块滚落的卵石、每一根折断的树枝都会把你的马惊得一跳。而当你在鞍上转身去展开雨衣时，你的马则会喷着响鼻惊退，浑身战栗，仿佛你是要展开《启示录》古卷[①]。

[①] 《启示录》古卷创作于公元前2世纪至公元2世纪左右，作者不详。现为《圣经·新约》之末卷。该卷第5章至第8章描写了开启有七个封印的天启书卷的过程，开前四封时分别有骑马者出现，第四个骑马者名叫死亡。七封开毕，大地上便有了电闪、雷鸣和地震。

后来一听人说他不怕雷电我心里就会嘀咕：那是因为你没在七月份上怀特山骑过马。

雷声已够可怕，但更可怕的是闪电劈中悬崖时溅起的碎石冒着烟从你耳边呼啸而过。而最可怕的则是被闪电击中的松树飞溅出裂片。我记得曾有一条长约四五米的白森森的裂片倏地扎在我脚边的土中，像一个巨大的音叉立在那儿嗡嗡作响。

没经历过恐惧的生活一定是乏味的生活。

* * *

山顶是一片广袤的牧场，骑马穿越也得费半天工夫，但你可别把它想象成四周围着松树墙、像圆形露天剧场那样的一块草地。牧场的边缘参差不齐，与数不清的山坳、山峡、山岬、山梁和像半岛样伸出的平谷犬牙交错，而且每一处坳、峡、岬、梁和平谷都各不相同。不曾有人知晓这所有地方，每天骑马去那儿都有撞上好运的机会——发现一处新的景观。我之所以说"新"，是因为若骑马进入某个遍地鲜花的山坳，你总会有这样的感觉，要是此前有什么人到过此处，那他肯定曾在这儿引吭高歌，或咏怀赋诗。

这种感情，这种因在那样的日子里发现那样难以置信的景观而欲吟欲歌的感情，也许可以解释大量刻印在每个宿营地周围那些白杨树树干上的首字母、年代日期和牲畜火印。人们随时都可以从这些铭刻中了解"得克萨斯人"的历史与文化，这不是从冷冰冰的人类学人种范畴去了解，而是根据某个创业父亲的个人经历去了解，你可能从他的姓名首字母辨认出此人是谁，他儿子曾在马匹交易中蒙过你，或者他女儿曾与你一起跳过舞。这儿，这个标示为19世纪90年代的镌刻只有姓名的首字母，没加火印，刻字者当时肯定是个游牧牛仔，第一次孤身来到山上。十年后，他的姓名首字母上加了火印，此时他肯定已成为一位拥有自家牧场的殷实的公民，自家牧场当然是凭节流、开源，或一条灵敏的套索挣来的。接下来没过几年，你发现他姓名旁刻上了他女儿姓名的首字母，而那是由某位既想追求他女儿又想追求其遗产的痴心青年刻上去的。

现在那位老人已经去世。在他晚年的时候，他的心只为其银行存款和牛羊数目而激动，但这棵白杨透露，他年轻时也感受过这山顶春日的壮美。

怀特山的历史不仅刻在这些白杨树的树皮上，也深深印在其地名里。牧区的地名要么粗鄙、诙谐，要么带有嘲讽或伤感的意味，但基本上都不落俗套。这些地名都足够玄妙，往往会引起新来者探问，而这些问答会牵出许多互相交织并加油添醋的传说，由此就构成当地的民俗学。

例如，有个叫"骨场"的地方是片美丽的草地，那儿有蓝钟花拱悬于半埋入土中的牛头骨和散落的椎骨之上。相传在19世纪80

年代，一个傻乎乎的牧场主从得克萨斯温暖的山谷第一次来到这儿，他相信了山上夏天的魅力，企图让他的牛群靠山上的干草过冬。结果十一月的暴风雪袭来，他骑着马侥幸逃命，但却留下了他的牛群。

还有个地方叫"坎贝尔布卢"，那是布卢河的一个上游源头，早年有个养牛人带着新娘到那儿安家。那位夫人厌倦了树林和岩石，渴望有台钢琴。钢琴被按期送到，一台坎贝尔钢琴。当时全县只有一匹骡子能驮运那么大的玩意儿，也只有一名赶牲口的人能胜任这项几乎只有超人才能胜任的工作，在山路上让钢琴保持平衡。但钢琴也没能让那位夫人满意，最终她还是悄悄逃走了。当我听说这个故事的时候，那个大牧场的农舍早已经成了废墟。

另外还有个叫"豆子泥塘"的地方，其实那是片沼泽草地，草地周围有松树环绕，我在山上的时候松树下有座小木屋，小木屋可供任何路人留宿过夜。当时有条不成文的规定，这种房产的主人需为过路人备下面粉、猪油和豆子，而过路人则需尽其所能补充其消耗。但曾有个倒霉的旅行者被暴风雪困在小木屋整整一星期，而他在屋里能找到的就只有豆子。这种有违待客之道的行为足以使那个地方出名，结果"豆子泥塘"就作为一个地名在历史中流传了下来。

最后还有个地方叫"天国牧场"，这名字若印在地图上会显得陈腐，但当你在人疲马乏时到达那里，你就会发现那里的不寻常之处。同任何严格意义上的天国都应该的那样，这座牧场藏在一座高峰的远侧。

一条有鳟鱼的潺潺小溪在其绿茵茵的草地上蜿蜒。马在这种草地上放养一月就会上膘，肥得雨水都能在马背上积成水洼。第一次见识"天国牧场"后我就曾自问：除了"天国牧场"它还能叫什么呢？

* * *

我没再去过怀特山，尽管也曾有过几次机会，我不愿去看游客、公路、锯木厂和运原木的铁路为那座山或对那座山的所作所为。我听见那些我当年上"山顶"时还没出生的年轻人赞叹，说怀特山是个美妙的去处。对此我表示赞同，不过心里有所保留。

像山那样思考

一声低沉而骄傲的嘶嗥，从一道山崖荡向另一道山崖，回声滚下大山，消失在远方冥冥夜色之中。那是一种感情的迸发，一种野性的不屈与哀伤，是对普天下所有厄运的蔑视。

所有生灵（或许还有许多亡灵）都会留心这声嘶嗥。对鹿而言，它在警示所有血肉之躯的归路；对松树而言，它在预示午夜的搏斗和雪地上的鲜血；对郊狼而言，它在许诺随之而来的残肉剩骨；对牧场主而言，它在预测银行账户的欠款；而对猎人来说，这声嘶嗥就是獠牙对子弹的挑战。然而，在这些明显而直接的希望和恐惧后面，隐藏着一层更深的含意，一层只有大山才领悟的含意。只有大山才活得足够长久，才能客观地倾听狼的嗥啕。

不过，参不透这层含意者也都知道那含意的存在，因为凡是在有狼出没的地方，它都会被人感知，也正是它把有狼区域和其他区域区分开来。它会令夜闻狼嗥者毛骨悚然，它会让日观狼迹者不寒而栗。即便未闻狼嗥也未见狼迹，它也会在诸多细微的异象中得以暗示：半夜时驮马的嘶鸣声、石块滚动的咕隆声、鹿奔逃时的咯噔声，甚至匍匐在云杉树下的幽幽路影。只有不堪造就的愣头青才感觉不到狼的存在，才感觉不到大山对狼心怀己见这个事实。

我对大山己见之信服可追溯到我看见一头狼死去的那天。当时我们在一道高高的悬崖上吃午饭，悬崖下面有条河哗哗流淌。我们看见只四足动物正涉水过河，其胸前翻涌起白色的浪花。开始我们以为它是头鹿，但等它上岸甩着尾巴朝我们这边走来时，我们才意识到自己看花了眼，原来那是头狼。从河边柳树林中突然跳出六只看上去刚长大的狼崽，狼崽摇着尾巴迎向老狼，围在它身边嬉戏打闹。千真万确，在我们所待的悬崖下河岸边一块开阔的平地上活蹦乱跳的，是一群狼。

在那些日子，我们绝没听说过有谁会放弃杀死一头狼的机会。我们立刻开枪向狼群射击，但因为太激动，子弹都没有准头。如何从陡峭的山上朝下方瞄准，从来都是令枪手困惑的问题。等我们都打光枪里的子弹，那头老狼倒下了，一只狼崽拖着条伤腿钻进了一

亚利桑那州和新墨西哥州

条无路可通的岩缝。

我们迅速赶到老狼跟前,正好看到它眼中那种令人生畏的绿光渐渐熄灭。我当时就意识到,而且从此明白,那双眼睛里有某种对我来说是全新的东西——某种只有狼和大山才领悟的含意。那时我还年轻,不扣扳机就手痒,认为狼少了鹿就会多,没有狼的山林意味着猎人的天堂。但在看见那团绿光熄灭之后,我意识到狼和大山都不会同意这种看法。

* * *

从那之后,我一生都在见证各州相继猎杀其境内的狼群。我见过许多大山在没有狼群以后的面貌。我见过山的南坡被迷宫般的新鹿径划得皱巴巴的景象。我见过许多灌丛和幼树因被吃光了树叶而萎蔫并枯死。我见过许多树在鞍桥高度以下的枝叶都被啃光。在这样的山里,你会觉得仿佛是有人给了上帝一把大剪刀,让他除了修剪枝叶就什么活儿也不干。到头来,人们期待中的鹿群因数量太多而纷纷饿死,其白骨与枯萎的三齿蒿混在一堆,其尸骸在树端才有枝叶的杜松下腐朽。

现在我认为,就像鹿群生活在对狼的恐惧中一样,大山也生活在对鹿群的恐惧之中。而大山说不定更有恐惧的理由,因为被狼吃掉的一头鹿两三年后就会被另一头鹿替代,而被鹿群毁掉的一座山恐怕数十年内也难以恢复元气。

对牛群来说也是一样。牧场主清除其牧场上的狼,却没想到自己就要接替狼的工作——把牛群减少到牧场能够承受的数量。人们还没学会像山那样思考。于是我们有了沙尘暴,有了把未来冲进大海的河流。

* * *

众生都会追求安全、富足、舒适、长寿和平缓的生活。鹿用其敏捷的四条腿追求,牧场主用陷阱和毒药追求,政治家用笔杆子追求,我们多数人则用机器、选票和美元追求,但所有追求都殊途同归:追求的都是我们一生的安宁。这种追求有适度成功就堪称足矣,而适度也许是客观思考之必需,但从长远来看,过分平安似乎只会产生危险。这或许就是梭罗那句格言的寓意:世界之救赎在荒野之中。这或许就是那声狼嗥所隐含的意义,这意义早就为大山所知,但人类对其却少有感悟。

埃斯库迪拉山[1]

亚利桑那的生活空间限于三界,脚下以格兰马草为界,头顶以

---

[1] 埃斯库迪拉山位于亚利桑那州东部阿帕奇县东南角,海拔 3258 米。

天空为界，地平线则以埃斯库迪拉山为界。

骑马朝山的北坡而行，你身下是蜂蜜色的茫茫平原。而无论在哪儿，无论何时，你抬头看见的都是埃斯库迪拉山。

骑马朝山的东坡而行，你穿行的是一块块有树荫遮掩的杂乱错落的台地。台地间的每个裂谷似乎都是一个独立的小世界，沐浴着灿烂阳光，散发着杜松的香气，回荡着松鸦悦耳的啼鸣。可一旦登上谷顶山脊，你立刻就会成为浩渺中的一粒尘埃。而在浩渺的边际，悬浮着埃斯库迪拉山。

朝山的南坡而行，你脚下是布卢河两岸一道道纵横交错的峡谷，峡谷间处处可见白尾鹿、野火鸡和迷路的牛。你未能击中一头漂亮的雄鹿，逃向天边的它向你挥尾告别，于是你低头查看瞄准器为啥出错，这时你会看见远方有座蓝色的高山——埃斯库迪拉山。

朝山的西坡而行，你就会置身于阿帕奇国家森林公园外围波涛般起伏的树林之中。我们曾在那里勘查过木材产量，把高大的松树按四十乘四十为一换算单位，在笔记本上算出预测的木材数量。气喘吁吁地攀上峡谷坡顶，勘查员都有一种奇怪的感觉，笔记本上那些符号代表的木材是那么遥远，而汗津津的手指、尖溜溜的槐刺、叮得人发慌的鹿虻和不甚友好的松鼠却近在身边，这一远一近显得极不和谐。不过到了另一道山梁，一阵冷风从苍翠的松海呼啸而过，这种奇怪的感觉也就随风而去。在松海的远岸，悬浮着埃斯库迪拉山。

这座山不仅限制了我们的工作和娱乐,还限制了我们想美餐一顿的企图。在冬季的傍晚,我们经常设法去河滩伏击野鸭。机警的鸭群爱在玫瑰色的西边和铁青色的北边兜圈子,然后消失在埃斯库迪拉山的黑影之中。如果它们再从黑影中飞出,我们的荷兰锅里就会有一只肥鸭。如果它们不再出现,晚餐就只好又吃豌豆和熏肉了。

确切地说,只有在一个地方你看不见地平线上的埃斯库迪拉山,那地方就是埃斯库迪拉山山顶。身在山上不见山,但你能感觉到山。其原因就在于那头大熊。

那头大熊是个山大王,埃斯库迪拉山就是其城堡。每年春天,当暖风使雪地上的痕迹变软的时候,那头大灰熊便会爬出其冬眠的岩洞,到山下觅食;用其巨大的熊掌击碎一头牛的脑袋,享用一顿牛肉大餐,吃得撑肠挂肚才慢悠悠爬回山上。此后整个夏天它都比较温和,只吃些土拨鼠和穴兔什么的,甚至吃浆果和树根。

我曾见过一头死于它掌下的牛。牛头骨粉碎,牛脖子血肉模糊,看上去好像是那头牛迎面撞上了一列飞驰的货运火车。

没人见过那头老熊,但在泥泞的春天,在一道道悬崖底的周围,你总能看见大得令人难以置信的熊掌印。这些熊迹让吃过苦头的牛仔们意识到熊的存在。无论在何时何处,只要一看见那座山,牛仔们就会想到那头熊。营地篝火旁的谈话除了牛群和舞会就是那头熊。

大灰熊每年只依据自己的权利索取一头牛，另外就是数平方英里荒岩区，但它的威名却遍及全县。

那是进步运动第一次来到这个养牛地区的时期。进步运动有五花八门的使者。

首先来的是第一个开汽车横穿北美大陆的人。牛仔们都理解这位驯路者，因为他与任何驯马者一样，说起话来都有几分虚张声势。

令牛仔们不理解是一位穿黑色丝绒袜、操波士顿口音、前来宣讲妇女选举权的漂亮女士，不过对女士本人，牛仔们都竖耳倾听，睁目注视。

牛仔们对电话工程师也惊诧不已，只见他用一棵棵杜松当一排排电杆牵线，瞬间就带来了镇上的消息。一个老牛仔问工程师，那金属丝能不能替他带来一份熏肉。

有年春天，进步运动还送来了一位使者，一名政府花钱雇的捕兽者，一身行头像是欲寻龙而杀之的屠龙英雄圣乔治。他问此地是否有需要除掉的猛兽。当然，这儿有头大熊。

捕兽者将其装备在骡子背上捆扎好，然后就上了埃斯库迪拉山。

一个月后捕兽者回来了。他的骡子被一张沉重的熊皮压得偏偏倒倒。镇上只有一个够大的牲口棚可以用来晾那张熊皮。捕兽者进山后曾使用了各种手段，包括设陷阱，下毒药，但都未能奏效。最后他把猎枪固定在只有那头熊才能经过的一个隘口，然后就守株待熊。那最后一头灰熊踢上了绊绳,拉动了射杀自己的扳机。

当时是六月,结果牲口棚晾出了一张臭烘烘、皱巴巴、毫无价值的熊皮。没能为最后一头灰熊留下张好皮来纪念它那个种族,这对我们来说似乎是一种侮辱。灰熊最后留下的就只有一具现存于国家博物馆的头骨,还有就是科学家们关于那具头骨拉丁语学名的争论。

正是在反思这些事件之后,我们才开始想知道到底是谁制定了进步运动的规则。

* * *

自古以来,时间就一直在侵蚀埃斯库迪拉山的玄武岩山体,其间消耗、停滞、构建不断循环。时间为这座大山构建了三宝:一副神圣庄严的山貌、一个小型动植物群落,还有就是那头灰熊。

猎杀灰熊的政府捕兽员只知道,他让埃斯库迪拉山的牛群有了安全。但他却不知道,他已经推翻了一座自晨星齐唱以来[1]就一直在建造的大厦之尖顶。

派遣捕兽员的那位政府官员是位精通进化结构的生物学家,但他不知道那个尖顶也许和牛群一样重要。他没有预见到这个养牛地

---

[1] 指自创世以来。"晨星齐唱"语出《旧约·约伯记》第38章第7节:"那时晨星齐声歌唱,神之众子也齐声欢呼。"

亚利桑那州和新墨西哥州

区二十年后会变成旅游地区，游客需要吃牛排，但更需要看见熊。

投票拨款清除山区灰熊的议员们都是拓荒者的后裔。他们曾赞扬边区居民的种种美德，但他们又总是竭尽全力要毁掉边疆地区。

我们这些曾默许消灭灰熊的森林管理员知道，当地有个牧场主曾挖出过一柄刻有科罗纳多[①]手下一名军官名字的短剑。我们曾谴责那些西班牙人，认为他们没必要为了黄金和传教而灭绝当地的印第安人。可我们当时并没想到，我们和西班牙远征队一样也是侵略者，只不过深信自己是正义之师罢了。

埃斯库迪拉山依然高耸在地平线上，但你看到山时再也不会想到熊。它现在只是普普通通的埃斯库迪拉山。

[①] 科罗纳多（Francisco Vázquez de Coronado，1510—1554），西班牙探险家，曾率武装探险队到北美探险寻宝，屠杀印第安人。

奇瓦瓦州[1]和索诺拉州[2]

厚喙鹦鹉

探究美的物理性质,这在自然科学中还是个处于中世纪前期水平的分支学科。甚至连弯曲空间的观察者迄今也未能解开其方程式。例如,众所周知,北方林区的秋景是那片大地,加上一株红枫,再加上一只披肩松鸡。根据传统物理学,这只松鸡只代表一英亩土地之质量或能量的百万分之一。然而,减去这只松鸡,整片秋景就失去了生命,因为某种巨大的动力已经失去。

人们很容易说,这种失去只是我们的想象。但任何一位严肃的生态学者会同意这种说法吗?严肃的生态学者都非常清楚,有一种死亡叫生态死亡。这种死亡的意义还难以用当代科学的术语来形容。哲学家历来把这种难以估量的抽象存在称为具体事物的灵魂。这种抽象存在与现象不同,因为现象可以估量,可以预测,哪怕是最远

---

[1] 墨西哥北部边境州,与美国的得克萨斯州和新墨西哥州接壤。
[2] 墨西哥西北部边境州,东边与奇瓦瓦州相邻,北边与美国的亚利桑那州接壤,西濒加利福尼亚湾。

那颗星的振动和旋转现象。

松鸡是北方林区的灵魂，冠蓝鸦是山核桃树林的灵魂，灰噪鸦是泥岩沼泽的灵魂，蓝羽松鸦则是生长杜松的丘陵地带的灵魂。这些事实在鸟类学书籍中还没有记载。我认为这些事实是科学上的新发现，虽说它们在有洞察力的科学家眼中都非常明显。但不管怎么说，我还是在此记录下我所发现的马德雷山脉的灵魂——厚喙鹦鹉。

把厚喙鹦鹉称为新发现，仅仅是因为很少有人拜访过它们的栖息地。一旦到了那个地方，只要眼不瞎，耳不聋，谁都会认识到这种鹦鹉在山林生活和山区景观中所起的作用。甚至你还没来得及吃完早餐，那些叽叽喳喳的鸟儿便一群群地离开了悬崖上的栖息处，迎着曙光在辽阔的天空开始了晨练。它们像鹤群那样成群结队在空中盘旋，高声争论一个（也许也令你感到疑惑的）问题：这正在峡谷上方慢慢展开的一天是否会比前一天更碧蓝如洗，或更金光灿烂，或是不如从前。投票的结果是旗鼓相当，于是它们分队各自去高高的台地吃早饭，啄食那些裂了壳的松子。这时它们还没发现你这个不速之客。

但稍过一会儿，当你钻出峡谷，开始爬陡坡时，某只眼尖的鹦鹉可能在一英里外就会看见你这个奇怪的家伙喘着粗气，走在只有鹿、狮、熊和火鸡才有权行走的小径上。早餐被抛在了脑后。随着一声尖叫，一阵呼唤，整群鹦鹉都张开翅膀朝你飞来。当它们在你头顶盘旋时,你真恨不得有部鹦鹉语词典。它们难道是在问你来此到底有何公干?或难道它们就像个鸟类实业家协会,只是想证实你欣赏它们为之而自豪的家园、天气及其居民,而且较之于你任何时候去过的任何地方,你看好它们光明的未来?答案不是前者就是后者,或两者皆是。想到这儿你心头会浮出一种不祥的预感,要是这条小径被修成大路,要是这个闹哄哄的接待委员会欢迎的第一个客人手里拿着猎枪,那会发生什么呢?

鹦鹉们很快就清楚了,你原来是个笨头笨脑、不善言辞的家伙,连吹声口哨向马德雷山脉清晨这种标准欢迎礼仪道个谢都不会。毕竟松林里还有那么多没啄开的松果,咱们还是回去吃完早餐吧!这次它们可能会栖落在悬崖下边的一些树上,让你有机会溜到悬崖边上去俯视它们。这下你终于看清了它们的颜色:一身光滑的绿制服,配有红黄二色肩章,戴着黑色头盔。它们唧唧喳喳地从一棵松树飞到另一棵松树,但总是以编队飞行,而且其编队鸟数总是偶数。我只看见过一次由五只鹦鹉编队,或者说以任何奇数编队的鹦鹉从我眼前飞过。

我不知道筑巢同居的鹦鹉伴侣是否也像这群在九月里欢迎我的鹦鹉一样吵吵嚷嚷。我只知道在九月里,如果山上有鹦鹉,你很快就会察觉。作为一名严格意义上的鸟类学者,我肯定应该尝试描述那种叫声。乍然一听,那种叫声与松鸦的叫声相似,但松鸦悦耳的啼鸣不

奇瓦瓦州和索诺拉州

仅更柔和，而且有一种怀旧的韵味，就像悬浮在其家乡峡谷中的那层薄雾，而这种被当地墨西哥人叫作"瓜卡玛雅"的鹦鹉如其响亮的名字所示，叫声更加高亢，洋溢着高雅戏剧中充满风趣的激情。

当地人告诉我，春天交配的时候，鹦鹉伴侣会暂时在高大枯松上的啄木鸟洞里离群索居，履行其种族繁衍的使命。但什么样的啄木鸟能啄出那么大的洞呢？厚喙鹦鹉的个头儿与野鸽不相上下，很难挤进啄木鸟的阁楼。难道它们是用其有力的坚喙对树洞进行了必要的扩建？或是它们依靠传说中曾在这一带出现过的帝王啄木鸟留下的大树洞？找到这个答案应该是项令人愉快的任务，我就把这项任务留给某位将来造访这里的鸟类学家吧。

碧水泱泱的潟湖

绝不重游同一片荒野，此乃智慧之组成部分，因为百合花越是金光灿灿，那就越有可能是人为镀金。重游故地不仅会糟蹋一次旅游，而且还会使一段记忆褪色。只有将其埋在脑海深处，闪光的冒险经历才会永远辉煌。因为这个缘故，我自1922年与弟弟一道划着小船在科罗拉多河三角洲[①]探险之后，就再也没去过那个地方。

---

① 科罗拉多河三角洲位于墨西哥索诺拉州西北角科罗拉多河注入加利福尼亚湾的入海口。

那时候我们所知道的是，自从埃尔南多·德阿拉尔孔[①]于1540年在那里登陆以来，科罗拉多河三角洲早已被世人遗忘。我们当时把帐篷扎在据说他的船队曾停靠过的河口，此前我们已有几个星期没看见过人和牛，甚至连一道篱笆或斧痕也没看见。我们曾跨过一条马车古道，其建造者不详，其使命恐怕也凶多吉少。有次我们发现了一个锡罐，扑向它的时候就像是发现了宝贝。

　　三角洲的黎明是被栖息在帐篷上方牧豆树枝丛间的凤头翎鹬唤来的。其时太阳正从马德雷山脉冉冉升起，将晨晖洒向这片方圆一百英里的美丽荒野，洒向这片被起伏嵯峨的峰峦环绕的辽阔盆地。从地图上看，三角洲被科罗拉多河切成两半，可实际上你看不见那条大河，而河又无处不在，因为从上百个碧水泱泱的潟湖中，那条河没法判定哪个能为它提供既最舒适又最舒缓的水道通向海湾。于是它把每个潟湖都逛上一遭，我们也效仿其法逐一游览。河流分分合合，逶迤而行，忽而蜿蜒于令人生畏的大丛林，忽而嬉戏于令人爱恋的小树丛，三弯九转，恍若迷途，但却不以为然并乐在其中，而我们当时也像那条河一样。所以我最后想说，如果要迁延时光，那就跟随一条不想在大海中失去自由的河一道旅行吧。

---

① 埃尔南多·德阿拉尔孔（Hernando de Alarcón），16世纪西班牙探险家，1540年至1541年曾率探险队在美洲寻找传说中的黄金城，曾探察加利福尼亚湾，发现科罗拉多河入海口，证明加利福尼亚不是一座岛。

"他引我来到静静的水边"①,在划着小船荡过那些碧水泱泱的潟湖之前,这行诗仅仅是书中的一串字符。可要是大卫王不曾写过那首赞美诗,我们当时就会情不自禁地写出自己的诗行。那静静的湖水呈深翡翠色,我想是因为有藻类植物所致,不过依然绿意不减。一道牧豆树和翠柳构成的绿墙把水道与远处荆棘丛生的荒漠隔开。在每个弯曲处我们都能看到白鹭静立在前方,像一尊尊白色雕塑衬着其水中的倒影。成群的鸬鹚像黑压压的舰队追逐着掠过水面的鲻鱼。反嘴鹬、白翅鹬和黄脚鹬单腿独立于沙洲打着瞌睡。绿头鸭、赤颈凫和短颈鸭被划桨声惊得展翅腾空。鸟儿飞到远处,在我们前方聚成一小群,或就逗留在那儿,或突然转向飞到我们身后。一群白鹭栖落到远处一棵绿柳,看上去宛若一场下得太早的大雪。

如此多的飞鸟游鱼可不仅仅是为了款待我们。我们不时会遇上一只山猫,平卧在半沉半浮的漂流木上,伸着利爪随时准备抓捕鲻鱼。成群的浣熊涉足于浅水域,津津有味地咀嚼水生甲虫。郊狼则在内陆小山上观察我们,等着继续吃它们以牧豆树豆荚为主食的早餐,我想副食也许还配有偶然受伤的岸禽,翎鹑或野鸭。每一片浅滩上都有长耳鹿的足迹,我们常常探查这些蹄印,希望能发现三角洲之王美洲豹的踪迹。

----

① 语出《旧约·诗篇》第 23 篇第 2 节:"他让我躺在青青的草地,/他引我来到静静的水边。"

我们连美洲豹的影子也没见着，但这三角洲之王的阴影却笼罩着整片荒野，荒野众生都不敢忽略其潜在威胁，因为忽略的代价就是死亡。鹿总要先四下嗅嗅，确信空气中没有美洲豹的气息后才敢绕过一丛灌木，或是在牧豆树下停下来吃豆荚。宿营者总是在聊过美洲豹之后才会熄灭篝火。连猎犬都不敢蜷缩着过夜，除非是在主人脚边，因为狗无须提醒就知道，统治黑夜的还是那猫科动物之王，其巨掌能击倒一头公牛，其利齿则像铡刀，能咬断猎物的头骨。

如今的三角洲，对牛群来说也许已经是安全地带，但对爱冒险的猎人来说却永远成了个乏味的去处。免于恐惧的自由已经降临，但碧水泱泱的潟湖已失去了一道光环。

要是吉卜林闻到过阿姆利则[1]人做饭的柴烟味，那他很可能会对其详加描述，因为没有别的诗人吟唱过或闻到过绿色大地上长出的柴火。大多数诗人肯定都是烧无烟煤。

在三角洲人们只用牧豆树做柴火，这可是柴烟最香的柴火。百年寒霜侵染，百载洪水浸泡，再加上数千个日头的烘焙，使这些古树粗糙的枝干易碎而不朽。这种燃料在每个营地都伸手可取，随时准备着让青烟飘过蒙蒙暮色，唱一曲茶壶之歌，烤几片荞麦面包，

---

[1] 阿姆利则是印度北部城市。英国作家及诗人、诺贝尔文学奖获得者吉卜林〔Joseph Rudyard Kipling，1865—1936〕出生在印度，童年和成年后的一段时间曾生活在印度。

把一罐翎鹑肉炖得酥黄，还顺带让人腿和马腿都感到温暖。当你往荷兰锅下添完牧豆树木炭后，千万要当心别坐在锅边，以免你被烫得一声尖叫，惊吓了在你头顶栖息的翎鹑。牧豆树有七条命，经得烧。

在中西部玉米带，我们用白栎木烧过饭；在北方林区，我们用松木熬过汤；在亚利桑那州，我们用杜松枝烤过鹿排；但直到在三角洲用牧豆树柴烤过一只嫩雪雁之后，我们才见识了最理想的木柴。

那些雪雁理当被烤成最诱人的酥黄色，因为它们折磨了我们整整一周。此前每天清晨我们都看见它们列着方阵嘎嘎嘎地从海湾飞向内陆，不久之后又列队而归，全都肚子滚圆，一路上安安静静。哪个碧湖里有什么稀罕美味令它们如此孜孜以求呢？我们跟随雪雁的去向一次次迁移营地，希望看见它们的落脚点，找到它们的宴会大厅。一天早上八点左右，我们看见那个盘旋的方阵突然分散成许多小队，开始滑翔，像枫叶似的一队接一队飘向地面。我们终于发现了雪雁会餐的地点。

第二天早上同一时间，我们躲在一片看上去很普通的洼地附近等待，洼地里那些沙滩上满是前一天雪雁活动的痕迹。当时我们已饥肠辘辘，因为从营地到那儿路可不近。我弟弟正要吃一只凉透的烤翎鹑，可鹑肉还没送进嘴里，空中传来的嘎嘎声便让我们都停止了动作。那只烤翎鹑悬在嘴边，雁群在空中悠然盘旋，嘎嘎唰鸣，犹豫着不肯下来。但最后它们开始降落。烤翎鹑落地，枪声响起，我们将能品尝到的所有雪雁随之都躺在沙滩上蹬腿。

更多雪雁飞来，纷纷落地。狗兴奋得直哆嗦。我们一边从容地吃着烤翎鹑，一边从隐蔽处朝外观望，倾听洼地里的嘎嘎咯咯声。那些雪雁正在啄食砂砾。一群吃饱飞走后，另一群又飞来，狼吞虎咽地啄食它们觉得可口的小石子。在三角洲碧水泱泱的潟湖区有数不清的砂砾，而这片特殊沙滩上的小石子最对它们的胃口。对雪雁来说，这种差异值得它们飞四十英里。对我们来说，也值得这番远涉。

三角洲的各种小动物都多得无须去狩猎。在任何一个宿营地周围随便放上几枪，就可以打下足够我们吃上一天的翎鹑。但要让在牧豆树枝头栖息的翎鹑变成在牧豆树木炭上炙烤的美味，其间得有一个必不可少的过程，那就是用绳子将其挂在帐篷外冻上一夜。

所有的猎物都异常肥美。每头鹿都贮备了大量脂肪，如果鹿允许我们试试的话，说不定我们能往鹿背上的凹处倒进一桶水。不过它并没允许。

猎物肥硕的原因不难查寻。每一棵牧豆树都被豆荚压弯了枝头。干涸的海滨泥滩地长满了一年生荒草，铺在地上的谷粒般的草籽可以满杯满杯地舀起。滩地上还有大丛大丛像是咖啡树的豆科植物，如果你从这些树丛间穿过，你口袋里都会装满了豆荚。

我还记得一大片西班牙语叫"卡拉巴斯拉"的野瓜，铺满了好几英亩泥滩地。鹿和浣熊把结冻的瓜踢裂，露出瓜瓢瓜籽。野鸽和

奇瓦瓦州和索诺拉州

翎鹑都飞来享受这场盛宴，就像一群果蝇围着熟透的香蕉。

我们未能品尝（或者说没有品尝）翎鹑和鹿享用的美食，但我们在这片流淌着牛奶和蜂蜜的荒野上①分享了它们显而易见的快乐。它们的其乐融融感染了我们，我们全都陶醉于一种共同富裕、彼此安宁的欢乐之中。我不记得自己在任何已开发地区对大地产生过类似的感情。

在三角洲宿营也并非全是吃喝玩乐。喝水就是个问题。潟湖里的水含盐，我们能找到的河水又浑浊得不能饮用。每安扎一个新营地我们都得挖一口新井。但多数井里渗出的水也是来自海湾的咸水，于是我们艰难地学习在什么地方才能挖出淡水。当我们不知一口新井里的水是咸是淡时，我们便拎着狗的后腿放它下去先尝尝。如果狗喝水喝得欢，那就说明我们可以把小船拖上岸，生起篝火，支起帐篷。然后我们就可以坐下来，听着翎鹑在荷兰锅里的滋啦声，看着夕阳在煌煌余晖中缓缓坠下圣彼德罗玛蒂尔山②，与周围整个世界一道沉浸在宁静之中。吃过晚餐，洗完餐具，我们可一边回想白天的经历，一边倾听夜晚的各种声音。

我们从不为第二天制订计划，因为我们已发现，人在荒野，不

---

① 参见初版序言第3页注释①。
② 圣彼德罗玛蒂尔山是墨西哥下加利福尼亚半岛上的一道山脉（最高峰海拔3096米），位于加利福尼亚湾西边，从科罗拉多河三角洲西望可见其北段山峦。

等你吃完早饭，就肯定会有极为诱人的新鲜事让你分心。所以我们就像那条河，悠哉游哉，随意游荡。

在三角洲按计划旅行绝非易事，每次爬上三角叶杨眺望远方，我们都会意识到这点。视野开阔得让你都没信心把眼前的一切细细观看，尤其是朝西北方，一条白带像永不消逝的烟雾悬浮在峰峦起伏的山脚下。那就是大盐漠，1829年，亚历山大·帕蒂就在那片荒漠上死于干渴、疲惫和蚊虫叮咬。帕蒂就曾有一个计划：穿过三角洲去加利福尼亚。

有一次，我们计划水陆并行，从一个潟湖迁往另一个更绿的潟湖。我们之所以知道那个湖，是因为有水鸟在其上空盘旋。两湖之间的距离接近三百米，但得穿过一片长有矛状灌木的高高的丛林，而那片丛林浓密得令人难以置信。此前的洪水把那些像长矛一样的枝干冲斜，一片倾斜的矛杆就像马其顿步兵方阵挡住了我们的去路。我们一边小心后退一边安慰自己，不管怎么说，还是我们原来那个潟湖更美。

被迷宫般的矛状灌木林困住是一种我们不曾听说过的真正危险，而我们曾被警告要当心的危险却并未出现。当我们在边界美国一侧放船下水时，就听说过会死于非命的可怕预言。有人告诉我们，比我们的小舟结实得多的船也曾被怒潮吞没，而所谓怒潮，即从海湾涌进河道的潮水形成的水墙。我们谈论过怒潮，精心设计了绕开

奇瓦瓦州和索诺拉州

怒潮的方案,甚至在梦中见到了怒潮,还梦见海豚骑在浪尖上,空中有尖叫的海鸥为其护航。我们到达河口后,把船拖上岸吊在树上等了两天,但并没等到怒潮。它并没如期而至。

那时三角洲地区还没有地名,我们只好自己为所到之处命名。有个潟湖被我们命名为"里伊托"①,我们就是在那儿看见了天上的珍珠。当时我们躺在地上享受十一月的阳光,懒洋洋地看一只鹰在头顶飞翔。这时从离鹰较远的天空突然出现了一个由许多小白点组成的正在旋转的圆圈。圆圈时隐时现,渐渐飞近。一声号角般的啼鸣隐约传来,我们立刻就知道了那是一群鹤,正在巡视它们的三角洲,并发现一切皆好。那时候我的鸟类学知识还是业余水平,只满足于将它们归为美洲鹤,因为其羽毛是那样白。但它们无疑是沙丘鹤。不过这并不重要。重要的是我们是在与那群最原始的飞禽共享那片原始的荒野。在遥远时空的荒僻之处,我们和它们曾找到一个共同的家园,我们一同回到了更新世时期。要是可能,我们也会用号角般的鹤唳声来回应它们的问候。如今已过去了那么多年,可我还能看见它们在空中盘旋。

* * *

---

① 美国亚利桑那州南部有个风景优美的小镇叫里伊托。

这一切都已成为过去，非常遥远的过去。我听说那些碧水泱泱的潟湖现在已用来种甜瓜。若真是那样，那些甜瓜应该不乏风味。

人类总是爱毁掉其所爱之物，因此我们这些拓荒者已毁掉了我们的荒野。有人说我们是迫不得已。但即便真是这样，我也庆幸在没有荒野让年轻人涉足的时候我已不再年轻。如果地图上再没有未开垦的空白地带可标，那我们拥有四十种自由[①]又有何益？

加维兰河[②]之歌

所谓河川之歌，通常是指河水在有岩石、树根和湍滩的地方演奏的音乐。

加维兰河就会哼唱这样的歌。那真是一种美妙的音乐，或表现婆娑起舞的涟漪，或预示潜藏在橡树、松树和悬铃木长苔的树根下肥硕的虹鳟。这歌声还有实用价值，因为淙淙流水声充满了狭窄的河谷，下山喝水的鹿和火鸡听不到人的脚步声和马的蹄声。因此你拐过山弯时就得留意，说不定前方就有猎物等着你开枪，从而免除

---

① 暗讽富兰克林·罗斯福总统于 1941 年提出的四种自由（言论自由、信仰自由、免于贫困的自由和免于恐惧的自由）。
② 加维兰河在墨西哥北部，全长 320 公里，其流域靠近西马德雷山脉北端，整个流域几乎都在奇瓦瓦州境内。加维兰河蜿蜒曲折，先北后南再向西，在与索诺拉州交界处汇入巴维斯佩河（后者与帕皮戈奇克河汇成亚基河注入加利福尼亚湾）。

奇瓦瓦州和索诺拉州

你劳神费力地爬上高高的台地。

　　流水之歌人人可闻，但山间还有其他并非人人都能听到的音乐。甚至要听到这种音乐的几个音符，你首先也得在山中长期居住，而且还必须懂得山川河流的语言。这样在一个寂静的夜晚，在篝火渐渐熄灭、昴星团爬上悬崖之巅的时候，你就可以静静地坐下来，一边听狼嘶嗥，一边沉思你迄今所见并极力想去弄明白的每一件事。这时你或许就能听见那音乐，一种恢宏而协调的和声，其乐谱刻在千山万岭之上，其音符是世间动植物的生生死死，其节奏短则数秒，长则跨越几个世纪。

　　每条河都会用生命唱自己的歌，但大部分河川之歌早就因人类过度插入不协和音而遭到损害。过度放牧首先损害了植物，然后损害了土壤。接着猎枪、陷阱和毒药又损害了大量的鸟禽和哺乳动物。最后就是道路纵横、游客如织的公园或森林公园。建造公园是为了让更多人听到大自然的音乐，但当人们步调一致地去听音乐时，能听到的几乎就只有噪音了。

　　过去曾有人既能居住在河边又不破坏其生态和谐。肯定有数千那样的人曾一直在加维兰河畔生活，因为他们劳作的遗迹随处可见。你若攀登从任何一道峡谷延伸出的任何一条溪谷，你都会觉得自己在登一级级岩石垒成的小小阶地或拦沙坝，每一层的顶部都与上一层的底部水平相连。每座堤坝后面都有一小块曾经是耕地或菜园的土地，这些地块由降到毗邻斜坡上的雨水进行地下灌溉。到山顶后你会发现一座瞭望塔的岩石地基，也许山上的某位农夫曾站在这瞭望塔上守护他零星散布的小块土地。家里的用水肯定是从山下的河里取。他显然不曾养过什么家畜。他种哪种庄稼呢？那是多久以前的事？这答案的唯一碎片就藏在那些有三百年树龄的苍松、翠柏和橡树之中，这些古树就扎根于那位农夫曾耕种过的小块小块的土地上。显而易见，耕地比那些最古老的树还要古老。

鹿喜欢斜卧在那些小小的阶地上。阶地为鹿提供了平展的床，床上没有石块，铺有橡树落叶，而且还有灌木丛做帐幔。只需轻轻越过上方的堤坝，鹿就可以逃离入侵者的视线。

有一天，借着风声呼啸的掩护，我蹑手蹑脚地爬到一头正在堤坝上小憩的雄鹿上方。雄鹿斜卧在一棵老橡树的树荫中，老橡树的树根深深扎进下面古老的石造建筑。鹿角和鹿耳衬着远处黄橙橙的格兰马草，格兰马草丛间长有一株形如绿玫瑰的龙舌兰。那整幅画面布局平衡，焦点突出。我居高临下放箭，但箭矢越过了标靶，箭杆在当年印第安人铺设的岩石上折断。那头雄鹿一边向山下逃去，一边挥舞其白尾向我告别。我当时就意识到，它和我都是一则寓言里的角色。尘归尘，土归土，石器时代归石器时代，但永远都有没完没了的追逐！我射偏那箭乃不为已甚，待日我现在的花园里有了棵老橡树，我希望也会有雄鹿在其落叶上

奇瓦瓦州和索诺拉州

休憩，希望猎手们也都把箭射偏，并惊讶到底是谁修筑了那道花园围墙。

终有一天，我放走的那头雄鹿会被子弹射穿肋骨。一头笨拙的公牛会取代它在橡树下的铺位，大口咀嚼黄橙橙的格兰马草，直到格兰马草被野草取代。到那个时候，洪水将冲毁这些古老的堤坝，并将其石块堆在山下旅游公路旁边。到那个时候，卡车会扬起这条古径的尘土，而我昨天还在这小径上发现狼的足迹。

在目光短浅者眼中，加维兰河流域是一片满地石头的贫瘠之地，山高坡陡，壁峭崖深。其树多瘤多节，既不宜当电杆又不宜锯木材；其坡过于陡峭，既不宜放牧又不易割草。但过去的阶地建造者却不信邪，他们凭经验知道那是一片流淌着牛奶和蜂蜜的沃土。那些弯曲多瘤的橡树和杜松每年都会结出满树果实供野生动物攀摘食用。这里的火鸡、野猪和鹿同玉米地里的阉牛一样，每天都把植物饲料转化成肉类食物。这些花穗像羽毛的黄橙橙的格兰马草掩盖着一座地下菜园，菜园里有包括野土豆在内的各种鳞茎和块茎。剖开一只肥硕的当地鹌鹑，你就会发现一部地下食物标本集，而这些地下食物就来自你所认为的贫瘠岩地。这些食物就是动力，是植物经由那个被叫作动物群的巨大器官汲取或注入的动力。

每个地方都有一种象征其富庶的特色食品。加维兰河流域山区提供其特色美食的要诀如下：在十一月之后到次年一月之前宰杀一头用坚果喂肥的雄鹿，将其吊在一棵槲树上霜冻七夜，日晒七天，然后从臀部膘肥处切下一条厚肉，将厚肉横着切成薄片，再往每片肉上涂抹食盐、胡椒粉和面粉，接着将肉片放入荷兰锅里被槲树木炭烧得冒烟的熊油之中，等肉片初呈棕色便将其捞出，然后往油锅里撒少许面粉，随之依次加冰水和牛奶，搅成汤汁。最后将肉片置于发酵软饼之上，并浇上汤汁。

这道菜的造型颇具象征意义。雄鹿躺在软饼山上，而金色的肉汁就是自始至终都倾泻在它身上的阳光。

食物是加维兰河之歌全曲的通奏低音。当然，我指的不仅是你吃的食物，还指橡树吃的食物，而橡树叶是鹿的食物，鹿是美洲狮的食物，美洲狮死在橡树下又帮助橡树结出橡子，橡子又成为被美洲狮捕食的鹿的食物。这还只是许多始于橡树又终于橡树的食物链中的一条，因为橡树还为松鸦提供食物，而松鸦既是你用其名为河流命名的苍鹰的食物，又是你用其油做汤汁的熊的食物；橡树还喂养刚为你上过植物课的鹌鹑，喂养每天都会躲开你的火鸡。而这一切的共同目标，就是要帮助加维兰河上游的涓涓细流从马德雷山脉庞大的山体上多冲下一点土壤，从而养育出又一棵橡树。

植物、动物和土壤就像是管弦乐团的不同乐器，有人专门负责观察这些乐器的结构。这些人就是所谓的教授。每个教授都会选一种乐器,将其拆开,用毕生精力去记述其琴弦和音板。这个拆卸分解的过程就是所谓的研究,而拆卸分解的地方就是所谓的大学。

一个教授也许会拨弄他自己研究的那种乐器的琴弦,但绝不会去碰其他人的乐器,即便他会倾听音乐,他也决不会向同事或学生承认。因为教授们都受制于一种刻板的禁忌,这种禁忌判定,研究乐器构造属于科学范畴,而探究和声则是诗人的领域。

教授们服务于科学,科学服务于进步。而后者的服务无微不至,结果在把进步推广到所有落后地区的激流中,许多结构更为复杂的乐器都遭到践踏并毁损。一支支河川之歌的组成部分就这样一个接一个地遭到毁损。而教授们只要能在自己的乐器被毁损前将其归类,就会感到心满意足。

除提供物质恩惠之外,科学还为这个世界贡献道德赞助。其巨大的道德贡献就是客观性,或曰科学观。客观性意味着除客观现实之外什么都可以怀疑,科学性意味着为固守这种现实什么都可以不顾。科学固守的一个现实就是:每条河都需要更多人口,每个人都需要更多新发明的玩意儿,所以也就更需要科学,于是生活美好就取决于这条逻辑链的无限延伸。但河川上的美好生活也许还取决于对河川之歌的感知,取决于对这种可感知音乐的维护,不过这还是一种假想,尚不受科学待见。

科学迄今尚未抵达加维兰河,所以水獭依然在其水塘中嬉戏玩耍，荡起涟漪，在长满苔藓的河岸下追逐肥硕的虹鳟。它从未想过有一天洪水会把河岸冲进太平洋，也从未想过有一天探险者会来与它争夺鳟鱼的所有权。水獭和那些科学家一样，对自己设计的生活方式毫不怀疑。它以为加维兰河会永远为它唱歌。

俄勒冈州和犹他州

雀麦草雀占鸠巢

恰如盗亦有道，在动植物的有害物之间也有团结合作。一种有害物遇到自然障碍的阻拦，另一种就会随之而来，另辟蹊径突破那道阻碍之墙。结果每个地区及每种资源，都会按一定配额接待其生态学上的不速之客。

因此，随着马匹减少而变得无害的家麻雀便被随着拖拉机增多而兴旺的欧椋鸟取代。栗树枯萎病未能越过栗树生长区的西部边界，荷兰榆树病便接踵而至，大有蔓延至榆树生长区西部边界的趋势。白松疱锈病在西进途中被没有树木的大平原挡住，于是走后门找到新的口岸，眼下正欢快地翻过落基山脉，从爱达荷州去加利福尼亚。

生态学上的偷渡者随着最早的殖民地开发就开始到达北美。瑞典植物学家彼得·卡尔姆[①]发现，大多数欧洲杂草早在1750年就在新泽西和纽约生根发芽了。拓荒者的犁头能犁到的地方都很快变成

[①] 也作帕尔·卡尔姆（Pehr Kalm，1716—1779）。这位瑞典植物学家曾于1748年至1751年在北美做博物学勘查，为欧洲带回了许多有价值的北美植物。

了欧洲杂草迅速蔓延的温床。

随后其他杂草从西部偷偷入境，发现了这片被放牧牲畜践踏出来的绵延数千平方英里的现成温床。于是它们的蔓延速度往往快得都没法跟踪记录。说不定你在某个春日早晨一觉醒来，就会突然发现放牧区已长满了一种新草。一个显著的例证就是侵入山间地区①和西北丘陵地带的旱雀麦，或称雀麦草（拉丁学名 *Bromus tectorum*）。

为防你对进入美国大熔炉的这个新成员怀有过于乐观的印象，请允许我告诉你，从能形成天然草地这个意义上讲，雀麦草并非一种草。这种一年生草本植物属于禾本科雀麦属，同狐尾草或看麦娘草一样，雀麦草每年秋天枯萎，当年秋天或来年春天又出芽分蘖。在欧洲，这种草的生长环境是茅草屋顶上的腐草。拉丁语管屋顶叫 *tectum*，所以雀麦草的拉丁学名意味着"屋顶上的雀麦草"。一种能在屋顶上谋生的植物，当然也能在这个大陆富饶而干旱的顶部茁壮成长。

如今西北部山脉侧面那些黄褐色小山，其色彩并非来自曾覆盖过它们的丰美而有益的丛生禾草和小麦草，而是来自这种雀占鸠巢的劣等杂草。驱车过往的人会惊叹把他们的目光引向远处山峰的那

---

① 指东起落基山脉西至内华达山脉之间广袤的地区，包括犹他州、内华达州、怀俄明州西部、爱达荷州南部和加利福尼亚州一小部分。

道起伏流动的轮廓，但他们却不知道那轮廓已被替换。他们不会想到那些小山也会用生态学敷面粉来掩饰其被毁损的容颜。

本地牧草被替换的原因是过度放牧。当丘陵地带的草皮被过多的牛群羊群啃食并践踏得满目疮痍时，总得有某种遮掩物来遮掩伤口。这种遮掩物就雀麦草。

雀麦草丛密秆直，成熟后茎端会长出不适合牛羊食用的刺芒。要想见识牛吃成熟期雀麦草的狼狈相，你可穿双低帮鞋在草丛间走走试试。在田间长有雀麦草的地区，下地干活的人都穿高筒靴。当地人的尼龙袜只有在汽车脚踏板和水泥人行道上才能派上用场。

这些像黄地毯一般铺满秋日山坡的刺芒像棉花一样易燃。在长有雀麦草的地区，要完全防止火灾根本就不可能。结果残存下来的三齿蒿和金花灌等牛羊爱吃的植物也被荒火逼到了海拔更高的地方，很少再作为牛羊的冬季草料。鹿和鸟都需要用作冬季庇护所的松林，其边缘也同样被火从低处逼到了更高的地方。

在夏天来此的游客看来，烧掉丘陵地带一些灌木林也许算不上多大的损失。可他不知道，冬天大雪封山，家畜和野生动物都没法到更高的地方觅食。家畜还可以在山谷间的牧场上放养，而赤鹿和麋鹿都必须在丘陵地带找到食物，不然就得挨饿。可供动物过冬的地带非常有限，而且越往北走，可供动物过冬的栖息地就越少。所以，那些曾在丘陵地带零星生长、如今被雀麦草荒火逼退的三齿蒿、金花灌和橡树是这整个地区野生动物生存的关键。另外，这些散布的矮树林往往又会用其茂密的枝叶为本地残存的多年生草本植物提供保护。矮树林一旦被烧掉，这些草就会被牛羊啃光。当猎人和牧人还在为谁该先离开冬季牧场以减轻其负担而争执不休时，雀麦草留给他们争夺的冬季牧场却越来越少。

雀麦草还会带来许多小麻烦，较之鹿挨饿或牛被麦芒扎伤嘴，多数小麻烦也许都不重要，不过仍然值得一提。雀麦草会侵入原来的紫花苜蓿地，从而使牧草的品质降低。雀麦草会阻断从高处干燥地到低处水塘的路，而那是刚孵化的小鸭的生命通道。雀麦草还会侵入靠近平地的森林边缘，这不仅会窒息新萌芽的松苗，而且它引发的大火还会危及大树的生长。

我自己也遇到过类似的一个小麻烦，当时我驱车到达加利福尼亚北部州界的一个"入境港"，一名检疫员仔细检查了我的汽车和行李。他很客气地向我解释，说加利福尼亚欢迎游客，但必须保证其行李中没有夹带有害动植物。我问他有哪些有害动植物。他随口背述了一长串可能危害花园或果园的有害动植物清单，但他没有提到像黄地毯一样的雀麦草，而那张黄色的大地毯已经从他脚下朝四面八方铺向远处的小山。

然而，就像适应亚洲鲤鱼、欧洲椋鸟和俄罗斯风滚草一样，无可奈何之余，被雀麦草折磨的地区也只好去发现这个不速之客的优点。雀麦草在成熟之前是一种优质牧草，说不定你午餐吃的羊排就来自春天雀麦草嫩草喂养的羊羔。过度放牧造成地表裸露，地表裸露造成雀麦草入侵，而雀占鸠巢的雀麦草又修复了裸露的地表。（这种生态学上的"围着玫瑰花绕圈"[1]值得我们深思。）

  我曾留心倾听各种消息，想知道西部地区对雀麦草的态度：是将其作为一种不可避免的天灾，从而与之共存到世界末日；还是将其视为一种挑战，从而纠正过去滥用土地的错误。结果我发现所有人都抱悲观失望的态度。时至今日，我们在保护野生动植物方面毫无自豪感，面对毁容的地貌景观时也没有羞耻心。我们在会议厅和编辑室空谈环境资源保护，像堂吉诃德那样同风车较量，可在边远未开发地区，我们却拒绝拥有一柄长矛。[2]

---

[1] 有首著名的英语儿歌就叫《围着玫瑰花绕圈》(Ring Around the Rosy)，此处喻"循环"。
[2] 在塞万提斯的小说《堂吉诃德》中，堂吉诃德把风车当作巨人，并用长矛向其发起攻击。

马尼托巴省[1]

克兰德博伊[2]

我担心现在的教育是教人留心一件事而忽略另一件事。

一直被我们大多数人忽略的一件事就是沼泽湿地的特性。我之所以想到这点，是因为我出于一番特别的好心，带一位客人去了趟克兰德博伊，结果我发现在他眼中，那地方只不过是比其他遍布沼泽湿地的地方看上去更荒凉，更难划船穿行而已。

这可真奇怪，因为在任何一只鹈鹕、游隼、䴙䴘或鹧鸪眼中，克兰德博伊都是一片独特的湿地。不然它们为何不选其他湿地，而偏偏选中这个地方呢？不然它们为何对我闯入其领地那么愤恨，认为这不只是一种侵犯，而是对宇宙秩序的一种破坏呢？

我想这奥秘就在于：克兰德博伊之所以是片独特的湿地，不仅因为其所处的空间，而且还因为其所存在的时间。只有对廉价历史

---

[1] 加拿大中部一省，南部与美国的明尼苏达州和北达科他州接壤。
[2] 马尼托巴省南部一湖泊密布、水网纵横、多沼泽湿地的地区，该地区中心为克兰德博伊镇（96°58′W，50°14′N）。

书也盲信的人才会以为1941年是在同一个时刻降临所有沼泽湿地的。鸟类可不会上当。只需稍稍感到一丝克兰德博伊上空的草原微风，南飞的鹈鹕立刻就能判定，这里是远古时代的一个着陆点，一个避难所，在这里可以躲避最无情的侵略者——未来。于是它们会调整翅翼，发出一种古老而深沉的鸣叫声，以一种庄重的形态盘旋下降，降到这片古老而友好的荒野。

荒野上已经有其他避难者，各自以自己的方式从时光进程领受这短暂的休憩。福斯特燕鸥①像一群群欢天喜地的孩子，爱在泥滩上空飞舞尖叫，仿佛发生于冰川退缩的第一波冷潮正在敲碎它们爱吃的米诺鱼的脊骨。列队行进的沙丘鹤会吹响深沉绵长的号角，对其怀疑和害怕的一切表示挑战。一小群天鹅不失尊贵地漂游在水湾，静静地哀叹尊贵者易逝。湿地汇入大湖处有棵遭暴风雨断枝的三角叶杨，游隼爱从其树梢探身戏虐从树下游过的水禽。游隼也许刚饱餐过鸭肉，但它就喜欢吓唬吓唬尖叫的水鸭。其实早在阿加西湖②覆盖着这片大草原的时代，这就是游隼的餐后娱乐活动。

这些野生动物的心情都不难看出，因为它们把喜怒哀乐都挂在

---

① 以德国探险家福斯特（Johann Reinhold Forster, 1729—1798）的名字命名的一种黑顶燕鸥。
② 阿加西湖（Lake Agassiz）是更新世冰川湖，其水域曾覆盖今天的加拿大马尼托巴省南部、安大略省西南部，美国的明尼苏达州西北部以及北达科他州东北部。

脸上。但在克兰德博伊,有一种避难者的心思我却捉磨不透,因为这个物种不能容忍向人类的入侵妥协。其他水鸟也许容易轻信穿工装裤的新贵物种,但鹏鹏不会!我每次悄悄跟踪到水边的芦苇丛,看到的都只是它倏然潜入水中时的银光一闪,然后就悄无声息地消失在水湾。稍过一会儿,从对岸的芦苇丛后面,它会发出短促而清脆的银铃般啼鸣,向它的同类发出警告。警告什么?

我一直都未能猜透它警告什么,因为鹏鹏和人类之间有某种隔阂。我的一位客人从鸟类清单中核实了鹏鹏的名字,草草记下了那种银铃般叫声的拟声字符"克力克—克力克",然后对这种鸟就不再深究。他没意识到,那种声音不仅是一种鸟的啼鸣,还包含着某种神秘的信息,因此不应该只模拟成几个音节字符,而应该加以解释并被理解。① 可是,唉,我也和我那位客人一样,从过去到现在都没法解释或理解那种信息。

随着春意渐浓,那种清脆的叫声会更为持久,清晨和傍晚都会在开阔的水面回荡。我猜现在小鹏鹏正在下水开始其水上生涯,正在接受父母的鹏鹏哲学教育。但想要看到那个教室里的情景,可不是一件容易的事。

有天我趴在一个麝鼠窝的烂泥堆里,衣服在吸收烂泥的颜色,

---

① 美国作家爱伦·坡在其长篇小说《阿瑟·戈登·皮姆历险记》末章结尾处也认为,南极一种白色巨鸟发出的啼鸣"特克力—力"包含某种神秘的信息,值得研究。

马尼托巴省

眼睛却在汲取湿地的学问。一只红顶雌鸭被一群其喙粉红、绒毛金绿色相间的雏鸭簇拥着，悠闲地从我眼前游过。一只弗吉尼亚秧鸡飞过时几乎擦到我的鼻尖。一只鹬鹛隐隐约约地在一个水塘上空翱翔，水塘里恰好有只黄脚鹬婉转啼鸣着落下。这让我突然想到，我想写首诗得绞尽脑汁，人家黄脚鹬轻轻抬抬腿就是一首绝妙的诗。

一只水貂拖着尾巴从我身后滑行上岸，伸着鼻子四下嗅闻。几只长嘴沼泽鹪鹩不断往返于香蒲丛中的一节枯木，从那儿传来巢中雏鸟啾啾唧唧的叫声。日头照得我昏昏欲睡，这时从开阔水面突然探出一只鸟的脑袋，一双红色的大眼睛目光闪烁，发现周围很平静，它终于将整个银灰色的身子浮出水面，身子有野鹅般大小，其轮廓像一枚纤细的鱼雷，那正是只鹏鹛。不知何时也不知来自何处，第二只鹏鹛已出现水面，其宽阔的背上还载着两只珍珠银色的幼鸟，幼鸟被巧妙地围在双翅扬起而形成的一个摇篮中。我还来不及呼出屏住的那口气，鹏鹛已经拐弯消逝。接着我听见从芦苇丛后面传来一阵铃声般的啼鸣，非常清晰，带有嘲弄的意味。

历史感应该是科学和艺术馈赠的最珍贵的礼物，但我猜想，鹏鹛虽说对科学和艺术都一窍不通，但却比人类更有历史感。它们迟钝而原始的大脑对谁赢得了黑斯廷斯战役一无所知，但似乎却能感觉到是谁赢得了时间之战。如果人类这个种族和鹏鹛种族一样古老，我们也许就能领会它们银铃般的鸣声所包含的意思。想想短短几个有自我意识的世代就给我们带来了何等的传统、智慧和自豪！那对于在没有人类之前就生存了无数个世代的鹬鹩，是何等一脉相承的自豪感在激励它们呢？

但不管怎么说，凭着某种特殊的权威性，鹬鹩的叫声是一种能指挥并统一湿地大合唱的声音。或许，凭着某种来自远古的权威性，鹬鹩挥舞着整个生态区的指挥棒。水位随一个时代接又一个时代而越降越低，湖岸卷浪为一块湿地接又一块湿地堆积起一片又一片沙洲，在这个过程中，是谁在为那些卷浪掌握节奏？是谁让西谷椰和香蒲承担起吸取阳光和空气的任务，以免麝鼠在冬天里挨饿，以免湿地在了无生气的丛林中被藤蔓窒息？是谁劝勉在白天孵卵的野鸭要有耐心，并激励夜间攫食的水貂要有血性？是谁告诫苍鹭出嘴要准，并敦促猎鹰出爪要快？由于这些生物履行其不同职责时我们并未听到任何指令声，于是我们便以为它们没接受任何指令，以为其技能是与生俱来，以为其勤勉是不由自主，甚至以为野生动物不知何为疲劳。也许只有鹬鹩不知疲劳，也许正是鹬鹩在提醒这些生物，如果大家想生存下去，那各自都得不停地攫食，搏斗，繁衍，死亡。

沼泽湿地曾遍布从伊利诺伊到阿萨巴斯卡湖[①]之间的大草原，如今这些沼泽湿地正向北萎缩。人类不能只靠沼泽湿地生存，于是

---

① 阿萨巴斯卡湖横跨加拿大艾伯塔省和萨斯喀彻温省北部，其基本平直的南岸长333公里。

马尼托巴省

就非得过没有沼泽湿地的日子。进步不允许农田和湿地互相宽容，不允许荒野与耕地和谐共处。

于是，凭着挖掘机和喷火器，凭着拦水坝和排水管，我们抽出了玉米地带，现在该抽出小麦地带了。蓝色的湖泊会变成绿色的湿地，绿色的湿地会变成褐色的泥淖，而褐色的泥淖终将变成麦田。

堤坝和抽水机终将会让我们的沼泽湿地被埋在麦田下被人遗忘，就像昨天和今天终将被淹在岁月的长河里被遗忘一样。不等最后一条荫鱼在最后一个池塘里摇最后一次尾巴，燕鸥就会尖声向克兰德博伊说再见，天鹅就会带着其无瑕的尊严盘旋着飞向远天，而鹤群也会吹响其永别的号角。

第三辑 III

乡野遐思
A Taste for Country

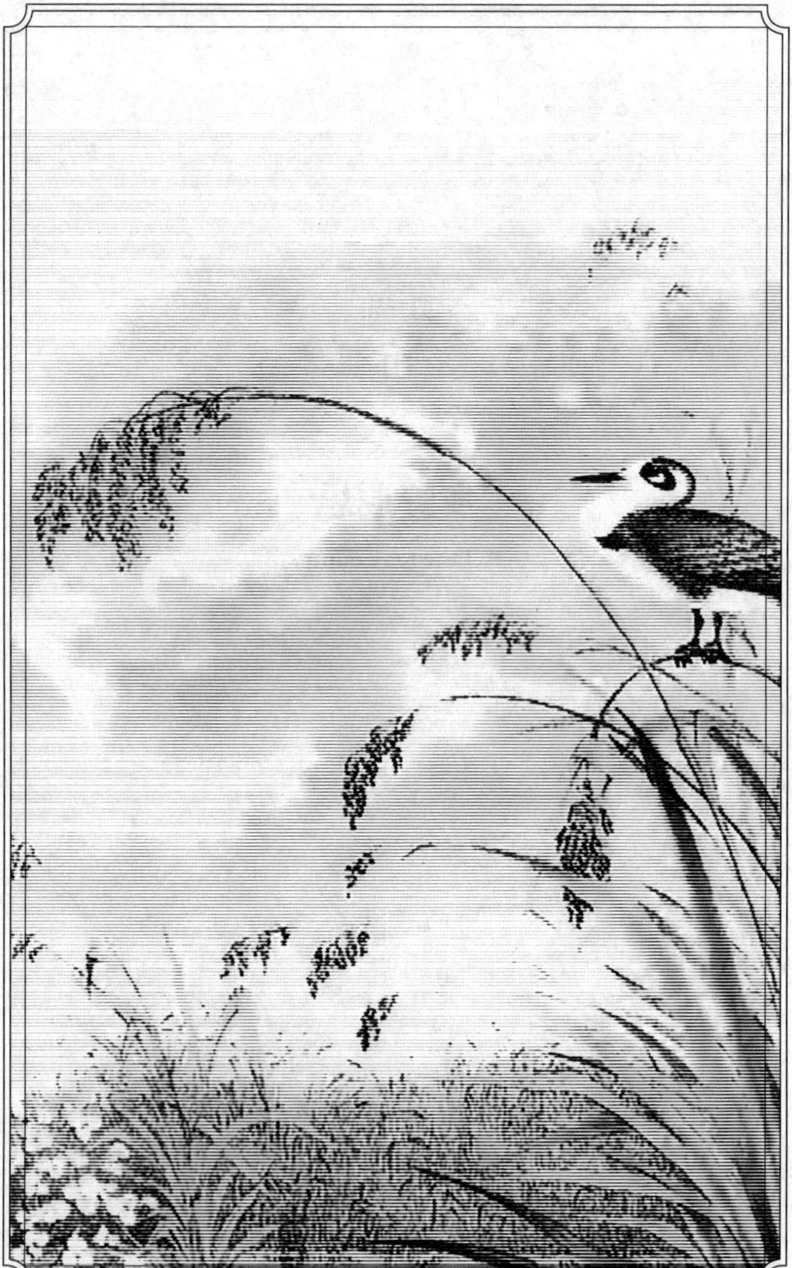

乡 野

人们往往混淆土地和乡野。土地是玉米生长的地方，沟壑出现的地方，也是抵押契据产生的地方。而乡野是土地的个性特征，是土壤、生命和气候的整体和谐。乡野不知道何谓抵押，何谓贫困，也不知晓形形色色的各类管理机构，因为乡野对自称其主人者的那些微不足道的紧迫琐事从来都超然物外。我那座农场的前主人是个酿私酒的家伙，可这与农场上的松鸡没丝毫关系，松鸡照旧傲然从灌木丛上方飞过，仿佛它们是某位国王的嘉宾。

贫瘠的土地可能是富庶的乡野，而富庶的乡野也可能是贫瘠的土地。只有经济学家才会误将物质丰裕当作富庶。哪怕物质资源明显匮乏，乡野依然可以富庶，不过其富庶并非晃眼可见，也不是任何时候都向人展露。

比如我就知道一片湖岸地区，那里有普普通通的松林，有湖水冲刷过的沙地。一整天你看见的就只是个供浪花拍打的场所，一条伸延到你划船范围之外的黑色丝带，一个只能靠数划桨数来打发时间的无聊去处。然而，接近日落时分，一阵飘忽不定的微风会把一只江鸥送过远处的岬角，随之从岬角后面会突然响起一片喈喈啾啾的潜鸟鸣叫声，告诉你那里藏着一个水湾。于是你会产生一种想弃船登岸的冲动，想双脚踏上熊莓铺成的红红地毯，想伸手从凤仙花丛采下一朵小花，想偷偷攀摘一枝沙滩李浆果，或是去沙丘后面僻静的丛林里偷猎一只山鹑。不是有水湾吗？为什么不会有条鱼翔浅底的小溪？于是船桨飒飒，漩涡卷动，船舷摇摆，船头起伏着朝向宿营地，劈开一湖泱泱绿水。

稍晚，袅袅炊烟懒洋洋地在水湾上方飘浮，熊熊篝火亮闪闪地在树枝下方摇曳。这是一方贫瘠的土地，但却是一片富庶的乡野。

有些树林四季常绿，郁郁葱葱，却明显缺乏吸引人的魅力。从路上望去，枝少节疏、高大挺拔的橡树和鹅掌楸可能会赏心悦目，可一旦进入树林，你也许会发现林间只有稀疏而粗劣的植被和浑浊的水流或水坑，而且几乎看不见野生动物。我没法解释为何锈红色的水流不是溪流，也没法用逻辑推理证明不可能传出鹌鹑唧唧声的灌木丛只能算是荆丛，但常置身野外者都知道我所言不虚。因此，认为野生动物仅仅是猎物或观赏物的看法是十足的谬误。有无野生动物通常也是富庶乡野和贫瘠土地的区别。

有些树林从外面看去平淡无华，可林间却是另一番光景。最平淡的树林莫过于中西部玉米地带的人工植林，可要是在八月，一株被折断的唇萼薄荷或一簇熟透的鬼臼浆果就会告诉你这可真是个地方。挂在山核桃树梢上的十月昊阳不过是整条风景链中的一环，接下来你也许会看到在晚霞中燃烧的橡树、一只呈棕色的小松鼠，还有远方一只正自娱自乐的横斑林鸮。

体验乡野与欣赏歌剧和品鉴油画一样，可反映出每个人不同的审美能力。有些人喜欢被成群结队地赶往"风景区"，因为他们认为，只要山里有瀑布、悬崖和湖泊，那山就称得上雄伟壮丽。堪萨斯平原在这些人眼中肯定会单调乏味，因为他们只看得见无边无际的玉米地，却看不见喘着粗气的耕牛和划破大草原的犁铧。对他们来说，历史是在校园里形成的。他们也会眺望天边的地平线，但却不可能像德巴卡[①]那样躺在草地上从野牛肚子下面看天边。

乡野和人一样，一副平凡的外表也往往会隐藏丰富的内涵，而要知其内涵，就得如影随形，与之相伴。最显单调沉闷的是生长杜松的丘陵地带，但当某株千年老树挂满蓝色浆果，当满树浆果中倏然蹿出一群蓝羽松鸦，沉闷便会骤然消失；三月的玉米地可谓平淡乏味，可当玉米地上空传来鸿雁嗷鸣，平淡也就不再乏味。

① 卡维萨·德巴卡（Cabeza de Vaca，约1490—1560），西班牙探险家，曾率寻宝队在美洲探险，先后从南美洲北上到过佛罗里达和得克萨斯沿海地区。

当人闲暇时

依照阿里奥斯托①的说法，下面这句说教引自福音书；我不知引自福音书哪章哪节，不过他引用的字句是："无知者闲暇时是多么悲摧！"

福音书里没几句能被我当作真理接受的实话，但这句话是其中之一。我愿起身宣布，我相信这句经文是千真万确的真理，过去是，今后是，甚至在吃早饭之前都是。不会享受其闲暇者就是无知者，哪怕他拥有这世间的所有学位；而会享受其闲暇者多多少少都会有几分学识，哪怕他从没进过任何学府。

较之多有嗜好者对压根儿就没嗜好者大谈嗜好，我很难想出还有什么比这更荒唐的事。因为这等于是一个人要为另一个人指定嗜好，而这恰好与天然有某种嗜好所固有的效果格格不入。须知不是你去找嗜好，而是嗜好自己找上你。为人指定嗜好与为人指定妻子一样危险——获得幸福结局的可能性都同样难料。

---

① 阿里奥斯托（Ludovico Ariosto，1474—1553），意大利诗人，其代表作为《疯狂的罗兰》。

所以让我们先弄明白，谈论嗜好只是已沉迷于嗜好（无论是好是坏）者之间的一种思想交流，而所谓沉迷于嗜好，是指我们非要去做某种别人都难以理解的事情。所以，若别人想听，就讲给他们听听；如果他们有造化，就任其从我们的所作所为中获得裨益。

但什么是嗜好呢？嗜好与平时的普通爱好该怎样区分呢？对此我一直也没有找到能令我自己满意的答案。乍一看这个问题，我很想断定说一种能使人满足的嗜好在很大程度上必须满足以下条件：百无一用、费时费力，或者是落后于时代潮流。的确，当今人们的业余爱好多半都是用手工去做机器能做得更快更好而且更节约成本的东西。但我也必须公平地承认，在不同的时代，机器制造本身就很可能是一种尽如人意的嗜好。我猜想，当伽利略用新弹射器证明曾被圣彼得忽略的抛物线下落定律，从而让教会大为震惊时，他得到过一种真正的自我满足。不过在今天，无论你发明的新机器如何引起工业界瞩目，你若将其作为一种嗜好，那可能就迂腐得令人笑话了。因此，我们或许可由此触及这个问题的真正内涵：嗜好是对所处时代的一种挑战，是对被社会进化之瞬时漩涡所否认或忽视的那些永恒价值的一种坚持。如果这种判断正确，那我们也许还可以说，沉溺于某种嗜好者都是天生的激进分子，这类人天生就属于少数派。

不过，我这么说可是认真的，讲究认真通常是有嗜好者的一个大错。任何嗜好都不必去找理由，或者说嗜好并不需要什么理由。想做就是其充分的理由。找理由证明这嗜好为何有用，或有什么好处，那就会使嗜好顿时变成事业——就会顿时使其降格，使其变成一种为健康、权力或利益而进行的"活动"。举哑铃就不是一种嗜好，那只是在承认一种裨益，而不是在宣称一种自由。

当我还是孩子的时候，我们镇上有位年迈的德国商人，住在一幢小木屋里。他星期天常去密西西比河边，从石灰岩上敲下些碎片带回家。他家里的碎石片足有好几吨重，每块碎片都贴有标签并编入目录。碎片中有些小小的茎状化石，是一种被叫作海百合的水生动物的残骸，而那种海百合早已灭绝。镇上人一直把这位温和的老人看成个古怪但却无害的家伙。有天报纸说镇上来了些有头衔的陌生人，传言说他们都是大科学家，有些来自国外，有些是世界顶尖的古生物学者。他们来拜访那位无害的老人，来听取他关于海百合的见解，并把他的见解奉为法则。直到老人去世，镇上人才意识到他是古生物研究的世界权威，是一位知识的创造者，一位科学史的缔造者，是一个大人物——与他相比，当地那些大企业总裁不过是些丛林居民。老人收藏的碎石片被送去了国家博物馆，如今各个国家都知道他的名字。

我认识位爱探究玫瑰的银行总裁。玫瑰使他快乐，也使他成了更优秀的银行总裁。我认识位爱探究西红柿的车轮制造商。且不论孰因孰果，反正他对西红柿无所不知，对车轮也无所不晓。我还认识位痴迷甜玉米的出租者司机。你一旦让他打开话匣子，就会惊叹他懂得那么多，同时也会感叹有多少事尚未被世人所知。

据我所知，当今最迷人的嗜好是重新出现的放鹰狩猎。美国有少许人对此着迷，英国那边或许有十来个痴迷者——这的确是少数人的嗜好。因为你只需花两点五美分就可以买一粒能射杀一只苍鹭的子弹，而要用猎鹰捕获苍鹭，猎鹰和携鹰猎手都须经过成年累月的艰苦训练。子弹和猎鹰都可谓致命因子。前者是化学工业结出的完美之果，人们可为其致死原因写出一个公式；后者是进化这种依然神秘的魔法开出的完美之花，人们不可能（也许永远也不会）懂得猎手与猎鹰共享的那种捕食本能。任何人造机器都不可能（也许永远也不会）合成猎鹰扑向猎物时那种眼睛、肌肉和翅翼的完美协作。猎鹰捕获的苍鹭不可食用，因此并无价值（不过从前的携鹰猎手似乎也吃过猎物，就像童子军在夏天用弹弓、木棍或弓箭捕获被跳蚤叮咬的棉尾兔后会烤着吃一样）。另外，驯鹰技术稍出一丝差错，猎鹰要么会像智人一样"驯服"，要么飞往蓝天，一去不返。总之，放鹰狩猎是一种纯粹的嗜好。

另一种纯粹的嗜好是制作并使用长弓。外行会错误地以为弓在行家手里是种有效的武器。其实，每年秋天威斯康星都有近百名行家登记用宽镞箭猎鹿，其中或许有一个人真能猎到鹿，可连他自己也会感到惊讶。而使用猎枪猎鹿者，每五个人中就会有一人有所收获。所以，根据我们的记录，作为一名弓箭手的我要愤然否认弓箭是种有效武器的断言。我只承认，制作弓箭的好处仅仅在于，当你上班迟到或星期四忘了倒垃圾时，你可以将其作为借口。

一个人不能自己造枪——至少我就不能。但我可以造弓，而且造出的有些弓还能放箭。这让我想到，也许我们应该修正对嗜好的定义。在这些年代，一个优良嗜好应这样定义：制作某物或制作制作某物所需的工具，然后用此物去做某件并不是非做不可的事情。等我们过了现在这个时代，优良嗜好的定义又会反转。我这又回到了对所处时代的挑战。

一个优良嗜好也必定是种冒险。当我打量一根粗糙、笨重且易裂的桑橙木弓背材料时，我会想象某天一张泛着光泽的精美长弓会从其平凡外表下脱颖而出；而当我憧憬那张弓被拉成完美的弧形，准备在一瞬间射出其划破长空的闪光利箭时，我又必须想到它有可能在一瞬间裂成碎片，而我又得花费一个月时间，每晚在工作台前辛勤劳作。简而言之，长弓断裂这种或然性是所有嗜好的必需元素，这与流水线尽头肯定是辆福特车的那种单调的必然性截然不同。

一种优良嗜好可以是一个不甘平庸者对平庸的反抗，也可以是一群志趣相投者的共谋。这群志趣相投者有时可能会是一家人。不管是个人嗜好还是群体嗜好,这都是一种反抗,而这若是一种不抱希望的反抗,那就更好。让整个国家迅速"接纳"郁积在社会传统表面下的幸福的不满①,"接纳"由这种不满产生的全部愚蠢的想法,这是我所能想象出的最糟糕的混乱局面。幸好这种情况不会发生。不墨守成规是群居动物最高级的进化层次,而这个层次不会比其他新功能进化得更快。科学正开始发现,在"自由的"原始人和"更自由的"飞禽走兽之中盛行一种令今人难以置信的组织等级系统。如今绝大部分人类仍属于群居世界,仍生活在施压于这个群居世界的权势等级之中,而嗜好也许就是造物对这种权势等级的基本否认。

---

① "幸福的不满"指总有美好的希望(如美国梦),但美好希望似乎总是可望而不可即时所产生的一种思想情绪。

环流河

威斯康星早年的奇迹之一就是环流河，一条汇入其自身的河，终年一圈又一圈地循环流淌。是保罗·班扬[1]发现了那条河，关于班扬的传奇就讲述他曾让许多原木在那条永不停息的河上顺水漂流。

从没人觉得班扬的故事有什么影射意味，但关于环流河这段却真是个比喻。因为威斯康星不仅曾有过一条环流河，而且它本身就是一条环流河。这条河中淌的是能量之流，能量流源自土壤，从土壤流入植物，然后从植物流入动物，再然后从动物流回土壤，生命循环就这样永无止息。"尘土归于尘土"[2]就是环流河概念的土地版。

作为人类，我们乘坐原木排在这条环流河中漂流，凭借少许明智的"修修补补"，我们学会了调节木排的方向和速度。这项成就为我们赢得了"现代人"这个称谓。修补木排的技术被叫作经济学，

---

[1] 参见第129页注释①。
[2] 据《旧约·创世记》第3章第19节载，上帝对亚当说："你本是尘土，终要归入尘土。"

记住漂过的航道被叫作历史学，选择新的路线被称为政治才能，对前方激流险滩的谈论则被称为政治学。有些人不仅想修补他们自己乘坐的木排，还想修补环流河上的所有木排。这种与大自然讨价还价的集体协定被称为国家计划。

在我们的教育体系中，生物连续统一体很少被描述成一条河流。我们从小就学到了关于构成环流河水道的土壤、植物和动物的知识（生物学），学到了关于它们起源的知识（地质学和进化论），还学到了如何开发利用它们的知识（农艺学和工程学）。然而，我们却只能自己去推论一条会干涸、会泛滥、会断流、会受阻的生命之河的概念。要了解这条生命之河的水文情况，我们必须从多个横向角度来认识进化过程，并仔细观察生物物质的集体行为。而这就要求与专门化研究反其道而行之，我们必须越来越多地去探究整个生物区系的全貌，而不是越来越多地去了解其细枝末节。

生态学就是一门试图从横向角度来认识达尔文进化论的科学。这门科学还是个牙牙学语的婴儿，所以它像其他婴儿一样，正专注于自己创造的话语，其作用只会在将来展现。生态学注定会成为一门研究环流河的学问，这门迟来的学问将努力把我们关于生物物质的共有知识转化为生命航行的集体智慧。归根到底，这就是自然资源保护。

自然资源保护是人与土地之间的一种和谐状态。我说的土地，包括陆地表面、陆地上方以及陆地中的万物。与土地和谐相处就像与朋友亲密相交，你不能一边珍爱你朋友的右手一边又砍掉他的左手。这就是说，你不能一边喜欢猎物一边又讨厌会捕食你猎物的食肉动物，你不能一边保护水源一边又损耗山林，你不能一边植树造林一边又破坏耕地。土地是一个有机体，其各个部分和我们身体的各个器官一样，既互相竞争又相互合作。竞争与合作都是其内部运行机制的一部分。你可以对某个部分加以调整——小心翼翼地调整——但绝不可将其毁弃。

20世纪显著的科学发现不是收音机或电视机，而是土地这个有机体的复杂性。只有最了解土地的人才会意识到，我们对土地的了解是多么贫乏。最无知的话是有人在谈及动植物时问的："那有什么用？"如果土地这个有机体在整体上正常，那么不管我们理解与否，它的每个部分也同样正常。如果这个生物区系在漫长的历史中已形成了某种我们喜欢但却不理解的运行机制，那么除了白痴，有谁会抛弃某些看上去没用的部件呢？保存好每一个齿轮和转轮，这是聪明的维修工首先要想到的防范措施。

保护土地有机体的每个部分是自然资源保护的首要原则，可我们已掌握这个原则了吗？没有，因为连科学家也尚未认识到这个有机体的每个部分。

德国有座山叫作施佩萨特山，其南坡生长着世界上最好的橡树。美国的细工木匠想做品质上乘的新家具，通常就会用施佩萨特橡木。而本来应该出产更好木材的北坡却长满了普通的欧洲赤松。这是为什么呢？南坡北坡都是同一座州属森林的组成部分，两百年来都受到同样的精心照料。可为什么会不同呢？

你只需踢开橡树下的腐叶就会发现，这些树叶几乎一落地就开始腐烂。可在赤松树下，堆积的针叶就像一层厚厚的面团，腐烂的速度十分缓慢。这又是为什么呢？因为在中世纪有段时间，南坡的森林被一位爱打猎的主教圈起来养鹿，北坡则任由定居者放牧、耕种并随意砍伐，就像我们今天在威斯康星和艾奥瓦所做的一样。经过那段时间的滥砍滥伐之后，北坡重新种植了松树。可就在那段时间内，那片土壤中的微生物群体发生了变化。微生物种类数量大大减少，换句话说，就是土壤的消化系统损失了一些器官。两百年的保护尚不足以弥补这些损失。人们利用现代显微镜，花了上百年时间进行土壤科学研究，才发现了这些"小齿轮和小转轮"的存在，而正是这些小零件决定了施佩萨特山区人与土地之间的关系和谐与否。

生物群落要继续存在，其内部运转就必须平衡，否则构成群落的某些物种就会消失。众所周知，某些独特的生物群落的确持续存在了相当漫长的时期，威斯康星就是个例子。在 1840 年，威斯康星的土壤和动植物群落与冰河时代末期基本一样，也就是说与一万两千年前基本一样。我们之所以知道这点，是因为那时的动物遗骸和植物花粉被保存在泥炭沼里。相连的泥炭层及其各层不同的花粉含量甚至记录下了那时的天气，例如，大量的豚草花粉显示，在公元前三千年前后，威斯康星可能经历过连续多年的干旱，或是遭受过大量野牛的践踏，或是发生过好几场草原大火。这些连续发生的灾祸并未使动植物种群完全灭绝，幸存的仍然有三百五十种飞鸟、九十种哺乳动物、一百五十种鱼、七十种爬行动物，以及数千种昆虫和植物。这些动植物作为一个内部平衡的生物群落存在了这么多个世纪，说明这个原始生物区具有一种惊人的稳定性。科学家没法解释这种稳定性的反应机制，但是连普通人至少也能看出两点：(1) 土壤从岩石风化萃取的肥力沿一条复杂而精美的食物链循环，肥力储积的速度等同或快于肥力流失的速度；(2) 土壤肥力的地质积累与动植物群落的多样性相对应，稳定性显然与动植物群落的多样性相互依存。

　　令我担心的是，美国的自然资源保护在很大程度上仍然是只注重形式。我们还没学会根据小齿轮和小转轮来思考问题。看看我们自家的后院吧，看看艾奥瓦州和威斯康星州南部的草原。草原最有价值的部分是什么？肥沃的黑土——黑钙土。是谁营造了黑钙土？是谁营造了黑土大草原？是草原上的植物，上百种不同种类的草本植物和灌木；是草原上的真菌、昆虫和细菌；是草原上的哺乳动物和鸟类。所有这些动植物在一个既相互竞争又相互合作的生物群落里共生，经过上万年的生存与死亡、火烧与再生、追逐与奔逃、冰封与雪融，才形成了那片我们后来称为大草原的"黑暗血腥之地"①。

我们的先辈不知道（也不可能知道）他们那个草原帝国的起源。他们消灭了草原上的野生动物，把野生植物赶到了铁路路基和公路两侧最后的避难所。在我们那些工程师眼里，这些植物不过是野草和荆丛，因此他们用压路机和割草机来对付它们。其后的植物演替进程，任何一位植物学家都可以预测：大草原残存的沃土区将成为偃麦草的庇护所；沃土区消失之后，公路局会聘请景观设计师在偃麦草丛间点缀些榆树，种一些有艺术造型的欧洲赤松、日本小檗和绣线菊。然后，资源保护委员会官员在驱车去参加某个重要会议的途中，会夸赞这种为美化路边而付出的热情。

终有一天，我们也许会需要这个大草原植物群落，不仅仅是为了观看，还为了重构草原农场上衰竭的土壤。到那时许多物种也许已不见踪影。我们的心地没有问题，但我们的心智尚未认可那些小

---

① "黑暗血腥之地"（the dark and bloody ground）是肯塔基最初的别称，因为在那片土地上发生过多场白人与印第安人之间的血腥战争。此处应泛指美国阿巴拉契亚山脉和落基山脉之间的中部大草原。

环流河

齿轮和小转轮。

在拯救那些较大的齿轮和转轮的努力中，我们依然相当幼稚。当看到一个物种濒临灭绝，一丝忏悔就足以让我们觉得自己品格高尚。当一个物种消失之后，我们会大哭一场，然后又重蹈覆辙。

相关的一个例子就是，最近灰熊已从西部大多数畜牧州绝迹。不错，黄石国家公园还有灰熊，但这些灰熊正饱受外来寄生虫的折磨，而且保护区边界外侧到处都有猎枪在等着它们。新建的休假农场和公路正在不断地压缩保护区的范围。有灰熊的州逐年减少，灰熊栖息的保护区逐年减少，灰熊的数量也逐年减少。我们自欺欺人地安慰自己，说什么博物馆有头灰熊就够了，完全不顾历史明确的定论：如果要从根本上拯救一个物种，就必须在多个地方同时拯救。

* * *

我们需要关于小齿轮和小转轮的知识——需要公众都了解它们，但有时候我想，还有一种我们更为需要的东西。这种东西就是曾被《森林与溪流》杂志在其刊头命名的"对自然万物的高品位"。那么，我们在培养这种"高品位"方面有任何进展吗？

我们大湖区几个州北部还有少许狼群残留。于是各州都悬赏猎狼，另外可能还请求美国鱼类及野生动植物管理局派专家来协助控制狼群。但与此同时，该管理局和好几个资源保护委员会却在抱怨，说越来越多的地方鹿群泛滥，多得没法找到足够的食物。林务员也抱怨过多的野兔造成周期性危害。既然如此，国家为何要继续推行灭狼政策呢？我们对这些问题争论不休，经济学观点和生物学观点各执一词。哺乳动物学专家坚持其观点，认为狼是鹿的天敌，可抑制鹿群泛滥。爱好狩猎者却回答说，他们可以控制鹿的数量。如果再这样争论上十年，那里就没有狼群供他们争论了。保护一种资源总要以另一种作为代价。

在大湖区各洲，我们为自己的森林苗圃而感到骄傲，为重新种植过去的北方树种而感到自豪。可走进那些苗圃看看，你看不见一棵尖叶扁柏，也看不见一棵美洲落叶松。为什么没有扁柏？扁柏生长太缓慢，容易被鹿啃食，容易被桤木窒息。我们展望中的北方森林将没有扁柏，但这不会让我们的林务官感到沮丧。由于缺乏经济效益，扁柏实际上已从森林中被清除。山毛榉也因同样的理由被清除出了东南部未来的森林。在这份我们故意从未来的植物群落中清除的树种清单上，我们还必须加上因外来病虫害而被无意间清除的树种：栗树、柿树和白松。把任何一种植物看成单独的个体，根据个体效益而实施清除或助长，这是健全的经济学吗？这对动物、土壤和作为一个有机体的森林的健康会造成什么影响？"对自然万物的高品位"会让我们意识到，上述经济学观点是一种没有全局观的

环流河

考虑。

* * *

作为保罗·班扬的后嗣和继承人,我们尚未发现我们在怎样对待那条河,也没发现那条河为我们带来了什么。我们为国家修补木排的时候,凭借的更多是力气,而不是技巧。

我们已经从根本上改造了这条生命之河,因为我们不得不改造。如今这条食物链起始于玉米和紫花苜蓿,而非起始于橡树和须芒草;然后流入猪、牛和家禽,而非流入麋鹿、赤鹿和松鸡;再然后流入农场主、大学生和摩登女郎,而不是流入当年的印第安人。只消翻翻电话簿或查查政府的人口登记簿,你就知道如今的流量有多大。现在这条生命之河的流量也许远远大于班扬之前的所有时代,但奇怪的是,科学从未对其加以测量。

在这条新的食物链中,人工养殖的动植物并非坚韧的一环,因为这个链环靠人工维护,靠的是农场主的劳作,加上拖拉机的帮助,再加上另一种新动物(农学教授)的指导。当年保罗·班扬修补木排靠的是自学技艺,如今我们却有种"教授"站在岸上免费指导。

每一种人工养殖的动植物替代一种野生动植物,或每一条人工水道替代一条天然河流,都会伴随着土地循环系统内的一次重新调整。我们对这些重新调整并不了解或者无法预见，因为我们觉察不到这些调整，除非调整的结果非常糟糕。不管是总统为了通航而重建佛罗里达运河①，还是法默·琼斯为了养牛而改造威斯康星的一片草地，我们新的修补工作都因太急功近利而没有考虑最后的结果。这么多的修修补补没造成并发症，说明这个土地有机体还年轻，还具有弹性。

　　从事生态教育的一个副作用就是，让人觉得自己孤独地生活在一个遍体鳞伤的世界。对一般人来说，土地受到的伤害通常都难以觉察。而一名生态学家则只有两种选择，要么硬起心肠，假装科学造成的那些结果与己无关，要么就必须当医生，在一个人人都以为自己健康、人人都讳疾忌医的社区里观察死亡的征兆。

　　政府说我们需要防范洪水，并派人来把我们牧场上的小河弄直。干这活儿的工程师说我们的小河现在可以排走更多的洪水了，但在改造河道的过程中，我们却失去了河边昔日的杨柳，冬夜里再也听

---

① 指作为富兰克林·罗斯福总统"新政"公共工程之一的佛罗里达运河建设工程。早在西班牙和英国统治时期，殖民当局就计划建造一条横贯佛罗里达半岛、连通大西洋和墨西哥湾的水道。罗斯福"新政"运河工程于 1935 年开工，但因反对声强烈（担心破坏地下蓄水层并对农业产生不利影响）而于 1936 年 6 月停工。1962 年美国国会曾批准重启运河建造，后也因涉及环境因素，已开工数年的建设工程于 1971 年再度下马。

不见猫头鹰在树上咕咕鸣叫，晌午时再也看不见牛在树荫下甩尾巴驱赶苍蝇。我们还失去了河边那块小小的湿地，再也看不见湿地里的流苏龙胆草开花。

水文学家已经证明，河流之迂回曲折是其水文功能不可或缺的一个部分，由此形成的河漫滩也属于河流。生态学家也看得非常清楚，根据相似的道理，我们也可以与那条生命环流河和睦相处，尽量不去改造其河道。

评估新的生态秩序现在有两个标准：（1）土壤是否能保持其肥力？（2）土地上是否能保持动植物的多样性？土地在开发初期总能呈现五谷丰登、六畜兴旺的景象。大家都知道最初的拓荒者曾因粮食丰收而感恩祈祷，但那时候野生动植物也同样繁盛。约二十种由食物携带的外来草种加入了本地的植物群，土壤依然肥沃，地貌因一片片耕地和牧场的出现而有了变化。拓荒者们所记述的大量动植物在某种程度上就是对这种变化的反应。

这种高速新陈代谢是新拓垦土地的共同特征。它可能反映正常循环，也可能反映蕴藏的肥力大量释放，即所谓的生物热。我们不可能叫生物区含住温度计，测测体温是否正常。我们只能在事后根据土壤的反应知道结果。结果怎么样呢？答案就写在无数农田和牧场上的沟渠里边。农作物的单位产量自有定数。农业技术的巨大进步只是在弥补土壤的消耗。在某些地区，例如中南部盆地风沙侵蚀区[1]，生命之河的流量已衰减到不能通航的程度，结果班扬的子孙们被迫西迁，去加利福尼亚酿"愤怒的葡萄"[2]。

至于多样性，至于我们本土动植物残余物种还继续残存，那仅仅是因为农业还来不及将其清除。如今理想的农业是净化农业，所谓净化农业，就是一条只追求经济利益的食物链，一条与该目标相悖的其他链环都要被净化掉的食物链，这可以说是农业世界的一种强权下的和平。另一方面，多样性则想要一条野生动植物和人工养殖的动植物协调一致的食物链，一条为了稳定、丰产和美观之共同利益而协调一致的食物链。

当然，净化农业也想改良土壤，但它改良土壤的手段只是引进新的动植物和化肥，认为不必依赖当初形成那片土壤的本地动植物群落。土壤的稳定性能靠外来的动植物综合而成吗？土壤的肥力靠一袋袋化肥就足以维持吗？这些便是眼下所争论的问题。

---

[1] 该地区（包括堪萨斯州、俄克拉何马州、得克萨斯州、新墨西哥州和科罗拉多州的部分地区）本来主要是牧区，第一次世界大战期间小麦价格猛涨，当地居民纷纷把牧场变成麦田，过度种植小麦，几年丰收之后，又在麦田上放牧，结果牛蹄把失去草皮保护的土壤研磨成粉，粉末状的地表被大风刮走，土地进一步沙化。从1934年开始，每年12月至次年5月，这一地区都沙尘暴不断，加之严重干旱，成千上万的农场和家庭被毁，当地居民被迫西迁。

[2] 借用美国小说家斯坦贝克（John Steinbeck，1902—1968）的代表作《愤怒的葡萄》之书名。葡萄的"愤怒"暗喻20世纪30年代美国西南部逃荒农民对社会不公的愤怒。

环流河

今天活着的人们不会知道真正的答案。目前能证明净化农业可行的地区是东北欧地区，尽管那里的地形地貌已经过大规模人工改造，但在某种程度上还一直保持着生物区系的稳定性（人类除外）[1]。

证明净化农业不可行的地区遍布除东北欧之外所有尝试过净化农业的其他国家，包括我们美国。进化本身也是无言的证明，因为在进化过程中，多样性和稳定性盘根错节，密不可分，仿佛是一个事实的两种称谓。

* * *

我养过一条名叫格斯的猎鸟犬。当它找不到野鸡时，就会振作起精神热衷于去找草地鹨和黑脸田鸡。这种为聊胜于无的替代品而挤出来的热情可掩盖它找不到真品的尴尬，缓解它内心的沮丧。

我们这些自然资源保护者就像格斯。我们从上一代人就开始说服美国的土地拥有者防范火灾，植树造林，管理野生动植物。但他们的反应并不如人意。我们实际上还没有由私人土地拥有者自愿种植的森林，只有很少一点牧场管理、猎物管理、野花野草管理，以及很少一点污染控制和土壤侵蚀控制。在很多地方，滥用私人土

---

[1] 所谓"人类除外"有影射苏联20世纪30年代的集体农庄建设之嫌。东北欧地区指苏联的欧洲部分，即现今俄罗斯的欧洲部分和苏联解体后独立国家中的欧洲国家。

地的情况甚至比我们开始说服之前还要严重。如果你不信,那就去看看加拿大草原地区焚烧麦秆的情况,去看看肥沃的土壤被冲入格兰德河的情况,去看看帕卢斯地区和欧扎克高原的丘陵地带,以及艾奥瓦南部和威斯康星西部的河流断层地带,看看那些地方是怎样沟壑纵横。

为了缓解这种失败让我们感到的内心沮丧,我们也为自己找了只草地鹨。我不知道是哪条狗最先闻到了这只草地鹨的气味,但我知道参加猎鸟的每条狗都为此而挤出过热情。我自己也不例外。这只草地鹨是这样一种想法:既然私人土地拥有者不愿进行自然资源保护,那我们就建立一个机构来替他们保护。

和草地鹨一样,这个替代机构也有其可取之处,看上去似乎也算成功。在该机构能买下的贫瘠土地上,保护效果也令人满意。但问题是该机构没有办法阻止肥沃的私人土地变成贫瘠的公有土地。而且缓解内心沮丧也潜伏着一种危险,这种危险可能让我们忘记自己还没找到一只真正的野鸡。

我担心那只草地鹨不会为这事提醒我们,因为它正在为自己突然受宠而扬扬得意。

* * *

考虑到以谋利作为动机所取得的巨大成功是以破坏土地为代

价，我们就该停下来思量，考虑拒绝把谋利作为手段来使土地复原。我倾向于认为，我们一直都高估了谋利动机的适用范围。为自己营造一个美好的家有利可图吗？让孩子们都上大学有利可图吗？没有，这样做通常都无利可图，但我们仍然这样去做。事实上，经济秩序都有其伦理基础和美学基础。接受这些基础，经济力量就会调节社会组织的各个细节，使之与这些基础相协调。

目前尚无此类伦理和美学基础支撑孩子们必须生活于其中的土地环境。我们的孩子是我们在历史名册上的签名，而我们的土地却只是我们赚钱谋利的地方！迄今为止，只要赚到的钱够送孩子上大学，什么沟壑纵横的农场、凋残破败的森林和严重污染的河流都不会被视为社会耻辱。管他什么土地遭破坏，反正有政府会去处理。

我认为问题的根源就在于此。资源保护教育必须为土地经济铺设一个伦理基础，必须唤起民众对了解土地机制的求知欲。唯有如此，自然资源保护方可顺利进行。

博 物 学

不久前的一个星期六晚上,两个中年农夫把闹钟定在了天亮前一小时,结果第二天是个风雪交加的星期天。摸黑挤完牛奶,他俩跳上一辆敞篷小货车,驱车前往威斯康星中部那几个沙地县[①],前往那个既盛产欠税不动产拍卖契据也出产落叶松和野生牧草的地区。傍晚时分,他俩拉回了满满一车落叶松树苗,外加两颗因这番冒险活动而激动不已的心。最后一株树苗他们是亮着提灯在自家那湾湿地上种下的。种完树后仍然有牛奶要挤。

在威斯康星,较之"农民大种落叶松"这样的标题,"人咬狗"这种怪事都算不上什么新闻。因为自从1840年以来,我们的农场主们就一直在挖沟排水,放火烧荒,砍伐落叶松,结果在他们居住的这个地区,落叶松早已不见踪影。那他们为何现在又要重新种落叶松呢?因为他们希望二十年后林中树下能重新生出泥炭藓,然后再长出皇后杓兰、猪笼草,以及原来开遍威斯康星沼泽湿地而如今

① 参见第113页注释①。

几乎已绝迹的野花。

对农民这种纯堂吉诃德式的壮举,没有任何政府部门给予任何奖励。当然,人家种树本来也没有牟利的动机。那么该如何解释这番壮举的意义呢?我将其称为反抗——对利用土地只图经济利益之单调乏味的一种反抗。我们总是想当然地认为,因为我们必须征服土地才能安居于其上,所以最好的农场就是被开垦得整齐划一、单调乏味的农场。可这两位农夫从自己的经历中体会到,那样经营农场不仅仅只是在谋生,而且是在让生活变得单调乏味。于是他们想到了这个念头,在种庄稼的同时也种点野花野草,并从中获得一点乐趣。他们计划营造一片小小的湿地,让湿地上生长本地的野花。也许他们对土地的希望就像我们对孩子的希望一样——不仅希望他们有机会自谋生路,还希望他们有机会展示并发展各种各样的能力,包括与生俱来的能力和后天培养的能力。较之让土地重新长出曾生长于其上的花草树木,还有什么更能让土地展示其能力呢?

我在此要谈的是从野生动植物获得的乐趣,是一种消遣与科学结合的博物学。

历史从没打算让我这份活儿干得轻松。我们博物学者还需做许多事才能为自己正名。曾几何时,徜徉于野外的绅士淑女大都不是去探寻这世界为什么会如此这般,而是去为茶余饭后采集谈资。那时候的鸟类学论文只会写写"小鸟",植物学论文往往写成拙劣的诗文，那时候人们只会不着边际地赞叹，诸如什么"难道自然不壮美"①。可要是你浏览一下当今为业余爱好者办的鸟类学期刊或植物学杂志，你就会发现人们对动植物的态度已广泛更新。不过这种变化很难说是我们现行的正统教育产生的结果。

我认识一位工业化学家，他利用空余时间为旅鸽建立历史档案，追溯我们这个动物区系曾经的成员戏剧性的灭绝过程②。旅鸽在这位化学家出生之前就已经灭绝，但这位化学家挖掘出的材料比以前任何人所掌握的都多。他怎么做到的呢？他读了本州以往印出的每一份报纸，读了同代人写的大量日记、信件和书籍。我估计，他为了搜集关于旅鸽的资料曾读过十万份文献。若把这项繁重的工作当作任务来完成，任何人都会不堪重负，可他却满心愉悦，乐此不疲，就像猎人在山间搜寻罕见的鹿，或是考古学家在埃及挖掘圣甲虫木乃伊。当然，这种挖掘工作可不仅仅是挖掘，要解释挖掘所获之物还需要挖掘者更高的技艺——这种技艺不可能从别人那里学来，只能靠挖掘者在挖掘过程中逐步形成。在这里我们看到了一个乐于冒险、乐于探索、喜欢科学也喜欢消遣的人，而这一切都发生在当代历史的后院，发生在这座数百万平民百姓都只会觉得乏味的后院。

① 美国于 1931 上演的一部动画喜剧片就叫《难道自然不壮美》(*Ain't Nature Grand!*)。
② 参见第二辑中《旅鸽纪念碑》及第 122 页注释①。

另一次后院探查（这次是按字面意思的后院）是一位俄亥俄州的家庭主妇对北美歌雀的研究。对这种再普通不过的小鸟，科学界在一百年前就曾为其命名，将其分类，但随后就把它给忘了。我们俄亥俄的这位业余爱好者认为，鸟也和人一样，除了名字、性别和衣着外，还有其他一些情况值得了解。于是她开始在自家花园里诱捕歌雀，为每一只捕到的歌雀套上塑料足环，这样她就可以根据足环上不同颜色的标志对它们加以区分，并观察和记录下它们的迁徙、觅食、争斗、鸣叫、交配、筑巢以及死亡，简而言之，就是破译歌雀群落的内部运作方式。通过十年的研究，她对歌雀社会、歌雀政治、歌雀经济以及歌雀心理的了解比任何人对任何鸟的了解都更全面。于是科学把路铺到了她家门前，世界各国的鸟类学专家都来向她请教。

这两位业余爱好者都碰巧出了名，但他们开始业余研究时都没有怀着出名的动机。名望是事后追加的结果。不过我想谈论的并不是名望，而是他们所获得的比名望更重要的自我满足，数以百计的其他业余爱好者也正在获得这种满足。于是我想问：在鼓励博物学领域的业余研究方面，我们的教育体系都做了些什么呢？为了寻求这个问题的答案，我们或许可以去一个有代表性的动物学系，旁听一节有代表性的动物学课程。在那儿我们会发现，学生们被要求记住猫骨头上突出部的名称。研究动物骨骼当然重要，不然我们就弄不懂动物之所以成为动物的进化过程。可为什么非要记住那些突出部的名称呢？我们被告知这是生物学教学科目的组成部分。但我就要问了，了解活生生的动物，了解它们如何在自然界保持其适当位置，这些知识是否也属于同样重要的部分。非常遗憾，现行的动物学教育体系几乎省略了对活体动物的研究。例如我任教的那所大学[①]就没开设鸟类学或哺乳动物学课程。

植物学教育的情况也大致如此，不同的也许只是对活体植物研究的排斥没有这么极端。

学校生物学课程排斥野外研究的原因说来话长。实验室生物研究出现的时候，业余水平的博物学还处在辨认"小鸟"种类的阶段，当时的专业博物学就只是为物种分类，收集动物觅食习性的细节，而不对其加以解释。长话短说，当时新兴的实验室研究技术发展迅猛，生机勃勃，博物学野外研究仍然技术落后，死气沉沉，而两者正好处在竞争的地位。结果非常自然，实验室生物研究很快就被认为是更为先进的科学形式。随着实验室生物研究的发展，博物学就被挤出了教育版图。

如今生物学教学要求对骨骼各节点名称马拉松式的死记硬背，就是那场完全符合逻辑的竞争过程的结果。当然，死记硬背在其他

[①] 作者于1933年8月至1948年4月任教于威斯康星大学。

学科也有其合理之处。医科学生就需要记住骨位名称，动物学教授也需要记住。但我坚持认为，普通人并不需要这种教育，他们迫切需要的是对活生生的世界多少有点了解和认识。

在这段过渡时期，野外研究已形成了与实验室研究同样科学的技术和观念。作为鸟类业余爱好者的学生，如今去野外已不再局限于欣然漫步，不再局限于只编编物种一览表，填填候鸟迁徙期，或是为平胸类鸟列出个清单。现在有许多研究方法被广泛使用，例如给鸟套足环，在翎毛上做标记，统计鸟群数量，实验控制鸟类行为及其生存环境，这些都是量化科学研究。如果富有想象力并坚持不懈，业余爱好者也能自己选择并解决博物学方面实实在在的科学问题，甚至像太阳一般原始的问题。

现代观点已倾向于不再把实验室研究和野外研究视为互相竞争，而将两者的关系看成是互为补充。但这种新动向在学校课程表上尚未有所反映。增设课程需要花钱，所以大学生对博物学的业余爱好通常被校方冷落，而不是受到鼓励。学校只教学生如何解剖猫，而不指导他们用审美和智慧的眼光去观察自己生活于其中的乡野。如果可能，应该既教学生解剖猫又教他们如何欣赏乡野，但如果两者不可兼而得之，那保留的应该是后者。

生物学教育可谓增强国民素质的一种手段，为了更清楚地说明这方面教育的失衡与贫乏，让我们带某个有代表性的聪明学生去野外，并问他几个问题。我们可以假定，他肯定知道植物如何生长，也知道猫的生理结构，但我们要测试的是他对土地结构是否了解。

我们可驱车沿密苏里州北部的一条乡村公路南下。那儿有座农场及其农舍。让那名学生先看看院子里的树，再去看看地头的土壤，然后问他这样几个问题：这里最初那位定居者是从草原上还是从树林中开辟出了这片农场？最初那位定居者过感恩节吃的是草原松鸡还是野生火鸡？当初这里曾生长过哪些现在已经消失的植物？那些植物为什么会消失？草原植物与这片土壤的玉米产出能力有何关系？为什么这片土壤现在会遭侵蚀而那时候却不会？

再让我们假设我们去的地方是更南边的欧扎克高原地区。那里有一片荒废的牧场，牧场上的豚草长得又矮又稀。这是否能回答我们几个问题：这片牧场的抵押人为何最终被取消了赎回权？这是多久以前的事？在这片牧场上有可能找到鹌鹑吗？这些矮小而稀疏的豚草与藏在那边墓地后面的人类故事有何关联？要是这整个流域的豚草都长得这么稀疏矮小，那是否预示今后这条河会洪水不断？那河中鲈鱼鳟鱼将来的命运会如何？

不少学生会认为这些问题荒诞不经，但事实却并非如此。任何有眼光的业余博物学者都应该能明智地思考所有这些问题，并且能从中获得许多乐趣。人们也可以看到，现代博物学只是附带研究动植物的特性，只是附带研究它们的习性和行为，它主要研究的是动植物相互之间的关系、动植物与它们生存于其间的水域和土地之间的关系，以及与口里唱着"我的故土"而心中对其运行机制知之甚少甚至一无所知的人类之间的关系。研究这些关系的这门科学叫生态学，不过叫博物学还是生态学都不是什么问题。问题是，受过教育的国民是否知道自己只是生态系统中一个小小的齿轮？他是否知道，如果与这个系统协同一致，他的精神财富和物质财富都会无限增加；但要是拒绝与这个系统协作，他终将被这个系统碾磨成泥。如果教育不教给我们这些知识，那教育的宗旨是什么呢？

就像不可能实现人类绝对公平或绝对自由一样，我们也永远不可能实现与土地的协调一致。追求这些高尚的目标，重要的不在于最终实现，而在于追求者之力求。只有从事体力型活动，我们才可能期待被我们称为"成功"的努力结果早日实现或完全实现。

既然我们说"力求"，那我们从一开始就承认我们所需之力必须来自我们自身。任何对理想的追求都不可能完全依靠外力。

所以，我们要解决的问题是，面对大多数早已忘记还有土地这种东西的人们，面对教育和文化对他们来说就几乎等于脱离土地的人们，我们该如何让与土地和谐共处的追求深入人心。这就是"资源保护教育"所面临的问题。

美国文化中的野生动物

原始民族的文化通常都以野生动物为基础。例如，生活在草原上的印第安人不仅以野牛为食，而且其建筑、服饰、语言、艺术和宗教在很大程度上都有野牛的因素。

已开化民族的文化基础有所变化，但不管怎么变，其文化中都保留有部分原始基因。我在此要讨论的就是这种原始基因的价值。

文化本身无重量可称，无尺寸可量，所以我不会为此花时间徒费口舌。我只需这样说，善思者都普遍认为，在娱乐消遣、风俗习惯，以及那些能让人重新接触野生动物的经历中，都包含有文化价值。在此我不揣冒昧，将这些价值分为三种。

第一种价值存在于任何能让我们想到自身民族起源及其发展的经历之中，换言之，存在于能激发历史意识的经历之中。这种意识就是真正意义上的"民族特性"。就我们这个民族的特性而言，由于尚无任何其他简称，我姑且将其称为"拓荒者价值意识"。例如：一个童子军男孩鞣制了一顶浣熊皮帽，然后戴上它钻进小路下方的柳树丛中，装扮丹尼尔·布恩[1]，这时他就在重现美国历史。从那个程度上讲，他已在文化上做好准备，准备直面当今黑暗而血腥的现实[2]。又如：一个农家男孩早餐前去察看过他设置的陷阱，结果带着满身麝鼠味走进教室，这时他就在重现当年毛皮贸易的冒险故事。每个个体的发育都在重复其种族进化史，此规律在社会和个体中均可体现。

第二种价值存在于任何能让我们想到自身所依赖的"土地——植物——动物——人类"这条食物链的经历之中，存在于能让我们想到这个生物区系的基本构造的经历之中。文明社会用新发明的玩意儿和中间商扰乱了人与土地这层基本关系，导致人们对这层关系的意识日渐模糊。我们以为是工业生产在维持我们的日常生活，却忘了是什么在维持工业生产。我们也曾有过贴近土地而非远离土地的教育。幼稚园童谣里就唱过带兔皮回家做婴儿睡袋的故事，许多类似的民谣和传说都可以让我们记起：从前人们猎获动物是为了让

---

[1] 丹尼尔·布恩（Daniel Boone，约1734—1820），北美早期拓荒者、殖民者、美国传奇式英雄，一生酷爱狩猎，1769年率移民穿过他此前探险时开辟的坎伯兰隘口（在弗吉尼亚、田纳西和肯塔基三州交界处）到肯塔基拓荒屯垦。其冒险经历和自由精神被许多文学作品记述，如美国作家库伯在其系列小说《皮袜子故事集》中把他作为人物原型，英国诗人拜伦在其长诗《唐璜》第8章第61—67节讴歌他的英雄业绩并把他称为"自然之子"。

[2] 参见第201页注释①。

家人食其肉，穿其皮。

第三种价值存在于任何能遵守被统称为"猎人精神"的那些道德限制的经历之中。较之人的自我完善，我们猎获野生动物的装备改善得更快，而猎人精神就是要主动限制这些装备的使用，从而在追猎野生动物时多用技巧，少用装备。

狩猎道德规范有个特点，那就是猎手通常无人监督，其行为无人喝彩，也无人指责。无论他采取什么行动，支配他的都是自己的道德意识，而不是一群旁观者。这个事实的重要性怎么强调都不会过分。

猎人主动遵守道德规范可提升其自尊，但别忘了，他若故意漠视这套规范则会使其堕落。举例来说，狩猎的共同规则是不可浪费可食之肉。但眼下显而易见的实情是，在威斯康星，猎鹿人每猎获一头可合法猎杀的雄鹿，至少会非法猎杀并抛弃一头母鹿或一头幼鹿，或是每带走两头可合法猎杀的雄鹿，就会丢下一头鹿角尚未分叉的小公鹿。换言之，约有一半猎手见鹿就开枪，直到打中可合法猎杀的那头。而被非法猎杀的那些鹿就被抛弃在它们倒下的地方。这样猎鹿不仅没有社会价值，实际上还会让猎手养成恶习，在其他方面也道德堕落。

由此看来，"拓荒者意识"体验和"人类与土地意识"体验之价值通常包含零值或正值，但道德体验之价值则可能还包含负值。

这样我们就粗略介绍了可从野外活动之根获取的三种文化营

养。但这并不是说文化就必然会得到滋养。价值之提取从来都不会自动进行，只有健康的文化才能汲取营养并得到发展。那么，我们现有的野外活动形式能为我们的文化提供营养吗？

拓荒者时期产生了两种观念，一是"轻装出行"，二是"一弹一鹿"，这两种观念可谓野外活动中拓荒者价值观的精髓。拓荒者轻装出行当然是不得已而为之，至于不轻易开枪，务求开枪必中，也是因为拓荒者没钱没车没装备采用机关枪战术。说得清楚一点，这两个观念当初都是被逼出来的，可谓无奈之下的化弊为利之举。

但在后来的发展中，这些观念变成了猎人精神的一套准则，变成了狩猎者自愿接受的限制规定。在此基础上便衍生出了独特的美国传统：自助、坚毅、丛林生存、精准射击。观念是无形的，但却并不抽象。西奥多·罗斯福[1]被誉为伟大的猎手，并非因为他家墙头上挂有许多猎获物标本，而是因为他用小学生也能读懂的语言描述了这种无形的美国传统。对这一传统更精细的描述见于斯图尔特·爱德华·怀特[2]的早期著作。想必我这样说不会大谬：这些人

---

[1] 西奥多·罗斯福总统认为自己在任期间（1901—1909）最大的成就就是认真执行了资源保护政策。他将7800万公顷土地转为国有，为后代保存了大量公园、矿藏、石油、煤炭和水力资源。

[2] 斯图尔特·爱德华·怀特（Stewart Edward White，1873—1946），美国小说家，早年当过河运水手、矿工和伐木工，这些经历后来成了他作品的背景和主题。他的早期作品有《有路标的小径》（*The Blazed Trail*，1902）和《游戏规则》（*The Rules of the Game*，1910）等。

之所以创造了文化价值，是因为他们首先认识了文化价值并为之创造了一种发展模式。

随后出现了摆弄新玩意儿的人，也就是为人所知的户外用品经销商。他们往美国户外活动者身上缀满了五花八门的新鲜玩意儿，说这些玩意儿是自助、坚毅、丛林生存和精准射击的辅助设备，可到头来往往都成了这些品质或技巧的替代品。结果狩猎者口袋里塞的、脖子上坠的和腰间挂的全是这些新玩意儿，连汽车后备厢和拖车里也塞满了这些新发明的装备。每件狩猎装备都变得更加轻巧、更加精良，可当年以磅计量的狩猎行装现在变成了以吨计量。新装备销售的收益达天文数字，而这些数字被郑重其事地公布为"野生动物的经济价值"。可狩猎的文化价值是什么呢？

让我们以当今的猎鸭人为例来审视这个问题。猎鸭人坐在一艘钢质小船上，小船躲在一群充当诱饵的人造野鸭后面。他并不曾费力划桨，而是由轰鸣的马达把他送到这个隐蔽之处。他不必担心水边的寒风，因为船上有罐装化学燃料供他取暖。他通过人造鸟鸣器用一种他希望有诱惑力的声音呼唤飞过的鸭群，因为他在家里通过留声机模仿过野鸭的叫声。哪怕鸟鸣器不管用，假鸭诱饵也会发挥其效力，果然有一群野鸭盘旋着进入射程。必须在鸭群开始盘旋第二圈之前就开枪射击，因为沼泽地里埋伏着许多有同样装备的猎手，那些猎手可能会抢先开火。他在鸭群距埋伏点七十码时就扣动了扳机，因为他那支枪的缩口①已调至最大范围，而且广告已告诉他，他配备充足的Z型超级弹丸射程很远。鸭群轰然四散，有两只中弹的野鸭落下，跛着脚逃往别处，最终会死在那里。这位猎手是在汲取文化价值吗？他打下野鸭难道是为了喂水貂？下一位埋伏者会从七十五码外就开枪，不然那家伙怎么会猎到野鸭呢？这就是狩猎野鸭的现代模式，是所有公共猎场和许多狩猎俱乐部采用的典型模式。这哪里还有什么轻装狩猎的观念？哪里还有什么一枪一鸟的传统？

这两个问题还真不好回答。罗斯福当年并没小看现代来复枪，怀特也曾经常使用铝锅、丝绸帐篷和脱水食物。不过他们是将其作为辅助工具而适度使用，并没有被那些用品支配。

我不能妄称自己知道何为适度，也不能自称知道狩猎器械合理与否的界限在哪里。但有一点似乎很清楚，那就是狩猎器械之出现与其文化效用有很大关系。自制的狩猎或野外生活用具通常能增强人在野外的戏剧性效果，而不是破坏这种效果，所以用自制诱饵钓到一条鳟鱼的得分应该是两分，而不是一分。我自己也使用许多工厂制造的新玩意儿。但使用这些装备得有个限度，因为超过了限度，花钱买的狩猎辅助用品就会毁掉狩猎的文化价值。

并非所有狩猎都堕落到了用霰弹枪猎杀野鸭那种地步。美国传

---

① 缩口又称喉缩器，是霰弹枪枪管口部的一种装置，用以控制弹丸的散布范围。

统的捍卫者还大有人在。也许重新使用弓箭和猎鹰狩猎就标志着一种回归传统的开始。但狩猎的总趋势是机械化程度越来越高，与之相对应的是其文化价值越来越低。尤其是拓荒者价值观和自我约束道德观随之贬值。

我有这样一种印象，美国的户外活动者现在很困惑，不明白自己到底是怎么回事。更大更好的户外活动装备有益于工业生产，可为什么就不能有益于野外休闲活动呢？他们尚不明白，野外休闲的本质是回归自然，返璞归真，其价值是一种对比价值，而过分机械化的装备等于是把工厂搬进了森林或湿地，结果便破坏了这种对比。

现在已没有社论文章会告诉野外活动者到底出了什么问题。户外运动报刊已不再代表户外运动，因为它们已变成了户外运动器具的广告牌。野生动物管理者都忙着繁育供人狩猎的动物，没时间担心狩猎的文化价值。从古希腊的色诺芬到今天的西奥多·罗斯福，人人都说户外活动有文化价值，所以人们便以为这种价值肯定不会遭到破坏。

在不使用枪支火药的野外活动中，机械化冲击的影响各有不同。现代望远镜、照相机和铝制鸟环都肯定没损害鸟类研究的文化价值。至于钓鱼，如果没有舷外发动机和铝质小艇，这种休闲方式的机械化程度似乎也远远低于狩猎。但另一方面，机械化交通运输几乎已摧毁了荒野旅行这项运动，因为它只留下星星点点的荒野可供人们旅行。

携猎犬去偏远的森林地带猎狐，这可为我们呈现一幅局部的戏剧化场景，一幅也许是机械化无害入侵的场景。用猎犬猎狐是一种最纯粹的狩猎活动，因为它具有真正的拓荒者价值意味，可展现人与自然间最高品质的戏剧性场面。猎手故意不用猎枪猎狐，这也是自我约束道德观的体现。可我们现在是开着汽车追猎狐狸！犬吠声和汽车喇叭声混作一团！不过，幸好没人能发明出机器猎狐犬，没人能在狗鼻子上安装霰弹猎枪缩口，也没人能用留声机或其他不费劲儿的玩意儿教人训狗。我想，在猎犬狩猎这个领域，户外用品经销商是欲进无门。

把狩猎活动的弊端全都归于辅助器具的发明者，这实际上也不甚准确。广告商经常抛出各种主意或概念，而这些主意或概念很少能与实情或实物相符，尽管两者可能都同样毫无价值。有这样一种广告特别值得一提，那就是"野外休闲攻略"咨询专栏。知道某个狩猎或垂钓的好去处，这完全是一种属于个人的资产形式。这种资产就像猎枪、猎犬和渔竿一样，借出或赠予都须经个人的允许。但将其作为辅助设备放到狩猎专栏的商品栏兜售，这在我看来似乎是另一回事。而将其作为免费公共"服务"送给所有的人，这在我看来就更是另一回事了。可现在连各种"资源保护"部门也会向所有人通报，哪里的鱼最容易上钩，哪里有一群野鸭为觅食而冒险滞留。

所有这些有组织的混乱都倾向于把本来非常个性化的野外休闲活动变得失去个性。我并不知道这些活动合理与不合理的界限在哪儿，但我确信，"野外休闲攻略"这种服务已经突破了理性的界限。

如果狩猎或垂钓的行情看好，那"野外休闲攻略"这种服务就足以吸引其希望的超量野外休闲者。如果行情不妙，广告商就肯定会采取更有吸引力的措施。这种措施之一就是钓鱼抽奖，做法是为一些人工饲养的鱼系上标签，谁钓到有中奖标签的鱼，谁就能获奖。这种科学技术和赌场技巧的奇妙结合，可以确保许多鱼资源已枯竭的湖泊继续遭受过度捕捞，同时也会让许多村镇的商会得意扬扬。

管理野生动物的专业人员若认为这些事与己无关，那他们就可谓是游手好闲。而产品生产者和销售者属于同一类人，他们可谓是一丘之貉。

野生动物管理者正试图调整野生动物的生存环境，从而增加猎物的数量，可这样就把狩猎活动从开发利用变成了繁殖量产。如果这种转变发生，会怎样影响狩猎活动的文化价值呢？我们必须承认，拓荒者价值观的特点和人人自由开发利用的观念有历史关联。当年丹尼尔·布恩就没有耐心耕种庄稼，更别用说养殖猎物。老派狩猎者固执地不愿接受猎物繁殖量产的想法，多半就是其拓荒者遗传特征的一种表现。或许，猎物繁殖量产之所以受到抵制，其原因是这种做法违背了拓荒者传统的一个要素——自由狩猎。

机械化会摧毁拓荒者价值观，但又不能提供任何文化替代品，至少我什么也没看见。而野生动物的繁殖量产和经营管理却可以提供一种替代品——野生资源管理，这在我看来至少具有同等价值。为繁殖量产野生动物而管理土地与其他任何耕作土地的方式有同样的价值，因为这可以让我们想到人与土地的关系。而且其中也包含道德约束，因为既要繁殖量产猎物又不对其他食肉动物加以控制，这需要一种高度的道德约束。因此我们可得出这样的结论：猎物繁殖量产会降低一种价值（拓荒者价值），但却能提高另外两种价值。

如果我们把今天的野外狩猎看成一场冲突，看成一场轰轰烈烈的机械化进程与一成不变的传统观念之间的冲突，那么其文化价值的前景的确很黯淡。可为什么我们的户外活动观念就不能像新装备清单那样更新呢？也许拯救文化价值就在于抓住时机，主动进取。我个人认为，这个时机已经成熟。户外活动爱好者可以替自己决定未来户外活动的形态。

举例来说，过去十年间出现了一种全新的户外活动形式，这种活动不会灭绝野生动物，使用辅助设备但不会被其支配，而且还会间接解决活动地域受限的问题，大大提高单位土地面积对人类活动的承载能力。这种户外活动不知道什么猎物数量限制，与禁猎季节也毫无干系。它只需要导师，而不需要监督员，但它需要具备一套新的山林野外生活的知识技巧，一套具有最高文化价值的知识技巧。

我说的这种户外活动就是野生动物研究。

野生物研究最初是专家学者的工作范畴。毫无疑问，那些艰难而复杂的问题必须得留给专家去解决，但还有许多难易程度不等的问题适合业余爱好者去研究。在机械发明领域，研究工作早已扩展到业余爱好者之中。而在生物学领域，人们才刚刚开始意识到业余野外研究的休闲娱乐价值。

例如，业余鸟类学者玛格丽特·莫尔斯·尼斯曾在她家后院研究北美歌雀。她现在已成了鸟类行为研究的世界级权威专家，其思考和工作的成就都超过了许多鸟类研究团体的专业学者。银行家查尔斯·布罗利以给鹰套上足环标志为乐，他因此而发现了一个当时尚无人知晓的事实：有些鹰冬天会在南方筑巢，然后却飞往北方的森林度假。诺曼·布里德尔和妻子斯图尔特·布里德尔在马尼托巴大草原经营农场，夫妻俩喜欢研究自家农场上的动植物，结果在从地方植物生态到野生动物繁殖周期的许多方面，他俩都成了公认的权威。埃利奥特·巴克是新墨西哥州山区的一个牧场主，他用业余时间写了本介绍美洲狮的书，而在研究那种难以捉摸的猫科动物的著作中，该书是最好的两本之一。你可千万别相信别人说这些人是不务正业。他们只是意识到了：人生最大的乐趣就是观察并研究未知的事物。

与普通人可能（并可以）在生物界发现的事物相比，如今为大多数业余爱好者所熟知的鸟类学、哺乳动物学和植物学还只是幼稚园的游戏。造成这种现状的原因之一是整个生物学教育体系（包括野生动植物教育体系）打算永远让专家垄断生物学研究。业余爱好者只能进行虚拟的发现之旅，只能去证实专家权威们已知的发现。所以年轻人必须知道的是：正在你心灵船坞中建造的那艘船，同样可以在大海上自由航行。

在我看来，野生动物管理部门面临的最重要的任务，就是推广以研究野生动物为要旨的野外休闲。野生动物还有另外一种价值，眼下只有少数生态学者意识到了这种价值，但它对整个人类活动都具有潜在的重要性。

我们现在知道，动物种群都有其行为模式，动物个体对这个模式并不知晓，但却都促成了这个模式运行。例如单个的野兔并不知道其种群的繁殖周期，但它却是这个周期循环的载体。

我们不可能在个体动物身上或在短时期内觉察到这些行为周期。在一只野兔身上，再仔细的观察也不可能觉察到其种群的行为周期。周期这个概念来自对大量野兔数十年的观察。

由此可引出一个令人不安的问题：人类这个种群是否也有我们个体不知但却促成其运行的行为模式？暴动与战争，骚乱与革命，是否就出于这种模式？

许多历史学家和哲学家都坚持认为，人类的集体行为是个人意志行为聚合的结果。所有的外交主题都表明,政治团体通常都具有某个杰出人物的个性。另一方面,某些经济学家把整个社会看成不同进程的玩物,而我们对那些过程的了解通常都会滞后。

人们有理由认为,较之野兔的繁衍进程,人类的社会进程具有一种更为高级的意志内涵;但我们也有理由认为,作为一个种群,人类对自身的某些群体行为模式尚一无所知,因为社会环境尚未让那些模式得以显现。也许还有一些其意义一直被我们误读的人类行为模式。

这种对人类群体行为基本原理的疑惑状态,可使人类对唯一可类比的动物(高等动物)加以特殊的关注,并赋予其特殊的价值。在这些关注者当中,埃林顿[1]已指出了类人动物的文化价值。这座丰富的知识宝库之所以数百年来一直未向我们敞开,是因为我们之前不知去哪儿寻找或如何去寻找这座宝库。如今生态学正指导我们在动物种群中去寻找类似我们自身问题的同功现象。通过了解某个局部的生物区系如何运作,我们就可以推测整个机制如何运作。感知这些更深刻的意义并对其做出批判性评估的能力,就是我们将来山林野外生活的知识技巧。

总之,野生动物曾哺育人类并塑造了人类文化,而且今天还在

---

[1] 埃林顿(Paul Lester Errington,1902—1962),美国生态学者、博物学家,著有《论人和湿地》(*Of Men and Marshes*,1957)等。

为我们的闲暇时光带来欢愉。然而,我们却想用现代机械去获取那种欢愉,而这样做终将破坏其部分价值。用现代人的心智去获取那种欢愉吧,这样不仅可产生欢愉,还可以产生智慧。

观　鹿

　　八月里一个炎热的下午，我懒洋洋地坐在屋外一棵榆树下边，看见有头鹿从东边约四百米外一小片林间空地倏然穿过。有条鹿径通过我家农场，而从小屋的这个位置，任何鹿从那里经过都逃不过我的视线。

　　这时我才意识到，半小时前我挪动了一下椅子，恰好就挪到了观察那条鹿径的最佳角度；挪挪椅子是我多年来的习惯性动作，但我却从没注意到有这般效果。这效果又让我想到，砍掉眼前的一些灌木丛还可以拓宽观察视野。于是不待天黑，一长溜遮挡视线的灌木便被我清除。其后一个月，我观测到了好几头若不清障就很可能看不到的鹿。

　　接连几个周末，我都把新的观鹿点介绍给来我家的客人，存心想看看他们对此做何反应。反应结果随之明了，大多数客人很快就忘了那个观鹿的位置，而另一些人则像我一样，一有机会就到那个位置观鹿。我由此得出结论，喜欢户外活动的人可分为四类人：猎鹿人、猎鸭人、猎鸟人，还有就是啥也不猎的人。如此分类与性别、年龄或装备无关，只代表人们用眼睛观察外界时的不同习惯。猎鹿人习惯注意下一个拐弯处，猎鸭人习惯观望天空，猎鸟人习惯盯着他的猎狗，啥也不猎的人则啥也不注意观看。

猎鹿人坐下的时候，总爱选择背有依靠而眼睛能观察前方的位置。猎鸭人总爱坐在前有遮掩而眼睛能观看头顶上空的地方。啥也不猎的人则哪儿坐着舒服就往哪儿坐。这些人都不会关注什么猎狗。但猎鸟人就只观察狗，不管狗此刻在不在视线之内，猎鸟人都知道它在什么地方。狗的鼻子就是猎鸟人的眼睛。可许多在猎鸟季节手握猎枪的猎人一直都没学会观察其猎犬，一直都看不懂猎犬嗅到猎物气味时的反应。

有些了不起的户外活动者并不属于这四类人。鸟类学家爱用耳朵搜寻目标，只有当耳朵发现目标后才会用眼睛对目标进行探究。植物学家倒是用眼睛搜寻目标，但只能在近距离内搜寻；他们发现植物的本事令人惊叹，但却很少关注鸟类和哺乳动物。林业专家只观察树木以及伤害树木的昆虫和真菌，除此之外他们显然什么都不关心。还有种户外活动者眼中只有猎物，他们觉得除猎物之外的什么东西都可有可无或毫无价值。

另外还有一种令人费解的搜寻方式，一种我没法与上述几类人各自的独家本事相关联的方式，那就是搜寻动物的粪便、足迹、羽毛、牙齿，以及动物栖息、瘙痒、打斗、掘土、进食、肉搏或捕猎时留下的痕迹,林中居民把这类搜寻统称为"看门道"。这种本事很稀罕,而且往往和书本上说的对不上茬。

根据动物痕迹"看门道"的方法在植物学界也有,但也同样稀罕,同样难以分类。为证明这点,我且举一例,有位非洲探险家宣称他在树上六米高的地方发现了狮子的爪痕。他说爪痕是在树还没长高时留下的。

生态学者被认为是生物学界博而不精的万事通,他们试图当上述各类人,做上述各种事。不用多说,他们不会成功。

大雁的音乐

　　几年前,高尔夫运动在美国一般被看成是社交活动的一种点缀,是饱食终日的有钱人百无聊赖时的一种优雅消遣,几乎不值得实务家们分心好奇,更不引起他们真正的兴趣。可今天,许多城市都在兴建高尔夫球场,以便普通市民闲暇时也能挥上几杆。

　　消遣娱乐观念上的变化也见于人们对待其他许多户外休闲运动,一些半个世纪前的无聊活动今天已成了社会生活之必需。但说来也奇怪,对于狩猎和钓鱼这两项最为古老也曾最为普遍的户外活动,这种观念改变的影响才初见端倪。

　　当然,我们已隐约意识到,在野外待上一天对身心疲惫的职业人不无裨益。我们同时也意识到,野生动物遭摧残已减少了人们对野外的向往。但我们还没学会从社会福利的角度来说明野生动物的价值。人们试图从各种角度来证明保护野生动物的正当性,有人说能提供可食之肉,有人说可愉悦个人感官,有人说可从中获利,还有人说可满足科学、教育、农业、艺术、公共健康,甚至军事战备之需要。但迄今几乎还没人能清楚地认识并清晰地说明全部实情,即上述所有用途都仅仅是广义社会价值的因素,而野生动物和高尔夫球一样,是一种社会资源。

可对那些一听见野鸭扑棱鸣叫就会心动的人来说,野生动物之价值甚至远不止社会资源。这不仅是一种喜好,而是一种本能,一种根植于这个种族每根神经的乐于发现并追逐猎物的本能。高尔夫是一种复杂而精致的运动,可热爱追猎差不多就是一种生理特性。一个人不爱打高尔夫还是个正常人,但要是遇见野生禽鸟或其他动物,一个人却不爱观赏,不爱追逐,不爱拍照,或不想设法将其捕获,那他几乎就不正常。这样的人恐怕已文明得过头,我作为一个文明人都不知该如何与之打交道。婴儿看到一枚高尔夫球不会激动得发抖,但我可不想自己的孩子第一次看见鹿时不高兴得手舞足蹈。所以,我们正在谈及一种非常深奥的现象。有些人没机会展示或控制其追逐本能也能安然度日,正如我所推想的有些人活一辈子也可以不工作,不游玩,不恋爱,不做交易,或不经历其他生死攸关的冒险。不过在当今时日,我们把这种啥都不干视为脱离社会。展示各种正常本能的机会已经越来越被看作一种不可剥夺的权利。而灭绝野生动物的人就是在剥夺我们的这种权利,而且是想彻底剥夺。不仅是想彻底剥夺,他们正在做的就是永久性剥夺。若最后一块空地被廉价公寓覆盖,我们还可以推倒公寓建一片花园广场;可要是最后一只羚羊被彻底抛弃,那即便把整个基督教世界的花园广场连起来也

大雁的音乐

不可能挽回损失。

如果说野生飞禽走兽是一种社会资源，那么这种资源价值几何？有人会脱口举例说，对那些受遗传追逐基因折磨的人而言，没有野生动物的生活是一种残缺的生活。但此例并没有确定一种可比较的价值，而在当今时日，在必需品之间进行选择有时也是一种必需。比如说，一只大雁价值几何？我这儿有张交响乐音乐会的门票。这票价格不菲，而且钱已经花出，可我宁愿不去听交响乐也要去看那只肥硕的大雁，那只在今天清晨嗯鸣着滑翔进入我那个诱鸟圈的大雁。清晨天寒地冻，我又笨手笨脚，结果让几乎到手的肥鹅又飞走了。但管它到手还是飞走，反正我看见它了，看见它从灰蒙蒙的西边飞过来，还听见了它的嗯嗯鸣声及其翅翼间的飕飕风声。我对它的感觉是那么真切，甚至现在回想起来我都还感到兴奋。我毫不怀疑，这只呆头呆脑的大雁也给另外十个人带去了与听一场交响乐音乐会等值的兴奋。

我的记录显示，我今年秋天已看见过一千只大雁。在从北极飞往墨西哥湾的史诗般旅程中，它们中的每一只都有可能在某时某地让某人得到过某种从付费娱乐中才能得到的同等价值的快乐。也许，有一群大雁曾让一群放学途中的小学生感到激动，激动得匆匆跑回家向家人讲述其重要的人生经历。另一群大雁曾冒着黑夜哼着小夜曲飞过一座城市上空，让整座城市充满大雁的音乐，那音乐不知唤起了多少谁也说不清楚的疑问、记忆，或者憧憬。或许还有群大雁曾在一位农人的犁杖旁歇息，让农人重新想起远方的土地、远方的旅行和远方的人们，而此前那地头除了劳作已没有任何思绪。我相信，那一千只大雁正在向人类支付超过美元价值的红利。美元的价值只是一种交换价值，如同一幅油画的售价或一首诗的版权价值。但其替代价值怎么评估呢？假设不再有任何油画，不再有任何诗歌，也不再有任何大雁的音乐，那会怎么样呢？想到这点都令人悲哀，但问题必须得回答。如果非需要不可，也许有人会写出另一部《伊利亚特》，也许有人会画出另一幅《祈祷》[1]，但谁来造出一只大雁呢？"我，耶和华，将应答彼等。此乃耶和华之手所造，是以色列的上帝所造。"[2]

  将大雁的音乐和艺术相提并论，这是不是对艺术不够虔敬？我认为不是，因为真正的追寻者也是艺术家，只是不创作而已。在远古时代，是谁在法兰西岩洞里的一块兽骨上画了第一幅画？是一位追寻者。在现代生活中，是谁一见天然之美就激动不已，宁愿忍饥挨渴、受寒被冻也要追求一饱眼福？是当今的追寻者。又是谁写下

---

[1] 《祈祷》（The Angelus，又译《晚钟》）是法国现实主义画家米勒（Jean-François Millet，1814—1875）创作的一幅布面油画，现藏巴黎奥塞美术馆。《祈祷》画的是一对在光秃秃的地头劳作的年轻农民夫妇闻晚钟而低头合掌祈祷，整个画面凝滞在金色的晚霞中，给人一种苍凉而凄美的感觉。

[2] 这两句话分别摘引自《旧约·以赛亚书》第 41 章第 17 节和第 20 节。

大雁的音乐

了那部伟大的追寻者诗篇,赞叹东风、冰雹、飞雪、星辰、雷电和云彩,赞叹狮、鹿、鹰、隼、乌鸦和野山羊,尤其是写出对马的那段赞颂?是约伯[①],一位有史以来最富表现力的艺术家。诗人歌颂高山和追寻者攀登高山从根本上讲都出于同一个原因——为自然之美而陶醉。评论家描写猎物和追猎者追捕猎物从根本上讲也是出于同一个原因——想要把美据为己有。两者之间的区别主要在于程度之不同,意识之不同,以及语言表达之不同,而语言是划分人类行为等级的诡诈的仲裁者。所以,如果我们没有大雁的音乐也能活,那我们没有星辰、落日或《伊利亚特》也同样能活。但问题是,要是没有星辰、落日或《伊利亚特》中的任何一种,我们很可能都会变成白痴。

那么,从社会道德和宗教信仰的角度看,野生动物有什么价值呢?我听说过一个小男孩成为无神论者的故事。这个小男孩之所以改变其信仰,是因为他曾见过上百种不同的鸣鸟。他看见每种鸟都被装扮得像彩虹般美丽,看见每种鸟每年从不同路线飞数千英里迁徙。科学家对此写过睿智的论文,但仍不能揭示这其中的奥秘。任何经过不管多少个百万年盲目运作的"偶然元素汇合"都不可能说

---

① 约伯是《圣经》中的人物,其故事见于《旧约·约伯记》。作者此处引述的这段赞叹实则为上帝在约伯跟前的自夸,见于《约伯记》第38—39章,其中对马的那段赞颂见于第39章第19—25节。

明为什么这些鸣鸟如此美丽。即便有生物突变论支撑，也没有任何机械论能解释蓝林莺的霓裳衫、画眉鸟的晚祷曲、天鹅的绝唱，或大雁的音乐。我敢说，这个男孩的信仰比许多善归纳推理的神学家还坚定不移。将来还会有许多男孩来到这个世上，他们也会像先知以赛亚一样，共同观察、了解、思考并理解是上帝之手创造了这世间万物。可他们上哪儿去观察，了解并思考呢？难道去博物馆不成？

与其他户外活动相比，狩猎捕鱼对人的性格有什么影响呢？我已经说过，狩猎捕鱼是人心底的渴望，渴望之根源除了外部的竞争，大概就是内心的本能。鲁滨孙的儿子从没见过网球拍，不打网球也照样把日子过得挺滋润，但不管有没有人教过他，他打猎捕鱼肯定都十分在行。不过就个人受益而言，打猎捕鱼并没有任何优越性。那么哪种活动更有助于塑造人的性格呢？这个问题（就像我们经常在学校里讨论男生女生谁会成为最优秀的学者一样）讨论到世界末日恐怕也不会有答案。所以我也不试图求得答案。但关于狩猎有两点值得特别强调。一是狩猎道德规范并非一套固定的规则，其解释与遵守都只能靠猎手个人，除了全能的上帝没有其他裁判。另外一点就是，狩猎往往会牵涉对猎犬的控制和对马匹的驾驭，而这种经验的缺失是我们这个靠汽车驱动的文明社会最大的缺陷。陈旧的观念意识中也曾有不少真理，例如对猎犬马匹不管不顾者绝非绅士。在今天的西部，虐待马匹仍然会引起公愤。这种经验法则早在"性格分析"被发明之前就在养牛地区被广泛采用,而且就我们所知,经验法则在"性格分析"消失后还会存在。

但话又说回来,要想证明什么比什么更好,永远都是件劳而无功的事。值得关注的是大约有六百万或八百万美国人喜欢打猎钓鱼,热衷于此道是这个民族的特性,这个民族正在因人们对户外活动趋之若鹜而获益,也正在因这种趋之若鹜造成的破坏而受到伤害。所以防止这种破坏是一个社会问题。

最后再说几句,我热衷于狩猎,而且有三个儿子。儿子们小时候都喜欢玩我用以诱捕真鸟的那些假鸟,喜欢端着木头猎枪在空地上追逐。我希望他们都身体健康,希望他们都完成学业,甚至希望他们都尽可能地有一技之长。但是,假若山林中将不再有鹿,树丛中也不再有鹌鹑,那他们用健康、学识和技能去干什么呢?假若当夜幕笼罩湿地之后,却再也听不见沙锥鸟嘎嘎哼唱,听不见赤颈凫嘎嘎长鸣,听不见野水鸭咻咻呱呱;当启明星在东边天际泛白之时,也听不见鸟群翅翼划破空气的声音,那他们的感觉会怎样呢?而当飕飕晨风穿过那片古老的三角叶杨树林时,当淡淡的晨光偷偷溜下山坡,沐浴那条缓缓淌过两岸褐色沙洲的古老河流时——却再也听见大雁的音乐,那他们听什么呢?

第四辑

IV

结论
The Upshot

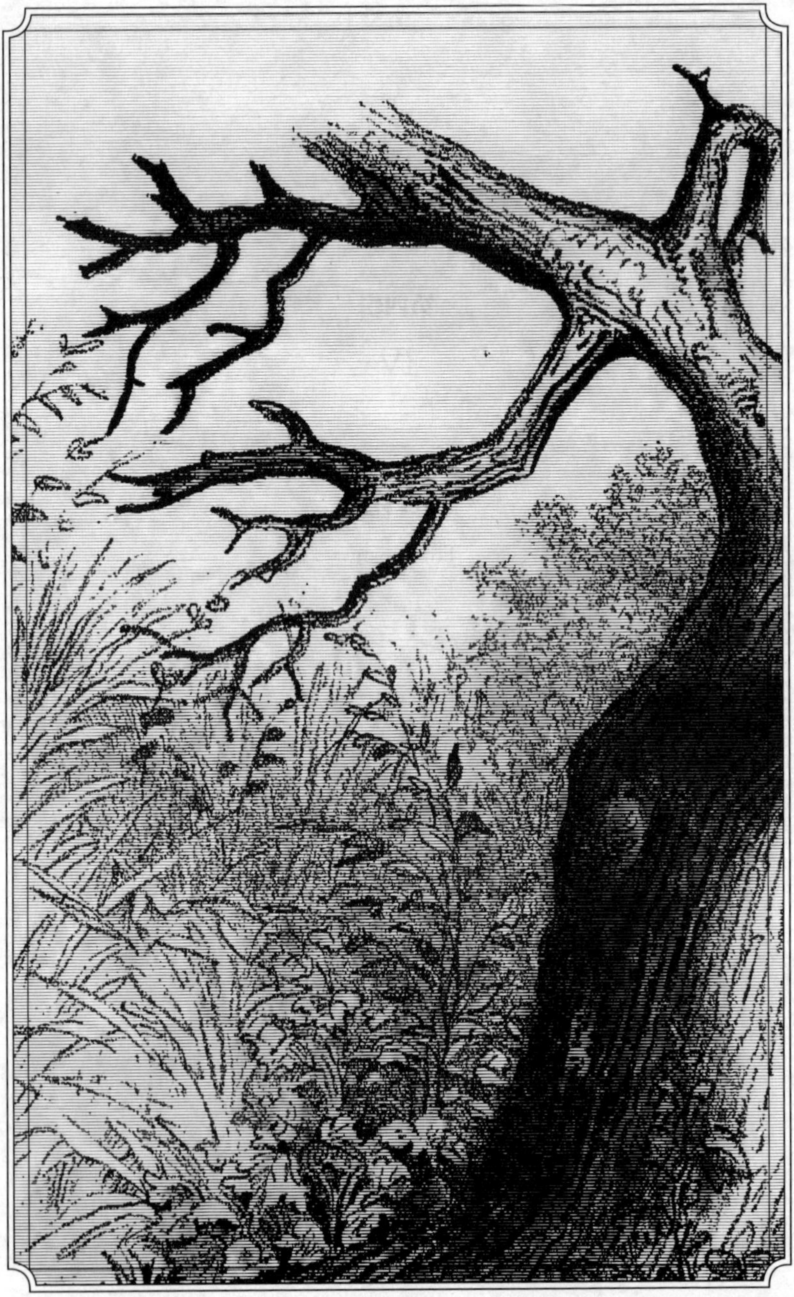

土地伦理

神一般的奥德修斯在特洛伊战争结束后回到希腊，用一根绳子吊死了他家的十二名女奴，因为他怀疑这些女奴在他离家期间品行不端。①

吊死女奴在当时并不涉及正当与否的问题。那些姑娘是私人财产，而那个时候和今天一样，处置私人财产只是个利益权衡问题，与是非对错无关。

奥德修斯的古希腊时代并不缺乏是非观念，在他那艘黑艚战舰劈开暗酒色的大海回家之前，他妻子在漫长岁月中所恪守的忠贞就是证明。当时的伦理体系适用于妻子，尚未延及属于财产的奴隶。在其后流逝的三千年间，伦理标准延展到了操行的诸多方面，而仅凭权衡利益来处理事务的情况也相应减少。

---

① 奥德修斯处死十二名女奴的故事见于《荷马史诗·奥德赛》第22卷第465—473行。在原诗的叙述中，被处死的女奴的确有卖主求荣的不端行为，而动手吊死女奴的是奥德修斯的儿子忒勒科马斯。

伦理规范的演化

这种伦理规范的延展,虽说一直由哲学家研究,但实际上却是生态演化的一个过程。此过程既可用哲学术语解释,也可用生态学术语来描述。在生态学家看来,伦理规范是限制生存竞争中之自由行为的一个尺度;而在哲学家眼中,伦理规范则是区分社会行为与反社会行为的一种标准。这两种定义源于同一现象,即互相依存的个体或群体发展其协作模式的趋势。生态学家把这些合作模式称为共生现象。政治学和经济学是高度发达的共生现象,其中原有的无序自由竞争被具有伦理内涵的协作机制部分取代。

随着人口密度的增加和工具效能的增强,这种协作机制的复杂性日益增长。例如,界定乳齿象时代棍棒和石块的反社会用途,就比界定汽车时代子弹和广告的反社会用途要简单得多。

最初的伦理规范只涉及个体之间的关系,"摩西十诫"[1]就是个范例。后来增添的规范涉及个人与社会之间的关系。"最高伦理准

---

[1] 据《旧约·出埃及记》第20章记述,"摩西十诫"的内容是:一、不可信除上帝之外的神;二、不可铸偶像而膜拜之;三、不可妄称上帝耶和华之名;四、当守安息日;五、当孝敬父母;六、不可杀人;七、不可奸淫;八、不可偷盗;九、不可做假证;十、不可觊觎他人财产。

则"①试图把个人统一成社会,而民主政治则要把社会组织统一成个人。

迄今为止,还没有一套涉及人与土地关系的伦理规范,也没有涉及人与土地上动植物关系的伦理规范。土地就像奥德修斯的女奴,仍然只是一种财产。人与土地的关系仍严格遵照经济法则处理,人对土地只享特权而不尽义务。

如果我对这种迹象的解读无误,那么,把伦理规范延展至人类环境中这个第三范畴就是一种演化的可能,一种生态的必需。这是演化顺序的第三步。前两步业已完成。从以西结和以赛亚的时代②至今,一直都有思想家坚持认为对土地的掠夺不仅不明智,而且不道德。然而,他们的信念迄今尚未得到社会的认可。我把当今的自然资源保护运动看作是确认这种信念的开端。

伦理规范可被视为一种应对生态情况的指导模式,因为生态情况有时会过于新奇,过于复杂,而且往往反应滞后,所以对一般个人来说,很难找到适合的社会应对途径。个人应对这些情况的指导模式往往是动物本能,而伦理规范可能就是一种正在形成的群体本能。

---

① 此处的"最高伦理准则"(The Golden Rule,又称"最高道德准则")指耶稣在《新约·马太福音》第7章第12节用摩西和先知律法喻人的那句箴言"按你要他人待你的方式待人"。

② 以西结和以赛亚都是古代以色列先知,他们生活的时代大约在公元前6世纪。

土地伦理

共同体概念

演化至今的所有伦理规范都基于唯一前提，即个体是一个共同体的成员，而共同体的所有成员都相互依存。个体的本能促使其为自己在共同体的位置而参加竞争，但其伦理观又促使其参加合作（或许合作也是为了某个可以竞争的位置）。

土地伦理只是扩大了这个共同体的范畴，纳入了土壤、水、植物、动物，或将其统而称之的土地。

这听起来似乎很简单：我们难道没在歌中唱出对这片自由之土和勇士之家的热爱和义务？唱出来了，但我们热爱的是什么呢？热爱的是谁呢？肯定不是土壤，因我们正手忙脚乱地将其送往下游。肯定不是水，因为我们觉得除了驱动涡轮，承载舟船，冲洗下水道之外，水并无其他用途。肯定不是植物，因为我们连眼都不眨一下就消除了整个的植物群落。也肯定不是动物，因为我们已经灭绝了许多最大最美的动物种群。土地伦理肯定不可能阻止对这些"资源"的改造、经营和利用，但这套伦理可确认其继续生存的权利，而且至少在某种程度上确保它们在自然状态下继续生存。

简而言之，在人与土地这个共同体中，土地伦理可让人类从征服者变成普通成员和一般公民。这意味着对共同体每个成员以及对共同体本身的尊重。

人类历史已经让我们意识到（我希望如此），征服者这个角色最终都会被自己演砸。为什么呢？因为征服者这个角色具有权威，总是深信自己知道是什么使共同体运转，知道共同体中何物何人有价值，何物何人无价值。但历史往往却最终证实，征服者其实啥也不知道，而这就是征服者最终被其征服的对象击败的原因。

类似的情形也存在于生物共同体中。亚伯拉罕就知道土地的用途：土地会自动把牛奶和蜂蜜喂进亚伯拉罕嘴里。① 现在我们看待这种观念的信心，与我们的教育程度成反比。

今天的普通公民想当然地认为，科学知道是什么使这个共同体运转；但科学家确信自己对此并不知晓。科学家知道生物机制非常复杂，其运转方式也许永远都不可能完全为人所知。

事实上，社会生态学对历史的诠释表明，人类只是生物团队里的一个成员。迄今为止，许多仅凭人类活动来解释的历史事件实际上都是人与土地之间的生物交互作用。土地的特性事实上会在很大程度上决定生活于土地上的人的特性。

我们以密西西比河流域的殖民地为例。在独立战争之后的那些年里，争夺殖民地控制权的有三个族群：土著印第安人、法国和英

---

① 参见初版序言第3页注释①。

国的商人，以及定居美国的移民。历史学家都想知道，在当时晃荡不定的天平上，要是底特律的英国人往印第安人一边稍稍加点砝码，历史会怎样发展，须知正是那晃荡不定的局势促成殖民地移民进入了肯塔基那片长满节茎植物的土地。现在正好可以思考这个事实：在拓荒者以特有的耕牛、铁犁、斧头与火构成的混合力量影响下，那片土地上的节茎植物变成了蓝茎禾草[1]。试想，要是在拓荒者力量的影响下，那片"黑暗血腥之地"[2]固有的植物演替给我们的是一些没用的莎草、杂草或灌木丛，那结果会怎样呢？布恩[3]和肯顿[4]还会坚持下去吗？还会有大批移民迁入俄亥俄、印第安纳、伊利诺伊和密苏里吗？还会有路易斯安那购地案[5]吗？还会有横贯大陆的各个新州之联合吗？还会有后来的内战吗？

　　肯塔基只是这幕历史剧中的一个乐句。我们通常被告知，人类

---

[1] 蓝茎禾草（bluegrass）又称六月禾、蓝草，一年生或多年生禾草，株高30—100厘米，叶柔软，蓝绿色，是一种优质牧草。肯塔基蓝草（六月禾）由欧亚大陆传入。
[2] 参见第201页注释①。
[3] 参见第220页注释①。
[4] 西蒙·肯顿（Simon Kenton，1755—1836），北美早期拓荒者，俄亥俄及中西部传奇人物，16岁因故杀人后逃离俄亥俄，1775年到肯塔基协助布恩建设屯垦区，善同印第安人打交道，据说曾救过布恩的命。
[5] 指美国于1803年以1500万美元（8000万法郎）向法国购买路易斯安那土地的交易案，该交易的总价在2004年相当4178亿美元，所购土地是今日美国国土面积的22.3%。

演员在这幕历史剧中曾努力做了什么，但却很少有人告诉我们，他们的兴衰成败在很大程度上取决于不同土壤对占领者施加于其上的不同力量影响的反应。就肯塔基的情况而言，我们甚至都不知道那种蓝茎禾草从何而来——不知是本地物种还是来自欧洲的偷渡者。

让我把蓝茎禾草地区与人们后来知道的西南部地区的情况做一比较。西南部地区的拓荒者同样勇敢，同样机智，同样坚韧，只不过他们没为该地区带去蓝茎禾草或其他能承受过度开垦的植物。被牛羊过度啃食后，该地区重新长出的是一茬接一茬的杂草、荒草和灌木，这致使土地状态极不平衡。每次植物种类的退化都造成水土流失，每次水土流失之加重又造成植物的进一步衰败。结果到了今天，持续衰败的不仅是植物和土壤，而且还有靠植物和土壤生存的动物群落。早期的拓荒者没有预见到今天：今天居然有人在新墨西哥沼泽地带挖沟排水，结果加快了土地的衰败。这种衰败过程非常缓慢，所以当地居民几乎没有觉察，而过路的游客则觉得这已遭损坏的地貌多彩迷人（的确多彩迷人，但较之其1848年时的面貌，该地区早已变了个样[1]）。

这同一片风景迷人的土地曾经也被"开发"过，但结果却截然不同。早在哥伦布到达美洲之前，普韦布洛族印第安人就居住在西

---

[1] 美国西南部大片地区（包括得克萨斯州、新墨西哥州和加利福尼亚州）都是美国通过美墨战争（1846—1848年美国侵略墨西哥的战争）后的不平等条约从墨西哥掠夺的。当时这些土地几乎还保持着原生态。

南部地区，可他们碰巧不放牧。他们的文明最终消失了，但消失的原因并非是土地衰竭。

在印度，人们在寸草不生的地区定居生活，这显然不会破坏土地，因为他们用了一种简单的办法：从草地上把草割回家喂牛，而不是把牛赶到草地上放牧。（我不知这是某种大智大慧的结果，还是仅仅撞上了好运。）

总之，植物群落的演替引导了历史的进程，而无论是好是坏，拓荒者都只是证明了这片土地固有的植物演替是怎么回事。我们可以用这种态度来讲授历史吗？应该可以，只要把土地作为共同体的概念能真正深入我们的理性生活。

生态良知

自然资源保护是人与土地之间的一种和谐状态。但虽说已宣传了近一个世纪，资源保护之进展仍然慢如蜗行，在很大程度上仍停留在纸面文章和会议演讲的阶段。在边远地区，我们依然是每前进一步就要倒退两步。

面对这种尴尬局面，通常的应策是"加强资源教育的分量"。没人会质疑这种做法，但谁能肯定需要加强的仅仅是教育的分量？教育的内容是否也有所欠缺？

对公民进行资源保护教育的内容，我们很难既简单又清楚地加以概括，但依我之见，其实质性内容应该是：遵守法规，公正表决，参加某些环保社团组织，在自家的土地上实施有利于资源保护的措施，其余的事则可留给政府去做。

要想取得任何有价值的成效，这套规则是否过于宽松？它没有定义是非对错，没有规定任何义务，没有要求任何牺牲，也没有暗示对现行价值体系的任何改变。在使用土地方面，它主张的只是一种文明的利己主义。这样的教育能带我们走多远？下面这个先例也许会告诉我们部分答案。

截至1930年，除了对生态保护一无所知者外，几乎所有人都已清楚地知道，威斯康星州西南部的表层土壤正在慢慢地向大海流失。1933年，农场主被告知，若他们能连续五年采取某些特定的补救措施，政府就会派地方资源养护队向他们免费提供劳力，外加需要的机械和物资。政府的提议被广泛接受，但当五年后契约到期时，那些补救措施早已普遍地被人遗忘。农场主继续采用的只是那些能为其带来直接而明显经济效益的措施。

这样的结果让政府有了新的主意，如果让农场主自己制定保护规则，他们对资源保护的认识增长得也许会更快些。于是威斯康星州议会于1937年通过了《土壤保护区法规》。这实际上是对农场主说：如果你们愿意自己制定土地使用的保护规则，政府将向你们提供免费技术服务和专项机械贷款。每个县都可以自行制定规则，而且这些规则都具有法律效力。几乎所有县都迅速采取行动接受州政府提供的协助，但十年过去了，没有任何一个县制定出任何一条规则。这十年间也有些看得见的进步，如等高条植、牧场轮换，以及用石灰改良土壤等，但没人禁止在植林地放牧，也没人禁止在陡坡地上耕种。一句话，农场主只选用那些无论如何也有利可图的措施，对那些有利于共同体但却明显不利于自己的措施都置之不理。

如果有人问为什么规则一直定不出来，回答是公众尚未做好接受规则的准备，因为教育必须先于规则。然而，除了因私利驱使而尽的义务之外，实际施行的教育从不提及对土地应尽的义务。最终结果就是，我们实施的教育越多，土壤和健康的森林就越少，而洪水依然像1937年那样频繁。

此情形令人迷惑之处在于，就在上述农村社区，不为私利而尽的义务被人理所当然地认为就是参与对道路、学校、教堂和棒球队的改良，而改善人们对土地用水的行为，或保留农场地貌的美观和多样性，则不被认为属于这类义务，迄今也没被人认真讨论。同一个世纪前的社会伦理规范一样，土地使用的伦理规范仍完全受从经济上考虑的个人利益支配。

总而言之，我们曾要求农场主为保护其土地而做些他们力所能及且举手可为的事，而他们也一直按要求做了，但仅此而已。那些把陡坡地上的树木砍掉的农场主，那些把牛赶进林间空地放牧的农场主，还有那些任凭雨水将其地头的土壤石块冲进当地河流的农场主，在其社区依然是受人尊敬的成员（如果他在其他方面显得正派）。只要他按要求往地里撒石灰，只要他在坡地上沿等高线种植，他就依然有权享受土壤保护区的优惠和补贴。保护区是社会机器上一个漂亮的组件，但它的两个汽缸正在发出不正常的噗噗声，而这是因为我们一直都太胆小，又太急于求成，结果没告诉农场主他们应尽的义务有多重要，有多崇高。不讲良知的义务毫无意义，我们面临的问题就是把社会良知从对人延展到对土地。

如果我们对土地在理性关注、忠诚与热爱、信念或信仰诸方面都没有内在改变，土地伦理规范也不会有重大改变。哲学和宗教都尚未涉及自然资源保护领域，这个事实可证明，自然资源保护尚未触及上述人类行为的基础。我们试图让资源保护简单易行，结果却使其显得无足轻重。

土地伦理规范的替补责任人

历史逻辑渴望面包而我们却只能给出一块石头，这时我们会煞费苦心地解释这块石头多像面包。下面我就来说几块替代土地伦理规范的"石头"。

完全基于经济目的的资源保护有个基本弱点，那就是土地共同体的大多数成员并无经济价值。野花野草和鸣禽就是实例。威斯康星本地有两万两千种高级动植物，其中是否有百分之五会被人买卖、饲养、食用或用于其他经济目的，这恐怕都难以确定。然而，这些动植物都是生物共同体的组成部分，而（依我之见）如果这个共同体的稳定性取决于其完整性，这些成员就有资格继续生存。

如果某种无经济价值的生物受到生存威胁，而我们碰巧又喜欢这种生物，那我们就会编撰一套说辞来说明这种生物的经济价值。例如在20世纪初，人们以为鸣禽行将灭绝，于是鸟类学家立即着手营救，并为此抛出了某种显然不靠谱的根据，其大意是：如果没有这些鸟抑制昆虫，昆虫就会把我们给吃掉。为了产生效力，这根据必须与经济挂钩。

今天读这样的说辞会令人生厌。我们虽说还没有土地伦理规范，但至少已接近认同这样的观点：不管对我们有没有经济利益，依照生物法则，这些鸟都应该继续生存。

与此相同的情况还有食肉性哺乳动物、猛禽和食鱼鸟类。曾几何时，生物学家曾绞尽脑汁想出保护它们的论据，说这些生物猎杀体质弱的动物可保持猎物种群的健康，说它们可为农场主抑制地头的啮齿动物，还说它们只捕食"毫无价值"的物种。无独有偶，为了具有效力，这论据也必须得与经济扯上关系。只是在最近几年我们才听到了更为真实的不同声音，说食肉动物也是这个共同体的组成部分，任何特殊利益集团都没有权利为了某种真实或虚构的利益而将其灭绝。遗憾的是，这种进步的观点还停留在讨论阶段。消灭食肉动物的战斗正在兴高采烈地进行，根据美国国会、各州议会和资源保护部门的法令，我们正眼睁睁地看着北美灰狼濒临灭绝。

一些树种已被有经济头脑的林务官"开除树籍"，因为这些树要么是生长缓慢，要么是作为木材的经济效益太低，例如尖叶扁柏、美洲落叶松、柏树、山毛榉和铁杉。在林业管理更关注生态的欧洲，非经济用途的树种也被视为本地森林群落的成员，因而受到合理的保护。另外，有些树种（比如山毛榉）被发现对增加土壤肥力具有重要的作用。森林与林间树种、地表植物以及动物群的相互依存关系，也被欧洲人视作当然。

缺少经济价值有时不仅是某个物种或物种群的特性，而且还是整个生物群落的特性，例如湿地、沼泽、沙丘和"荒漠"就有这种特性。我们的惯常做法是把这些地方作为保护区、历史遗址或公共用地交给政府来管。这样做的难处在于，通常都会有更具经济价值的私人土地散布在那些地方，而政府不可能拥有或控制那些零散的土地。结果我们就只好任凭一些物种或物种群大面积地消失。其实，那些私人土地的拥有者若具有生态意识，就该为合理分担这类地区的保护工作而感到骄傲，因为这能使其农场和社区更多彩多姿。

土地伦理

我们不乏这样的事例，对某些"荒地"无经济价值的判断最终被证明是误判，但大多数证明都是在那些"荒地"真正荒芜之后。最明显的例证就是，眼下人们都忙着往麝鼠曾栖息过的湿地重新灌水。

美国的环境资源保护有一个明显的倾向，那就是把私人土地拥有者该做而没做的所有必要工作都交给政府。由政府合法拥有、实际运作、发放补贴或颁布法规的范围几乎已无所不包，从森林防护到牧场经营，从土壤保护到水域划分，从国家公园和荒野的资源保护到渔业生产和候鸟迁徙的管理，而且范围还在不断扩大。政府在资源保护方面的职能如此增加，其中大部分都合情合理，合乎逻辑，有些甚至不可避免。我这么说并非不赞成这种做法，实际上我大半生都在替政府做资源保护工作。但问题总会出现：这项工作的范围最终会有多庞大？国家基本税收是否终能承载起不断衍生的分支机构？在哪个临界点上政府的资源保护体系会像乳齿象那样，因身躯过于庞大而举步维艰？如果这些问题真有答案，那答案似乎就藏于一套土地伦理规范之中，或藏于其他某种也能让私人土地拥有者承担更多义务的力量之中。

产业土地拥有者和使用者，尤其是那些木材商和牧场主，总是高声抱怨政府扩展对土地的支配和管理权，但（除了值得注意的几个例外）他们几乎没有意愿去获取唯一看得见的另一个选项：主动在自己的土地上进行环境资源保护。

当私有土地拥有者被要求做某项于公有益但于私无利的事情时，他们总会一边答应一边伸手要补偿。如果做这事真需要他们花钱，给点补偿也算公平合理；但如果只需要他们未雨绸缪，解放思想，或花点时间，给补偿至少就值得商榷。近年土地使用补贴金的增长势头势不可挡，这在很大程度上都必须归因于政府负责资源保护培训的机构，归因于那些土地管理部门、农业学院和推广服务单位。据我所知，这些部门和机构从不宣讲对土地应尽的伦理义务。

总而言之，仅以经济私利为基础的资源保护体系是一个失衡而无望的体系。这个体系往往会忽略并最终灭绝许多在土地共同体中没有经济价值的成分，但是（据我们所知），这些成分对共同体的健康机能来说不可或缺。我认为，这个体系错误地以为，缺了那些没有经济价值的部件，生物时钟其他有经济价值的部件也会正常运行。这个体系往往把许多最终会变得过于庞大、过于复杂或过于分散的职责交给政府，结果让政府力不从心。

面对这些情况，唯一可见的补救措施就是让私有土地拥有者担负起对土地的伦理责任。

土地金字塔

用于补充并指导人与土地之间经济关系的伦理规范需要一个前

提，那就是把土地想象成一种生物机制。因为只有涉及某种我们能观察、能感觉、能理解、能热爱，要不然就是能相信的事物，我们才可能产生道德感。

资源保护教育常用的一个形象化比喻是"自然平衡"。由于因过于繁琐而无法详尽的一连串原因，这个比喻难以准确地描述我们对土地机制极其有限的了解。更为真切的形象化说法是生态学的一个比喻——生物金字塔。我先简要介绍一下这座被视为土地象征的金字塔，然后再进一步详说这个比喻在土地使用中的含意。

植物从太阳吸收能量。这种能量通过一个名为生物区系的循环线路流动，而这个生物区系就可以用一座由多个层次构成的金字塔来表示。金字塔的底层是土壤，其上依次是植物层、昆虫层、鸟类和啮齿动物层，再往上通过各类动物群达到顶层，顶层由大型食肉动物构成。

处于金字塔同一层的物种之相似之处，不在于其来源和外貌，而在于其食物。相连的每一层都靠下一层提供食物，而且通常也靠下一层提供其他服务，同样，每层也依次向上一层提供食物和其他服务。如此继续向上，每上一层的物种数量都大为减少。因此，每头大型食肉动物需要数百个捕食对象，这些被捕食者又需要数千只猎物，这些被猎的动物又需要数百万只昆虫，而这些昆虫又需要难以计数的植物。这个系统的金字塔形状反映了这种从顶层到底层的级数增长。人类和熊、浣熊以及松鼠等既吃肉又吃植物的动物处于这座金字塔的中间过渡层。

这种依赖其他生物提供食物和其他服务的程序叫作食物链。以这种方式，过去的土壤—橡树—鹿—印第安人是一条食物链，也就是今天土壤—玉米—牛—农民这条食物链。包括我们人类在内的每个物种都是许多食物链中的一个链环。鹿除了吃橡树还吃其他上百种植物，牛除了吃玉米也会吃其他上百种植物，所以这两者都是数百条食物链中的链环。这座金字塔是个复杂得似乎无序的链式结构，但其系统的稳定性证明它是一个非常有条理的结构。金字塔的机能依靠其各个不同部分的合作与竞争。

起初，生命金字塔又矮又平，其食物链也又短又简单。进化已经使这座金字塔一层层增高，使其食物链一环环加长。人类是增加金字塔高度和复杂性的万千种物种之一。科学给我们带来了许多疑惑，但至少带给了我们一个确定的事实：进化的趋势是让这个生物区系变得错综复杂，千姿百态。

所以，土地并非仅仅是土壤，而是通过土壤、植物和动物这条循环线路流动的能量之源泉。食物链是引导能量向上传输的生命通道，死亡和腐烂则让能量回归土壤。这条循环线路并非封闭性的，因为一些能量会在腐烂中散逸，一些会靠从空气吸收能量而得以增强，一些则会储存在土壤、泥炭和生命周期漫长的森林之中。但这是一条吸持线路，就像是一笔慢慢增长的生命循环基金。始终都会有因坡地冲蚀造成的净亏损，但这种亏损通常不大，而且能靠岩石风化而得到弥补。散逸的能量沉积在海洋，在某一地质年代被重新启动，形成新的土地和新的金字塔。

能量向上传输的速度和特性都取决于动植物群落复杂的结构，这同树液向上流动是依靠树木复杂的细胞组织非常相似。没有这种复杂性，恐怕连正常的循环也不会发生。而所谓结构，是指成分物种的特定数量，以及其特殊类别和特别功能。土地的复杂结构与其作为能量单位的正常运转之间有一种互相依赖的关系，这种关系是土地的基本属性之一。

若循环线路中某一部分发生变化，其他许多部分就得自我调节以适应这变化。变化未必会阻断或转移能量传输，因为进化本身就是一系列自我诱导的漫长变化，这变化的最终结果已经使循环机制变得复杂，使循环线路变得漫长。不过，自然进化产生的变化通常都很缓慢，而且都发生在局部。但人类发明的工具已使其有能力创造迅猛、急速、大范围的变化。

这样的变化之一就体现在动植物群落的组成结构方面。金字塔顶点的大型食肉动物层被掀掉，这使得食物链有史以来第一次变短而不是变长。来自其他地方的驯养动物种群替代了本地的野生动物，致使这些野生动物迁往新的栖息地。在这场遍及全球的动植物汇聚整合的过程中，有些物种因越界而变成了有害生物，有些物种则被消灭。这样的结果很少是有意为之或预见的结果，这说明结构之重新调整不可预见，而且往往难以捉摸。农业科学研究在很大程度上就是一场赛跑，看到底是新出现的有害生物增长快，还是抑制它们的新技术发展快。

另一个变化涉及能量通过动植物循环及其回归土壤的过程。肥力是土壤吸收、储存并释放能量的能力。农业生产若透支土壤的肥力，或是在其表层过多地用驯养动物取代本土的动物，就有可能扰乱能量的流通渠道，或是耗尽能量储存。土壤耗尽其能量储存，或耗尽使其稳定的有机物，流失的速度就会快于形成的速度。这就是土壤侵蚀。

水和土壤一样，也是能量循环线路的组成部分。工业生产污染水体或筑坝拦水，都有可能驱逐保持能量循环所必不可少的动植物。

运输工具可带来另一种根本变化，即在一个地区生长的植物或动物如今在另一个地区被消耗并回归土壤。运输工具可利用储藏于一个地区岩石和空气中的能量，并将其用于其他地区；例如，我们为花园施氮肥，这氮肥提取自海鸟粪，而这海鸟粪又来自赤道另一边海洋中的鱼。于是，从前自给自足的局部循环变成了全球范围内的互联循环。

因人类定居而改变金字塔的过程会释放储存的能量，而这往往会（尤其在拓荒年代）造成一种假象：植物（不论是野长还是种植）都芊绵蓊郁，动物（不论是野生还是驯养）都茁壮成长。但这些生物资本的释放往往会掩盖或延缓急剧转化招致的惩罚。

* * *

以上把土地作为能量循环线路的简述表达了三个基本观点：

（1）土地并非仅仅是土壤。

（2）本土动植物可保持能量循环线路畅通，外来物种则未必。

（3）人为变化之秩序与进化产生的变化秩序不同，而且人为变化的影响往往都比希望的或预期的更为广泛。

综合这三个观点，我们可提出两个基本问题：土地能自我调节以适应新秩序吗？不那么急剧的转化能造成预期的变更吗？

生物区系承受急剧转化的能力似乎各不相同。例如西欧现在负载的生物金字塔就与凯撒当年见到的那座截然不同。一些大型动物消失了，沼泽遍布的森林变成了牧场或耕地，许多新的动植物被引进，其中一些逸出培育区成了有害生物，剩余的本土生物在分布区域和种群数量上也有很大变化。但土壤还是那片土壤，在外来养分的滋养下依然肥沃，大河小溪照常流淌，新结构似乎运转正常而且能持续，循环线路未见明显的阻塞或混乱。

因此，西欧的生物区系具有抗变性，其内部运行程序坚实而柔韧，能抵抗张力或压力。不管变化多么剧烈，那座金字塔都一直能调节出某种新的应对之策，从而使其既适宜人类居住，也适合大多数本土动植物生存。

另一个例证见于日本，那里的生物区系似乎也没因急剧转化而遭到破坏。

在大多数文明地区和一些刚进入文明进程的地区，生物区系也明显遭到破坏，其程度各不相同，从初期症状到后期耗损。在小亚细亚和北非，其生态结构之羔因气候变化而难以确诊，因为气候变化既可能是结构耗损之因，也可能是结构耗损之果。在美国，生态结构的破坏程度各地不同，遭破坏最严重的是西南部地区、欧扎克高原，以及南方部分地区，最轻微的是新英格兰地区和西北地区。在一些欠发达地区，合理使用土地也许能使生态结构保持稳定。在墨西哥、南美洲、南非和澳大利亚的部分地区，生态结构耗损的过程正在急剧加速，但我无法评估其前景。

这种几乎在全球土地上展现的生态结构紊乱，似乎与动物肌体的疾病相似，只不过土地不会因病而彻底毁灭或死亡。土地会自我康复，但其结构的复杂性会降低，对人类和动植物的承载能力也会下降。许多眼下被视为"机遇之地"的生物区其实已经在依靠剥削性的农业生产维持，这也就是说，那些地区已超越其可持续的承载能力。从这个意义上讲，南美洲大部分地区的人口都过于稠密。

在干旱地区，我们试图通过改良土壤来抵消土地的损耗，但很明显的是，这种工程的预期寿命通常都很短。在我们自己的西部，最成功的工程也未必能维持一百年。

历史和生态学的综合论据似乎都支持这样一个总体结论：人为改变自然的激烈程度越低，金字塔结构的重新调节就越有可能成功。这种激烈程度随人口密度的大小依次变化，人口密度越大，需要改变的激烈程度就越高。由此可见，如果北美能设法限制其人口密度，它就比欧洲更有机会保持其金字塔的持久稳定。

这种推论与我们当下的流行观点抵牾，因为流行观点想当然地认为，既然人口密度的小幅度增长使人们的生活更加富足，那么人口无限制增长就会使生活之富足也无限制。可生态学知道，并不存在任何毫无限制的密度关系。人口密度增长的所有收益都会受收益递减律的支配。

就人与土地的平衡关系而言，不管其关系状态如何，我们至今都尚无可能知晓满足其平衡的全部条件。近来对无机元素和维生素营养的研究发现，在能量自下而上的循环中存在一些尚不为人知的依赖关系，某些物质极少量的元素就可决定土壤对植物以及植物对动物的价值。那么，自上而下的循环情况怎样？那些正在消失的物种，那些如今被我们视为艺术珍品而加以保护的物种情况又怎样？那些物种曾促进过土壤的形成，那么对土壤的维护，它们又会用什么不为人知的方式，起什么不可或缺的作用呢？韦弗教授[①]建议我们利用大草原开花植物来重新凝聚中南部盆地风沙侵蚀区的土壤。可有谁能知道，说不定哪一天为了什么目的，我们会利用秃鹰、水獭、灰熊和美洲鹤呢？

土地健康和两派之争

所以，土地伦理会反映出生态良知之存在，而生态良知又会反映出个人对土地健康负有责任的信念。健康状态是土地自我更新的能力，而自然资源保护则是我们了解并保护这种能力的努力。

众所周知，自然资源保护者之间存在意见分歧。从表面上看，这些分歧似乎让人徒增困惑，但仔细观察就会看出，这不过是许多专业领域通常都会有的对同一个问题的仁智之见。一些人（A派）认为土地就是土壤，其作用就是生产农作物；另一些人（B派）则认为土地是一个生物区系，其作用更为广泛。至于有多广泛，人们也普遍感到疑惑，迄今尚无定论。

就我自己所在的林业领域来说，A派相当满足于像种卷心菜一

[①] 约翰·欧内斯特·韦弗（John Ernest Weaver，1884—1966），美国生物学家，曾任内布拉斯加大学生物学教授，主要研究北美大草原生态，著有《根系的生态关系》（*The Ecological Relations of Roots*，1919）。

样种树，把纤维素当作森林的基本产品。该派觉得没必要禁止迅猛开发，因为他们的思想意识是纯粹的农艺学观念。另一方面，B派认为森林学与农艺学有着根本的不同，因为前者会利用自然物种，维持自然环境，而不是创造一个人工环境。B派原则上更倾向于合乎自然规律的繁殖，他们从生物和经济两个角度出发，既担心栗树这类物种消失，也担心白松面临灭绝的危险。他们还操心整个次生林的一系列功能：野生动植物生长、野外休闲娱乐、水域划分管理，以及荒野区的保护。在我看来，B派已感觉到一种生态良知的萌动。

在野生动物学领域也同样有A、B两派。A派认为动物的基本作用就是为狩猎者和食肉者生产猎物和肉，其产量即猎获的野鸡和鳟鱼的数量。人工养殖动物不仅短期内可以接受，甚至可以永远接受——只要其单位成本允许。另一方面，B派却操心整个生物区系的一系列枝节问题：人工养殖猎物会让食肉动物付出什么代价？我们是否该进一步依靠外来物种？人工管理怎样才能恢复数量越来越稀少的物种，例如现今几乎已猎不到的草原松鸡？人工管理怎样才能恢复濒危的珍稀禽鸟，例如黑喙天鹅和美洲鹤？人工管理原则能延展到野花野草吗？在此我又清楚看到了和我们林业领域一样的A、B两派之争。

在农业这个更大的专业领域，我没有多少发言权，但该领域在某种程度上似乎也有观点分歧。科学耕作在生态学诞生之前就在积极发展，因此预期的生态学观念影响也许会缓慢一些。另外，凭借其特有的技术优势，农场主肯定会比林业人员或野生动植物管理者对生物区系造成更剧烈的改变。不过，农业领域也有许多对现状心怀不满者，而他们似乎可催生出一种"生物农业"的新景象。

或许上述分歧中最重要的是，有新的证据证明农作物的产量并非衡量其营养价值的标准，因为沃土生产的粮食可能质量更好，而且产量也更高。我们可以靠多施化肥从耗尽肥力的土壤获得农作物高产量，但我们却未必能提高其营养价值。这种观点可能会引来众说纷纭，造成广泛影响，所以我只能将其留给更能胜任者去解释。

有些为自己贴上"有机农业"标签的不满现状者，虽说带有某种盲信的标志，但其方向还是生物方向，尤其在强调土壤植物区系和土壤动物区系方面。

同其他使用土地的领域一样，农业的生态基本原则对公众来说也鲜为人知。例如，少有受过教育的人意识到，近几十年技术的惊人进步是在抽水机的改良方面，而不是在水源的保护方面。大片大片的土地几乎已无能力弥补急速衰减的肥力。

在所有这些分歧中，我们一再看到几对相似的基本矛盾体：作为征服者的人与作为生物区公民的人相对，用来磨砺人类刀剑的科学与用来探索人类宇宙的科学相对，作为奴仆的土地与作为聚合性有机体的土地相对。在这个关键时刻，罗宾逊对特里斯丹的那番嘱咐也许正好适用于作为一个物种生活在地质时代的智人：

> 特里斯丹哟，不管你是否愿意，
> 你都是一位国王，因为啊，
> 你属于少数久经考验的离世者，
> 当你们离去，这世界就不复如前。
> 就为你身后之物打上标记吧。[1]

展望

在我看来，没有对土地的热爱、尊重和赞赏，不充分认识土地的价值，就难以想象会存在一种人与土地间的伦理关系。当然，我说的价值远比纯粹的经济价值更为宽泛，因为我说的是哲学意义上的价值。

阻碍土地伦理观念发展的最大障碍也许在于这样一个事实，那就是我们的教育体系和经济体系都不是在加强，而是在削弱人们的

---

[1] 这五行诗引自美国诗人罗宾逊（E. A. Robinson，1869—1935）的无韵体叙事长诗《特里斯丹》（*Tristram*，1927）。长诗主人公特里斯丹是凯尔特传说中的英雄、亚瑟王圆桌骑士之一，他与爱尔兰公主绮瑟历经磨难的爱情故事是西方文学中长久不衰的一个主题。罗宾逊的《特里斯丹》始于主人公在爱尔兰作战负伤被绮瑟救治，终于二人相拥而亡。

土地意识。大量的商品经纪人和无数的物质产品把人与土地隔开。现代人与土地不再有生死相依的关系。在现代人的意识中，土地就是城市与城市之间那些长庄稼的地方。让他们到土地上去放纵一天，而碰巧那里既没有高尔夫球场也没有"景区"，他们就会感到无聊透顶。假若庄稼能只用水养而不用土栽，那对他们来说是再好不过的事。至于木材、皮革、羊毛和其他日常物资，他们更喜欢享用的是人工合成的替代物，而不是原产于土地的真品。一句话，土地对他们来时已经"过时"。

几乎与上述障碍同样巨大的障碍是农场主们对土地的态度，他们迄今仍把土地视为其对头冤家，或看成是迫使他们终日辛劳的工头。从理论上讲，农业机械化理当减轻种地人的辛劳，但是否真会那样还有待验证。

要从生态学角度认识土地，前提之一是了解生态学，而这种了解又绝不可与"教育"并行，因为实际情况是，许多大学似乎都在故意回避生态学观念。了解生态学不必非修贴有生态学标签的课程，从地理学、植物学、农艺学、历史学和经济学课程也很可能获得生态学知识。事情本来也该如此，但无论课程名称是什么，生态学教育都十分欠缺。

幸亏还有一小批人明显在向"现代"趋势挑战，要是没有这些少数派，普及土地伦理观将毫无希望。

为土地伦理进程松绑而必须迈出的"关键一步"就是：不再认为土地之正当使用仅仅是一个经济问题。除了经济利益之外，审视任何问题都还需考虑其伦理和美学方面的正当性。凡有利于保护生物共同体之完整、稳定和美观的行为都是正当行为。反之则可谓不正当。

这道理不言自明，我们可以怎样使用土地或不可以怎样使用土地，其范围当然要受经济可行性的限制。这种情况过去如此，将来也会是这样。经济决定论者认为土地该如何使用完全由经济决定，这根本不是事实。这种谬论是套在我们脖子上的绞索，我们现在必须将其解开。大多数对土地的行为和态度，或许还包括与土地的主要关系，都是由土地使用者的品味和偏好所决定，而不是被其钱包决定。人与土地的主要关系在于所投入的时间、筹谋、才能与信心，而不在于投入的金钱。土地使用者心里想什么，他就是什么样的土地使用者。①

我之所以刻意把土地伦理作为社会进化的一种产物，是因为迄今尚无像伦理这样重要的东西"被人写出"。只有最浅薄的历史学者才会以为是摩西"写出"了摩西十诫，因为那十诫出自一个思想共同体的众多头脑，而摩西只是为一次"研讨会"做了个临时记录。

---

① 此句化自《旧约·箴言》第23章第7节："因为他心里想什么，他就是什么样的人。"这里的"他"指《箴言》上文（第23章第5节）中所说的眼睛只盯着金钱的人。

我说临时，是因为进化永远不会停步。

土地伦理的演进既是个理性过程，也是个感性过程。仅用良好意愿来铺路的自然资源保护被证明无效，甚至有害，这是因为它对土地或经济地使用土地都缺乏必要的了解。我认为，当伦理的范围从个人扩大到共同体时，其理性内涵便会扩大，这应该是起码的常识。

任何一套伦理规范都有相同的运行机制，即社会对正当行为的赞许，对不正当行为的谴责。

大体上说来，我们现在的问题就是一个态度和工具使用问题。我们正在用蒸汽挖掘机修复格拉纳达的阿尔汉布拉宫，并为我们的掘进速度感到骄傲。我们很难放弃挖掘机这种工具，毕竟它有许多优点，但要获得预期的使用效果，我们还需要更适度而客观的使用标准。

荒 野

  荒野，即人类从中锻造出文明这种人工产物的原料。

  荒野绝非一种同质原料，而是一种物质类别多样的原料，故由此锻出的人工产物也形形色色。其不同特色的最终产品就是我们所说的各种文化。世界文化之丰富多彩，正好反映了产生文化的荒野之多姿多态。

  在人类历史的进程中，有两种前所未有的变化正在迫近。一是在地球上适宜人类居住的地区，荒野几乎已消耗殆尽；二是由于现代交通和工业化的发展，文化正在产生全球性的杂合。这两种变化都不可阻止，或许也不应该被阻止，但随之而来的问题是：是否可以对即将发生的变化做些许调整，从而让某些价值得以保留，而非任其丧失。

  对一名挥汗如雨的铁匠来说，砧台上的原料就是他要征服的对手。同样，荒野也曾是拓荒者要征服的对手。

  然而，那名铁匠在休憩时，不妨稍稍用达观的眼光看看自己的世界，这样那相同的原料就会显得可爱，值得珍惜，因为那原料可让他的生活具有内涵和意义。这是我的一个祈愿,祈愿残存的荒野能像博物馆的藏品一样得以保存,以便有朝一日,那些想观看、想感觉,或是想研究其文化遗产之根的人们能从中受到启迪。

残存的荒野

我们用以锻造出美国的各种荒野有许多已经不复存在,所以在任何实际规划中,受保护荒野的单位面积在大小和规模上都与从前的荒野有很大不同。

活着的人们再也看不见丰草芃芃的大草原了,而当年大草原上如海的野花曾抚摸过拓荒者的马镫。幸好我们还能在这儿或那儿找到一些未开垦过的小片草地,草地上还生长着一些可作为物种保存的大草原植物。这样的植物曾经有上百种,其中许多都异常美丽。可惜连那些继承小片草地的人对这些植物几乎也一无所知。

不过人们还能见到生长矮禾草的大草原,就是当年卡维萨·德巴卡[①]在野牛肚子下看地平线时躺过的那种草原,尽管被牛羊和旱地耕作严重破坏,迄今仍有上万英亩的这种草原分布在几个地方。既然各州议会大厦的墙面都可以用来纪念1849年涌往加州的淘金

---

① 参见第189页注释①。

者,那么淘金者大迁徙的现场是否也值得在几个国家草原保护区留下纪念呢?

活着的人们再也看不见大湖区各州的原始松林,再也看不见滨海地区的洼地森林,再也看不见巨大的阔叶树森林;如今能看见几英亩这些森林的标本就让人满足了。但现在还残存有几片上千英亩的枫树铁杉混杂林,另外还有些同样大小的阿巴拉契亚阔叶林、阿迪朗达克云杉林,以及南方沼泽地带的阔叶树林和柏树林。但这些残存的林地很难保证不遭到将来的砍伐,更难保证不被预期的旅游公路侵占。

荒野退缩最快的地区之一是沿海沿湖地区。休假别墅和旅游车道使东西海岸的荒野几乎荡然无存,而苏必利尔湖正在失去大湖区最后残存的大片湖岸荒野。其他任何类型的荒野都不如海岸湖岸荒野那样与历史交织得更为紧密,也不像海岸湖岸荒野那样更接近完全消失的边缘。

在落基山脉以东的整个北美,只有一大片区域被作为荒野被正式加以保护,这就是纵贯明尼苏达州和加拿大安大略省的奎蒂科—苏必利尔国际自然保留地。这片湖泊密布、河流纵横、适宜泛舟的广袤原野,一大半都在加拿大境内,其面积大小也几乎由加拿大方面的决策而定。但最近出现两种新情况让这片荒野受到了威胁:一是水上飞机服务使前来钓鱼度假的人激增,二是明尼苏达州境内这部分保留地是全归国家森林局管辖还是部分由州森林局管辖的司法争议。还有就是整个保留地区域现在都面临筑坝发电的危险，而荒野保护者之间令人遗憾的分歧最终可能会导致当权者占上风。

在落基山脉各州的国家森林公园中，有二十片面积从十万英亩到五十万英亩不等的区域被作为荒野保留，荒野内禁止修公路、建旅馆以及其他有害利用。同样的规定在国家公园也得到公认，但国家公园并无明确的边界。总体上说来，这些由联邦管辖的区域是荒野保护计划的支柱，但它们并不像文件档案可能会让人相信的那样安全。当地对新修旅游公路的需求总会零敲碎打地蚕食荒野。永远都有延伸森林防火道的需求，而这些防火道都会逐渐变成人人可用的公路。闲置的地方资源养护队营地对新修通常都无用的公路也是一种普遍的诱惑。战争时期木材短缺也曾以军事需要为由扩建延伸了许多公路，不论合法与否。而就在眼下，许多山区正在筹划修建滑雪索道和旅馆，筹划者通常都不考虑该地早已被划为荒野保护地。

还有一种做法在不知不觉地侵蚀荒野，那就是对食肉动物的抑制。其做法是：将狼和狮子从一片荒野上清除，以便在那儿饲养并经营大型猎物（通常是梅花鹿或麋鹿）。结果大型猎物群数量激增，超过了那片荒野的承载力。因此不得不鼓励狩猎者去猎杀过剩的猎物，但现今的猎手都不愿去不通汽车的地方狩猎，于是为猎杀过剩猎物而修一条公路便势在必行。这些结果、因此和势在必行一再重复，荒野也就被分割得七零八碎，而这种情况仍将持续。

落基山系荒野地区覆盖有各种类型的森林，从西南方的杜松林带到"让俄勒冈波动的浩瀚林海"[1]。不过这些地区没有荒漠，这或许是因为那种幼稚的美学观所致，因为那种观念只把"风景"的定义局限于湖泊和松林。

在加拿大和阿拉斯加，迄今尚有广袤无边的处女地，

> 那里有无名者在无名河边迷路，
> 异乡人孤独地死在异乡的河谷。[2]

这些有代表性的荒野地区应该并能够得以保留。从经济利用的角度看，这些地方的价值大多可忽略不计，有些地方的经济价值甚至是负值。当然，有人会主张不必刻意为此而制订计划，因为到头来总会有足够的荒野得以幸存。可最近的所有历史记录都证明，这种令人鼓舞的假想并不成立。即使那些荒野能得以幸存，生活于荒

---

[1] 引自美国诗人布赖恩特（William Cullen Bryant，1794—1878）的名诗《死亡随想》（Thanatopsis）第 2 节第 22—23 行。

[2] 这两行诗是作者根据《致极北地区的男人》（To the Man of the High North）一诗第 4 节第 1—2 行"在无名河边行进的无名无姓者哟，/在异乡的河谷向死在异乡者致意"（The nameless men who nameless rivers travel, / And in strange valleys greet strange deaths alone）改写。原诗见于英裔加拿大诗人塞维斯（Robert William Service，1874—1958）于 1909 年出版的诗集《一位北美新移民的歌》（Ballads of a Cheechako）。

野上的动物群呢？北美驯鹿、几种加拿大盘羊、纯种丛林野牛、荒野灰熊、淡水海豹以及鲸鱼，这些动物甚至在此时就正在面临威胁。失去了特有的动物群，那些荒野还有什么价值？最近成立的北极研究所已着手要将北极荒原工业化，甚至有更庞大的计划也正在加紧运作。极北地区的荒野尚未正式加以保护，其面积虽说依然广袤，但已开始一天天缩小。

现在所有人都在猜想，加拿大和阿拉斯加能在多大程度上发现并抓住其机遇。任何想让拓荒无限期进行的努力，通常都会遭到拓荒者的嘲笑。

户外休闲的荒野

人类为争夺生活资料而进行肉体搏斗，这在过去的无数个世纪中都曾是一种经济现实。这种搏斗消失后，一种健全的本能便引导我们用体育比赛的形式将其保留。

人与野兽之间的肉体搏斗，过去也同样是一种经济现实，现在这种搏斗以狩猎捕鱼的休闲方式得以保留。

公有荒野地区首先就是这样的保留场所，它可让人们用狩猎捕鱼的方式使当年拓荒者迁徙和生活中更具阳刚气并更为原始的技能得以流传。

这些技能中有些为世人广泛使用，其细节经不断调整而适用于美国，但技能本身仍然全球通用，例如狩猎、捕鱼和结伴徒步旅行的技能。

不过，有两种技能就像北美山核桃一样为美国所独有，虽说其他国家也有人模仿，但它们只在这片大陆才得以发展并最终完善。这两种技能一是划船旅行，二是带驮畜队旅行。如今这两种旅行技能都在迅速退化。哈得孙湾的印第安人已有了汽船，爬山旅行者也有了福特汽车。如果我不得不靠小船和驮马过日子，我很可能也同样要汽船汽车，因为划船或赶马都太费力气。但要是被迫与那些机械替代品竞争，我们这些为休闲而去荒野旅行的人肯定会被挫败。想让小船的装载量像摩托艇装的一样多，这未免有点愚蠢；在消夏旅馆的草地上溜你的带队驮马，这未免显得滑稽。这样休闲还不如待在家里。

各色荒野地区的首要作用就是提供一个个神圣的场所，用以展示荒野旅行这门古老的艺术，尤其是划船旅行和驮畜队旅行。

我想，对保留这些古老艺术是否重要，有些人希望展开争论。我不会参加争论，因为重要与否，你要么天生就知道，要么你已经很老。

欧洲人狩猎捕鱼多半都不会遇到美国人所面临的问题，即荒野地区可能是需保存的财富。只要能避免，欧洲狩猎者都不会在树林里扎营夜宿，生火做饭，或自己动手干活。繁杂活儿都交派给狩猎助手和仆人，结果一次狩猎就像一次野餐，完全没有探险开拓的意味。至于狩猎技巧高低，主要就看实际捕获的猎物多少。

有人批评荒野休闲"不符合大众化原则"，因为若与一座高尔夫球场或一个旅游营地相比，一片荒野所能容纳的休闲者相对较少。这种论调的基本错误在于，它把大规模生产的价值体系用在了旨在抵制大规模生产的范畴。荒野休闲的价值不能用数字来体现。其价值与荒野体验的强度成正比，与同工作日生活对照出的差异程度成正比。根据这些标准，那些机械化的休闲活动充其量也就是喝掺了水的牛奶。

机械化户外休闲已经开发了我们百分之九十的森林和山野，为了对少数派表示起码的尊重，那剩下的百分之十应该留给荒野。

用于科研的荒野

有机体最重要的特性是体内自我更新能力，即保持健康的能力。

有两种有机体的自我更新过程从来都受人类的干预和控制。一种是人类本身（受医学和公共卫生的干预和控制），另一种是土地（受农业生产和环境保护的干预和控制）。

控制土地健康的努力一直都不太成功。如今人们已懂得，当土壤丧失其肥力，当土壤流失快过土壤形成，当遭遇异常的洪灾或旱灾，土地就会生病。

另外还有些异常现象也为人所知，但尚未被看作是土地生病的症状。尽管我们努力保护，有些种类的动植物仍不明不白地消失；而尽管我们极力防控，另一些有害的动植物仍泛滥成灾。这些现象都没法简单地加以解释，所以必须将其视为土地这个有机体生病的症状。这些症状出现得过于频繁，所以我们不能将其当作正常的进化现象而置之不理。

人们对土地病的认识状态反映出一个事实，即我们对这些疾病的治疗一直是治标不治本。例如，当土壤失去肥力时我们就只管施肥，或者顶多改种其他作物或饲养其他品种的牛羊，而不会想到当初为土壤奠定基础的野生动植物对维持土壤健康或许也同样重要。例如最近就有人发现，由于某种不明原因，曾被野生豚草覆盖过的土地适宜种植优质烟草。我们从来没想到，这一系列的依赖关系在自然界中广泛存在。

当草原土拨鼠、地松鼠和田鼠泛滥成灾时，我们只会用毒药将其毒死了事，却不会去查寻这些动物数量激增的外部原因。我们想当然地认为，动物造成麻烦肯定得归因于动物。最新的科学证据表明，**植物群落失衡是啮齿动物泛滥的真正原因**，可几乎没人沿着这条线索继续追查。

如今许多林场在原来可产出三四根原木的土地上只能产出一两根原木。这原因何在？善思考问题的森林人都知道，其原因可能并不在树木本身，而在于土壤中的微生物群落。他们还知道，与破坏土壤植物区系所需的时间相比，恢复它可能需要更多年头。

许多环境资源保护措施显然都只是表面文章。防洪堤坝与发生洪水的原因无关。拦沙坝和阶地却不触及水土流失的根源。为弥补猎物和鱼类供给不足而建立的保护区和孵化场也解释不了那些动物为何不能自然增长的原因。

总之，种种迹象都表明，和人体的症状一样，土地的症状也可能表现在某一个器官，但病因却在另一个器官。我们现在所谓的资源保护措施，在很大程度上都只能缓解局部的生物疼痛。这些措施很有必要，但不可将其与治疗混为一谈。人们现在热衷于土层修补术，但研究土地健康的科学尚有待建立。

一门土地健康学首先需要一套土地常态的基本数据，需要一幅能展现健康的土地如何像一个有机体那样保持自身健康的示意图。

我们有两种土地典范可用于研究。一种是虽有人类居住数个世纪，但其生理机能仍基本正常的土地。据我所知这样的地方只有一处，那就是东北欧地区[①]。我们应该没有理由不对其进行研究。

---

① 参见第 208 页注释①。

另外一个范例，也是最完美的一个，就是荒野土地。古生物学提供的大量资料证明，荒野在非常漫长的岁月都一直维系着自身机体的健康；荒野上的物种很少自行消失，基本上也不会失去控制；而且气象和水文条件构建土壤的速度与土壤流失的速度基本持平，或构建比流失稍稍快些。鉴于此，把荒野作为研究土地健康的实验室具有超乎想象的重要性。

我们没法在亚马孙河流域研究蒙大拿的土地生理机能，因为每个生物地理区都需要用本身的荒野来进行对开垦地与未开垦地的比较研究。当然，我们起步已太晚，现在可拯救的只有还能供研究使用的系统失衡的荒野，这些残存的荒野大多面积太小，不足以保持其各个方面的常态。就连那些占地达百万英亩的国家公园也没有足够的空间保存其天然的食肉动物，也无法隔绝家畜带来的动物疾病。例如黄石公园的狼群和美洲狮就早已绝迹，导致的结果是麋鹿正在毁灭植物群落，尤其是冬季牧场上的植物。与此同时，灰熊和加拿大盘羊数量也在减少，而后者的减少就是因为疾病。

虽然连最大的荒野地区也变得部分生态失衡，生物学家韦弗仍凭借几英亩荒地就发现了为什么当年大草原植物群比后来取代它们的农作物更耐旱。韦弗发现，大草原的各类植物在地下进行"团队合作"，将各自的根系扎入不同深度的土层，而各季各类农作物都把根系铺展在同一土层，结果使那层土壤肥力透支，积累成亏空。

韦弗的研究总结出了一个重要的农艺原则。

同样，植物学家托格雷迪亚克也只凭几英亩荒地就发现了为什么农场地头的松树不可能长得像未开发森林地带的松树那样高大，那样能抗住强风。他发现森林地带的松树会沿着老树的根系路线扎根，因此树根扎得更深。

在很多案例中，我们实际上并不知道能指望健康的土地有多么良好的表现，除非我们有一片真正的荒野与病态的土地进行比较。例如，早期去过西南方旅行的人大多记述说那里山间的河水异常清澈，但又都心存疑惑，担心自己是否刚巧在最佳季节看见了那样的清水。直到后来有人在墨西哥奇瓦瓦州马德雷山中发现了与记述中完全一样的河流，水土保护专家才算有了这方面的基本资料，原来害怕惹怒印第安人，那些河流两岸从来没人放牧或耕种，所以河水最浑浊的时候也只是略呈乳白色，连抛在水中的鱼饵也能清楚地显现。河两岸水边都长有青苔。而在我们的亚利桑那州和新墨西哥州，类似的河流两岸都铺满卵石，缺少泥土，不生青苔，而且全都没有树木。所以我们有必要考虑双边合作，建立一个国际性的试验站，保护并研究马德雷山区的荒野，将其作为治疗边界两边病态土地的一个范例。

总之，不论面积大小，可利用的所有荒野都有作为土地研究科学范例的价值。野外休闲并非荒野的唯一用途，甚至不是其主要用途。

野生动物的荒野

国家公园并不足以保证大型食肉动物的生存繁衍，灰熊已濒临灭绝的境地，众多国家公园已成为无狼区这一事实，都可以证明这点。国家公园也不足以保护加拿大盘羊，因为大多数羊群的数量都在缩减。

造成这种状况的原因在某些案例中很清楚，在另一些案例中却显得模糊。对狼这类活动空间极大的动物种群来说，国家公园的面积肯定太小。由于一些尚不清楚的原因，许多动物种群似乎都难以在孤岛般的隔离区"人丁兴旺"。

扩展荒野动物群栖息地的最切实可行之法，就是让围在国家公园周边的国有森林中较原生态的部分像国家公园一样发挥其保护濒危动物群的作用。这些林区一直没能发挥此作用，灰熊的濒危状态就是悲剧性的例证。

1909 年我第一次去西部时，每座大山里都有灰熊，可你在山中旅行数月也见不着一个资源保护部门的人。今天几乎每丛灌木后都会有某个保护部门的官员，可随着野生动物保护部门不断增多，我们最珍贵的哺乳动物却不断向加拿大边境撤退。据官方报道，在美国境内现存的六千头灰熊中[1],有五千头在阿拉斯加,能见到灰熊的地方总共只有五个州。人们似乎都心照不宣地认为,灰熊能在加拿大和阿拉斯加幸存,这已经够好了。但这对我来说还不够好。阿拉斯加本地的棕熊是个不同的种群,把灰熊托付给阿拉斯加不啻把幸福托付给天国,可谁都不可能去往那个地方。

拯救灰熊需要一些面积广阔且远离公路和牧场的区域,或是畜牧损失可得到赔偿的区域。创建这种区域的唯一办法就是国家花钱买下一些分散的牧场,然而,尽管资源保护部门有极大的权力购买或交换土地,可迄今他们也没有什么实质性的作为。我听说国家森林局已在蒙大拿州建立了一个灰熊养护区,但我同时又知道该局居然在犹他州的一片山区推广绵羊产业化养殖,全然不顾该州仅存的少量灰熊就栖息在那里。

灰熊的永久栖息地和永久的荒野无疑是一个问题的两个名称。付诸这两项工作的热忱都需要一种从长远的历史视角看待环境资源保护的眼光。只有能看到进化之壮观过程者才有可能看到作为进化现场的荒野的价值,才有可能看到作为进化显著成果的灰熊的价值。倘若教育真能起到教育的作用,终将会有越来越多的人知道旧西部的遗物会为新西部增添意义和价值。现在尚未出生的新一代终将像

---

[1] 在作者写此文三十年后(即20世纪70年代),美国境内的灰熊数量降至约三百头,美国鱼类和野生动物保护中心随即将其列为濒危物种。

刘易斯和克拉克[①]那样撑篙行船在密西西比河逆流而上,或是像詹姆斯·卡彭·亚当斯[②]那样攀援内华达山脉,而一代一代的年轻人都会发问:大灰熊在哪儿?如果答案是:大灰熊早在资源保护者留意之前就灭绝了,那将会令人感到多么遗憾!

荒野保护者

荒野是一种只会减少而不会增多的资源。从某种意义上讲,人们可以阻止或减缓对荒野的侵占,保留某个区域为野外休闲的去处、科学研究的场所,或野生动物的栖息地,但从真正的意义上讲,创造新的荒野不啻天方夜谭。

因此,任何荒野保护行动都必然是一场无望取胜的奋争,只能争取把荒野萎缩减少到最低程度。成立于1935年的美国荒野保护

[①] 刘易斯(Meriwether Lewis,1774—1809)和克拉克(William Clark,1770—1838)均为美国探险家,两人曾于1804—1806年共同率领一支探险队进行首次横越北美大陆的考察,直抵太平洋西岸。

[②] 詹姆斯·卡彭·亚当斯(James Capen Adams,1807—1860?),美国加利福尼亚州山区平民,曾深入内华达山脉和落基山脉猎熊、驯熊,并与灰熊等野生动物一起生活。美国作家希特尔(Theodore Henry Hittell,1830—1917)据其口述写成的《加利福尼亚山民与灰熊猎手詹姆斯·卡彭·亚当斯的冒险经历》(*The Adventures of James Capen Adams, Mountaineer and Grizzly Bear Hunter of California*,1860)一书迄今仍畅销。

协会①之"唯一宗旨是拯救美国残存的荒野"。山脉联合会②勤勤恳恳地工作也是为了这同一目的。

但仅有这么几个社会团体还远远不够，我们也不能因为国会颁布了一项荒野保护法案就心满意足。如果没有一些关心荒野的人分布在各个资源保护部门，这些团体也许就不能及时了解新出现的危害情况，从而坐失采取行动的良机。另外，眼下热心荒野保护的公民虽是少数，但必须关注整个国家的情况，随时准备在必要时采取行动。

欧洲的荒野现在已萎缩至喀尔巴阡山脉和西伯利亚，每一位理性的自然资源保护者都为此而哀叹。甚至在土地被视为奢侈品，而这种奢侈品几乎比其他任何文明国家都少的英国，为了拯救几小片半荒野的土地，如今也掀起了一场姗姗来迟但却如火如荼的保护运动。

归根到底，了解荒野文化价值的能力，可简单地归结为理性修养的问题。那些修养浅薄的现代人，那些失去了土地之根的现代人，会自以为已经发现了什么才重要。正是这些人爱空谈什么可延续千

---

① 本书作者即该协会创始人之一。
② 山脉联合会（Sierra Clun,《简明不列颠百科全书》的中译名为"峰峦俱乐部"），是由美国环保先驱约翰·缪尔（John Muir，1838—1914）模仿东部的阿巴拉契亚山脉联合会于1892年5月在加利福尼亚州旧金山创建的一个环保组织。

年的政治帝国或经济帝国。而只有学者才会觉察到,整个历史皆由从同一个起点出发的一系列探寻之旅构成,人们会一次次返回这个起点,重新出发去探寻一种可持续的价值尺度。只有学者才会懂得,为什么原始荒野可赋予人类的进取心以内涵和意义。

生态保护美学观

除了爱情与战争,很少有什么活动能像被统称为野外休闲的业余爱好一样,或使各色人等都趋之若鹜,或使参与者都如痴如狂,或让欲望和无私荒谬地合为一体。大家都认为重返自然是桩好事。但到底好在哪儿?怎样做才能鼓励这种爱好?人们对这些问题议论纷纷,各抒己见,只有良莠不分者对此才不会产生疑惑。

野外休闲在老罗斯福时代[①]就成了个为人所知的问题。那时候,曾把乡野挤出城市的铁路又开始把城市居民成批地送往乡野。人们开始注意到,到乡野的城里人越多,人均享有的宁静、偏僻、风景和野生动植物就越少,而为了享有这一切,就得走更长的路,到更偏远的地方。

这种尴尬起初还是不太严重的局部情况,但如今汽车已把这种尴尬铺展到了所有高等级公路的尽头——这便使过去边远地区丰富的自然资源变得稀缺。但再稀缺也肯定有资源可寻。于是就像脱离

---

① 即美国第二十六任总统西奥多·罗斯福(1858—1919)任职的1901年至1909年。

太阳的离子，度周末的人们从每座城市向四面八方辐射，压力和摩擦也随之产生。旅游业为游客提供食宿，以吸引更多来自更远地方的离子。山岩上和小溪旁的广告牌向所有人透露比近来人满为患之景区更远的新洞天、新风景、新猎场，以及可垂钓的新湖泊。旅游当局修建好通往边远地区的公路，然后购买更多边远地区的土地，以吸纳沿这些公路来荒野的城里人。小机械加工业也对原始自然造成了冲击，因为丛林生存技巧变成了使用机械装置的技术，而这种平庸技术之极端莫过于现在流行的房车。若穿林登山仅仅是为了追求普通旅行或打高尔夫球也能获得的乐趣，那么此现状尚可接受。但对想有更多追求的人来说，这种休闲就成了欲求而不得的自我伤害过程，这也是机械化社会颇令人失望之处。

荒野因汽车化游客的冲击而萎缩，这已经不是局部现象，因为哈得孙湾、阿拉斯加、墨西哥和南非都纷纷让步，随之南美和西伯利亚也会后撤。莫霍克河畔印第安人的鼓声现在已成了全球每条河流沿岸的汽车喇叭声。现代人不再坐在自家的葡萄藤和无花果树下休闲消遣，因为他们已往汽车油箱加满了生物原动力，那种无数生物在漫长的岁月中渴望迁往新牧场的原动力。于是他们像蚂蚁一样，成群地涌往各个大陆。

这就是野外休闲。最新模式的野外休闲。

如今谁是休闲者？这些休闲者要追求什么？以下几例可给以我

们提示。

先看看任何一片野鸭生活的湿地。湿地四周都环绕着一圈停车标志线。湿地边每一丛芦苇里都蹲伏着某根社会栋梁，发痒的手指无意识地扣着扳机，随时准备为杀死一只野鸭而违背任何一条联邦法令和公共规则。这些人早已撑肠拄肚，但仍不会克制其向上帝索食的欲望。

在旁边树林中漫游的是另一根社会栋梁，他正在搜寻稀罕的蕨类植物或新发现的鸣禽。因为他那种搜寻很少需要偷窃或掠夺，所以他看不起那些杀手。不过他年轻时手上可能也沾过血腥。

在附近某个休闲地还有另一类自然爱好者——爱在桦树皮上写打油诗的自然爱好者。驾车旅游者更是无处不在，这类非专业车手之休闲就是为了刷行车里程，他们一个夏天就跑遍了美国所有的国家公园，现在正前往墨西哥城，而且还会继续向南挺进。

最后还有一类专业人士，他们打着形形色色的环保组织旗号，努力为寻求大自然的公众提供其所需，或者说努力让公众对他们所能提供的东西产生需求。

有人也许会问，干吗要把这样一群形形色色的家伙仅仅归为一类人呢？因为，虽然这些人所用的方式方法不同，但本质上每个人都是猎人。可为什么他们每个人都声称自己是自然资源的保护者呢？因为他们想猎取的野生资源已脱离他们控制，他们希望借助法律法规、专项拨款、区域规划、部门重组的魔力，或利用民心民意等其他形式，把那些资源留在原处。

野外休闲通常被称为一种经济资源。参议院相关委员会爱用令人敬畏的数字告诉我们，公众花在外出休闲上的钱有多少个多少个数百万。野外休闲的确有经济的一面，在有鱼可钓的湖边建一座小屋，甚至在沼泽地上建一个野鸭狩猎点，其价值可能都相当于附近的整座农场。

野外休闲也有伦理的一面。人们竞相争夺尚未开发的野生资源，各种法规和禁令便应运而生。我们都听说过"野外行为规范"，并以此教育年轻一代。我们印刷手册解释"有野外活动道德的人是什么样的人"，谁愿意花一美元接受这种信念传播，我们就往谁家里送上一册。

但显而易见的是，这些与经济和伦理相关的现象是上述那种原动力的结果，而并非其原因。我们之所以追求与大自然亲近，原因是我们能从中获得快感。就像在歌剧艺术中，采用经济手段是为了创造并维持艺术条件。也像在歌剧艺术中，艺术家们由于创造并维持艺术条件而得以谋生，但我们不能说创造并维持艺术条件的基本动机或目的是出于经济考虑。虽说隐蔽处的猎鸭人和舞台上的歌剧演员装束不一样，但他们都在做同样的事情，都在以自己的表演重现日常生活中所固有的戏剧性场面。归根到底，两者都是艺术行为。

有关野外休闲的公共政策历来都颇具争议。同样，何谓野外休闲？应采取哪些措施来保护其资源基础？有社会责任感的公民对这些问题也有截然相反的看法。于是荒野保护协会试图阻止把公路修到边远地区，而商会组织则主张让公路延伸，双方均以野外休闲的名义。猎场经营者用猎枪猎杀鹰隼，而野生鸟类保护者则用双筒望远镜搜索并保护它们。这些对立的双方常用粗野无礼的毁谤互相诋毁，可事实上，他们都只是在考虑休闲消遣过程中不同的一个成分。这些成分的特点或性质往往大相径庭。既定政策很可能会顾此失彼。

鉴于此，我们似乎应及时分离休闲消遣中的各个成分，并审视每个成分的特点或性质。

我们首先审视最简单也最具体的那个成分，即野外休闲消遣者被允许去搜寻、发现、捕获并带走的东西。这类东西包括在野外捕获的禽兽和鱼类，以及作为纪念品的兽头、兽皮、标本和照片。

这些东西的价值都在于战利品或纪念品这个概念。人们从中获得的乐趣是，或者说应该是——寻而得之。这些战利品或纪念品，无论是一枚鸟蛋、几尾鳟鱼、一篮蘑菇、一头熊的照片、一朵野花的标本，还是塞进山顶石碓里的一张字条，都是一份证书，证明其拥有者已到过某地，做过某事，在克服困难、运用智慧，或求之必得这项古老的技艺中展现了技能、耐性，或鉴别能力。这些附着于战利品或纪念品的内涵意义，通常都远胜于其物质价值。

但是，面对人们的大规模追逐捕获，这些战利品或纪念品的生存状态各有不同。供游客追捕的猎物和鱼类可以通过养殖或管理而增加数量，从而让每个追捕者都能有更多猎获，或者让更多的追捕者都能有同样的猎获。在过去的十年间，野生动物管理专业陆续出现，如今约有二十所大学在讲授其管理技术，在研究怎样获得更多更好的野生动物。然而，这种人工增量若推行过度，就会受制于收益递减律。对猎物或鱼类养殖的集约化管理经营终将降低这些人工化的战利品或纪念品的单位价值。

例如，试想把一尾在孵化场繁殖的鳟鱼放入一条已捕捞过度的小溪。那条小溪已不再可能有野生鳟鱼，因为溪水已被垃圾污染，过度采伐和践踏森林又导致水温升高或水流淤塞。较之于从落基山脉某条天然溪流中钓到的纯野生鳟鱼，没有人会认为这条鳟鱼的价值能与之相等。虽说捕获这条鳟鱼仍然需要技巧，但其美学价值已大打折扣。（有位权威人士说，孵化场的饲料还会使鳟鱼的肝脏退化，因此人工孵化的鳟鱼可能早亡。）然而，在好几个过度捕捞鱼类的州，供人垂钓的鳟鱼几乎全靠人工繁殖。

任何适度的人工繁殖都可以存在，但大规模使用人工繁殖将会把全部资源保护措施推到彻底人工化的境地，结果战利品和纪念品的整体价值标准也会降低。

为了保护这种人工繁殖、价格不菲且多少都不由自主的鳟鱼，环境保护委员会认为必须捕杀老爱光顾鱼苗孵化场的苍鹭和燕鸥,必须消灭栖息于放养有鳟鱼的溪流中的秋沙鸭和水獭。为一类野生动物而牺牲另一类野生动物,垂钓者也许不会觉得有什么损失,但鸟类学者已准备奋起反对。实际上,这种人工化经营管理是以另一种也许更为高尚的休闲方式做代价来购买可钓之鱼,是用属于所有人的本金给个别人发红利。在野生动物经营业界,这种生物学的盲目活动早已盛行。在欧洲,野生动物捕获量的统计数据被长期保存,我们甚至可以查到普通猎物和食肉动物的"兑换率"。例如在德国的萨克森,猎杀一只鹰等于猎杀七只小鸟,而猎杀一头大型食肉动物等于猎杀三只小型野兽。

人工管理野生动物通常也会对植物造成伤害——例如鹿群对森林造成的伤害。在德国北部,在宾夕法尼亚州东北部,在亚利桑那州的凯巴布高原,以及在其他一些少为公众关注的地区,人们都可以看到这种情况。鹿群因失去天敌而数量大增,致使鹿爱吃的植物不可能正常再生繁殖,甚至难以继续生存。人工繁殖的鹿群威胁着它们自己爱吃的植物,这些植物包括欧洲的山毛榉、枫树和紫杉,美国东部各州的平地铁杉和尖叶扁柏,以及西部的短叶红豆杉和金鸡纳树。从野花野草到森林大树,整个植物群都逐渐枯竭,反过来鹿也因营养不良而个头儿变小。如今森林里已很少见到成年雄鹿,尤其像那种过去封建领主爱将其长角挂在城堡墙上做装饰的雄鹿。

在英格兰的荒野上，树木的繁殖受制于泛滥的野兔，而野兔泛滥则受惠于对山鹑和野鸡的保护措施①。在许多热带岛屿上，为提供肉食和狩猎之用而引进养殖的山羊已经破坏了当地的植物群和动物群。至于失去了天敌的哺乳动物所造成的损失，以及这些动物和失去了天然植物饲料的牧场之间的互相损害，都实在令人难以估量。农业生产因生态管理不善而陷入困境，只能靠没完没了的补贴和带刺铁丝网来加以保护。

所以我们可以得出这样的结论：大规模人工养殖会降低野外捕获的禽兽和鱼类等原生战利品的品质，同时还会损害其他资源，诸如非猎用动物、天然植物和农作物。

同样的贬值和损害尚未明显表现在对"间接"战利品（如照片等纪念品）的获取之中，十余个游客的相机拍一处风景，并不会对风景造成实质性损害，即便拍摄频率增加到上百次，也不会伤害其他任何资源。照相机工业是少数寄生于自然荒野的产业之一。

因此，对这两类作为战利品的物质目标之大量追求，我们的反应迥然不同。

现在我们来审视野外休闲的另一个成分，一个更为微妙而复杂的成分，即在大自然中独处的感觉。关于荒野的争论可以证明，这

---

① 指为保护可作为猎物的小型禽鸟而猎杀鹰隼等猛禽，而鹰隼是野兔的天敌。

种感觉对某些人来说非常重要，因为他们觉得是在获取一种稀有的价值。荒野保护者已经与监护国家森林公园的公路建设部门达成妥协，后者已正式同意保留一些不通公路的地区。在每十二个被开发的荒僻地区中，有一个会被官方宣布为"荒野地区"，公路只能修至其边缘。于是这种地方被广告宣传为别致不凡，事实上也别致不凡。因为不久后那里的小路上就会拥挤不堪，路边被丢弃物装饰，好让地方资源养护队有事可做；或说不定一场意外火灾使修消防通道成为必然，结果一片荒野被分成两半。或者是广告导致的游人如织令导游和搬运工的要价节节攀高，于是某人会发现这种荒野政策并不民主。或许还有种情况，对于官方为荒僻地区贴上"荒野"标签这种新奇做法，地方商会起初会冷眼静观，可一旦尝到游客钱包带来的甜头，他们就只想赚得更多，不会再去想什么荒野不荒野。

简而言之，在广告宣传的作用下，自然荒野越来越少，任何想阻止其继续减少的主观努力都可能趋于徒然。

无须进一步讨论便可清楚地知道，游人如织的荒野休闲势必减少在大自然中悠然独处的机会，而当我们把公路、营地、小径和厕所都当作开发休闲资源而大谈特谈时，再谈什么悠然独处这个成分就显得言不由衷了。这类为缓解拥挤而兴建的人工设施并非（增加或创造意义上的）开发。反之，兴建这些设施只是往已经够清的清汤里掺水。

现在我们把"野外独处"这个成分与那种我们可以描述为"新鲜空气和环境改换"的成分进行对比。这个成分虽说简单但却非常独特,因为游人如织也不会破坏或降低其价值。第一千名进入国家公园的游客与第一位进入公园的游客呼吸的空气几乎相同,其体验的环境也同样异于星期一在办公室的环境。你甚至可这样认为,游客的蜂拥而至会强化这种对比。所以我们可以说,同照片纪念品一样,"新鲜空气和环境改换"成分可经受大规模使用而不受损害。

现在我们再来审视另一个成分,即对自然进程的感知,因为土地及其土地上的生物已通过自然进程形成了各自的特有形态(进化),并通过自然进程保持着各自的存在(生态)。那种被称为"自然研究"的活动虽然会动摇上帝选民的精神支柱,但却是大众思想趋向感知自然的初步探索。

感知的显著特性就是无须消耗或削弱任何资源。例如看一只鹰飞捕猎物,一个人感知到的是其过程的戏剧性场景,另一个人感知到的只是对其锅中肉食的威胁。这戏剧性场景可让接踵而至的上百名目击者兴奋,而感到威胁的只有一个人——因为他会用枪猎杀飞鹰。

促进人们对自然进程的感知,这是野外休闲业中唯一真正有创造性的成分。

这个事实非常重要,但其让"美好生活"更加美好的潜力尚未被人清楚地了解。当丹尼尔·布恩[①]初次涉足这片"黑暗血腥之地"[②]上的森林和草原时,其全部所有就是纯粹的"野外美国"之精髓。布恩当然不曾说"野外的美国",但他当时所发现的就是我们今天所寻找的,我们在此涉及的是事物,并非其名称。

然而,野外休闲本身并非野外,而是我们对野外的反应。丹尼尔·布恩当时的反应不仅在于其两眼所见之物的特性,还在于其心灵感知所见之物的特性。生态学已经让我们的心灵感知产生了一种变化。布恩当年所见的只是实际情况,生态学则已揭示了实际情况的起因和功能;布恩当年所感知的只是野外的特性,生态学则已揭示了其中的物理过程。我们没有测量这种变化的尺度,但我们可以肯定地说,较之当代任何一位称职的生态学家,布恩当年所看到的只是事物的表象。对于美国青春花季的处女时代,对于那个时代美国这个生物体的固有之美——复杂得令人难以置信的动植物群落,当时的丹尼尔·布恩同今天的巴比特先生[③]一样,都既不可能看见,也不可能理解。对美国的野外休闲而言,唯一真正的开发就是开发美国人的感知能力。其他被我们冠以资源开发之名的举措,充其量也就是些延缓或掩盖资源衰减过程的尝试。

① 参见第 220 页注释①。
② 参见第 201 页注释①。
③ 参见第 11 页注释①。

生态保护美学观

但谁也不要由此而下结论，说巴比特必须获得生态学博士学位才能"了解"他的国家。与此相反，生态学博士可能会像主持秘密宗教仪式的司祭一样变得感情冷漠。与所有真正的精神财富一样，感知力可被分解成无限小的单元而不失其特性。城市空地上的杂草丛和红杉林一样可传递给人相同的体验，而牧场主在其奶牛牧场之所见所知却未必能转递给在南太平洋探险的科学家。总之，感知力用学位换不来，用金钱买不到；感知能力在家里和野外都可以增长，而且感知能力弱者和感知能力强者一样，都可以将这种能力作为优势发挥。所以就寻求感知而言，对野外休闲趋之若鹜既无根据也没必要。

最后我们来审视第五个成分：资源管理意识。那些用选票而非用双手做资源保护工作的人并不知晓这种意识。只有当某种管理技巧被某位有感知能力的人用于土地时，这种意识才会得以体现。更确切地说，只有两类人可享受这种管理意识之乐趣，一类是拥有土地但却穷得买不起休闲娱乐的人，一类是目光敏锐且有生态意识的国有土地管理者。那些花钱买票看风景的游客完全享受不到资源管理的乐趣，那些雇用政府或下属为其照料猎场的野外活动爱好者也与这种乐趣无缘。试图用公有制经营取代私营休闲地的政府，正在不知不觉地把它试图提供给公众的福利之绝大部分送给管理休闲地的官员。从逻辑上讲，作为野生生物的管理者，我们这些林务官员和猎场管理员应该为我们这份工作付费，而不该领取薪金。

运用于作物生产过程中的管理意识可以说与作物一样重要，这在农业界已有一定程度的体现，但资源保护界对此尚无认识。美国的狩猎爱好者不太尊重苏格兰荒野和德国森林对猎物获取的强化管理。这在某些方面是对的，但他们完全忽略了欧洲土地拥有者在猎物获取中逐渐形成的资源管理意识。我们迄今尚无这种意识，而这种意识非常重要。当我们断定我们只能用农业补贴来引诱农场主培育森林，必须用猎场收费权来引诱人们饲养猎物时，我们不过是在承认，野外资源保护的乐趣迄今还不为农场主和我们自己所知。

科学家有句隽语：个体发育重复系统发育。他们的意思是，每个个体的发育都在重复其种族进化史。这句话不仅适用于物质世界，也适用于精神世界。追寻战利品的人可谓史前穴居人再生。无论种族还是个体，猎获战利品都是其青春期的特权，谁也无须为此道歉。

在当今时代，令人不安的是那些永远长不大的战利品追求者，他们的独处能力、感知能力和管理能力都尚未开发，抑或是已经丧失。他们是一群群机动的蚂蚁，还没学会了解自家后院就急匆匆涌向各个大陆。他们只知为自我满足而消耗野外资源，却从不会创造资源。为了他们，野外休闲业的策划者使荒野非荒野化，使猎获物人工化，还自作多情地以为这是在为公众服务。

以追求战利品做消遣的人有些特性，而这些特性会以微妙的方式促成这种消遣方式的衰亡。这些人为享受就必须占用、侵害和窃取。所以，凡他们不能亲眼看到的荒野对他们来说都没有价值。于是他们普遍认为，没有开发利用的僻壤荒野对社会并无裨益。在那些缺乏想象力的人看来，地图上的空白区就是无用的荒地，可在其他人眼中，那些空白区却是最有价值的宝地。（难道我今生不去阿拉斯加，我可以在阿拉斯加共享的份额就毫无价值？难道我非得修条公路去北极大草原，去育空河畔的大雁栖息所，去科迪亚克岛上的棕熊生长地，去麦金莱山[①]后的牧羊草场？）

　　总而言之，看来初级阶段的野外休闲会消耗其资源基础，而较成熟的野外休闲至少会在一定程度上既获得自身的满足又不会伤害或极少伤害土地和生物。交通运输的发展与感知能力的增长不成正比，这使我们的野外休闲方式面临变质崩溃的威胁。发展野外休闲这项任务并非是把公路修至美丽的乡野，而是要把感知美的能力植入尚不甚美丽的人心之中。

---

① 此山已于 2015 年 8 月 30 日正式更名为德纳里山（Denali）。